De l'importance de SAVOIR REBONDIR

LAURA ZIMMERMANN

De l'importance de savoir rebondir

Traduit de l'anglais (États-Unis)
par Marion Roman

GALLIMARD JEUNESSE

Titre original : *My Eyes Are Up Here*

Édition originale publiée par Dutton Books, une marque de Penguin Random House LLC, New York

Prologue

D'après ma mère, il existe deux sortes d'individus : ceux qui adorent être au centre de l'attention, et ceux qui n'aiment pas se faire remarquer. Elle pense que je fais partie de la seconde catégorie, et préférerait que j'appartienne à la première.

Ce qu'elle ne comprendra jamais, c'est qu'on peut apprécier de se faire remarquer pour certaines choses et pas pour d'autres. Avoir envie d'exhiber ses talents de pianiste mais pas son allergie aux cacahuètes. Arborer fièrement une paire de chaussures neuves et avoir honte de son accent. Ou encore, préférer être connue pour sa super moyenne en histoire-géo plutôt que pour son tour de poitrine. Surtout quand on est la seule élève du lycée à avoir les seins plus gros que la tête.

Chapitre 1

– Allez, Greer, fais un effort… Si ça se trouve, vous allez devenir amis !

Pour toute réponse, je lève les yeux au ciel. Maman insiste :

– Il faut bien aider les nouveaux à s'intégrer. C'est l'occasion de rendre un peu de ce qu'on a reçu.

Je peaufine ma moue. Que ce soit bien clair : je suis ici contre ma volonté.

– Je ne te demande pas grand-chose. Une demi-heure. Quarante minutes, maxi.

Les demi-heures de ma mère ne durent jamais « quarante minutes, maxi ». Elles ont la faculté de s'étirer jusqu'à l'infini. Surtout quand elle a un public.

On est là pour son boulot. Maman est assistante de mutation chez Adaptation clés en main. De grandes entreprises font appel à elle pour aider leurs employés à trouver leurs marques après un déménagement. En gros, ma mère leur présente la ville, organise une visite des différents établissements scolaires et leur recommande pédiatres, plombiers, voire esthéticiennes diplômées en épilation du maillot.

Son métier lui va comme un gant. Il comble son besoin maladif de donner son avis sur tout et lui permet accessoirement de justifier le choix de son véhicule (un 4x4 énorme, grand luxe, avec intérieur cuir-de-bébé-phoque).

Quand ses clients ont des enfants de mon âge, comme c'est le cas aujourd'hui, maman me traîne aux rendez-vous et me fait jouer les stagiaires. Je suis censée répondre aux questions des ados sur la vie dans notre banlieue chic de l'Illinois. Sauf qu'ils n'en posent jamais.

Chaque fois, c'est pareil. Sur la banquette du *Starbucks* (toujours le même), j'arbore mon sourire le plus accueillant, à côté de maman. En face, un ado mutique tape des SMS sous la table histoire de bien me faire comprendre que, dans sa ville d'origine, peu importe laquelle, il ou elle avait des amis nettement plus cool que moi. Pendant ce temps, sa mère me bombarde de questions (celles, pense-t-elle, que me poserait son aimable progéniture si elle n'était pas occupée à bouder) et, dès que j'ouvre la bouche, maman me coupe la parole pour répondre à ma place. C'est super gênant pour tout le monde, sauf pour elle. Kathryn Walsh ne connaît pas la gêne.

Si étonnant que ça paraisse, être une jeune fille sage, brillante et bien éduquée n'a pas que des avantages. Surtout avec maman. Si on se disputait sans arrêt, comme Maggie et sa mère, ou si je lui collais plus souvent la honte, comme Tyler, mon petit frère, elle ne m'infligerait pas ce genre de corvée. Mais Kathryn Walsh est plus têtue que moi et je finis toujours par céder. Franchement, elle m'épuise. Elle est tout le temps à fond ! Moi, pas.

C'est ainsi que je me retrouve à rencontrer la progéniture indifférente de parents assez cruels pour faire déménager leur famille en cours d'année scolaire.

Ou à aider Tyler avec ses devoirs de maths au lieu de le laisser trouver la solution tout seul sur Internet.

Et ne parlons pas de la réunion annuelle du cours de préparation à l'accouchement de maman, où je l'accompagne tous les mois de mai, dans ce bon vieux *Starbucks* !

Moi, je ne veux pas faire de vagues. Je préfère emprunter la voie de la facilité, or, il se trouve qu'elle mène au *Starbucks*. Maman pénètre à l'intérieur et je lui emboîte le pas.

L'ado du jour va faire sa première au lycée Kennedy, comme moi. Au moins, on aura un truc en commun. La seule chose que je partage avec les enfants de Naissanci'Elles, c'est d'avoir été arrachée du ventre maternel par la même sage-femme. Deuxième point commun avec Jackson Oates (c'est son nom) : je parie qu'il trouvera la situation aussi embarrassante que moi.

Maman fait la bise à Mme Oates, puis celle-ci me présente son fils – qui n'a l'air ni boudeur, ni mutique. C'est même tout le contraire. Cheveux châtains, yeux noisette et sourire ravageur. Par contre, au moment des présentations, il me tend la main comme s'il débarquait non pas de Cleveland mais tout droit des années 1950. Comme je suis bien élevée, je la lui serre. Il a l'air satisfait.

– Bravo, jeune fille ! me félicite-t-il d'un ton de daron. Je vois que tes parents aussi t'ont appris qu'une poignée de main ferme, c'est capital, dans la vie.

Il décoche un regard à sa mère (qui lève les yeux au ciel) puis reprend d'une voix normale :

– Ça fait un peu homme d'affaires allemand, tu ne trouves pas ?

Sa main est tiède. Pas tiède-moite ni tiède-malsain. Tiède comme est censé l'être un corps en bonne santé. Je doute que mes accros du texto puissent en dire autant.

– Excuse-le, Greer, intervient sa mère. On enchaîne les rencontres, en ce moment.

– *Ich will* acheter *zwanzig Apfelkuchen und ein BMW*, déclare

Jackson à mon intention, et c'est plus fort que moi, je tombe sous son charme.

Ça se confirme : cette rencontre va être super gênante.

Mais pas au sens où je l'imaginais.

Il y a un petit moment de flottement, le temps que maman centralise nos commandes et les transmette à la serveuse et paie (elle est à fond, pour changer), puis elle décrète :

– Installons-nous ici. Greer va s'occuper des boissons.

Quand je vous disais qu'elle me traite comme son assistante !

Maman entraîne Mme Oates vers sa place préférée, une table de quatre près de la vitrine. Jackson, lui, ne bouge pas. Il regarde la barista confectionner la mousse de lait.

D'habitude, c'est le moment que choisit l'ado boudeur pour aller s'affaler à côté de sa mère en me snobant comme s'il me jugeait personnellement responsable de son déménagement. Mais Jackson est encore là, à côté de moi. Genre on se serre les coudes. Ma perplexité doit se lire sur ma figure, parce qu'il me dit :

– Tu n'as que deux mains, non ? Pour quatre boissons ?

Je les fixe bêtement comme pour en avoir le cœur net.

– Oh… Oui. C'est vrai.

– Au fait, merci d'être là. T'as sûrement mieux à faire de ton temps.

C'est ce que je croyais, en effet. Mais, finalement, ce rendez-vous se révèle bien plus intéressant qu'une pédicure maison.

– De rien, je bredouille.

Il y a un gros blanc. On dirait que, cette fois, c'est moi l'ado mutique incapable d'aligner trois mots. Je m'empresse d'ajouter :

– J'espère que tu te rends compte de la chance que t'as. Je suis en train de te faire découvrir la scène culturelle underground de Kennedy !

Jackson esquisse un sourire.

– Tu parles de *Starbucks*, là ?

– Ah, tu connais ?

– Kathryn ? Quatre boissons au nom de Kathryn ?

On va chercher nos mugs au comptoir et j'apporte à Mme Oates son sophistiqué et à maman son Quelle-bonne-idée-la-même-chose-pour-moi ! Elle a déjà dégainé son gros classeur de bienvenue, celui qui contient tous ses bons plans pour « nouveaux arrivants au sein de notre chaleureuse communauté familiale située à trois quarts d'heure seulement du centre-ville de Chicago ». À tous les coups, maman a consacré une page entière à notre cher *Starbucks* (et, puisque le classeur se situe à l'intérieur du *Starbucks* en question, si ça se trouve, on est en train de créer une faille spatio-temporelle).

Mon chocolat chaud et son chai à la main, Jackson se dirige vers la cheminée (éteinte).

– Ça te va, ici ? me lance-t-il par-dessus son épaule. Ces places m'ont l'air libres.

Euh, comment dire… oui ?

J'abandonne nos mères respectives à leurs bons plans. Jackson et moi, on se love dans des fauteuils en cuir maculés de taches de café. Ce mec est impressionnant. On dirait que c'est son quotidien de rencontrer des inconnues au *Starbucks* ! Je m'efforce d'être à la hauteur.

Contre toute attente, Jackson a des questions à me poser. Et pertinentes, avec ça. Il ne m'interroge pas sur le taux de réussite au bac du lycée Kennedy (sûrement parce que toutes les infos figurent sur leur site). Il ne me demande pas non plus si on peut prendre option « création de *meme* » (sûrement parce qu'il n'a pas douze ans, contrairement aux copains de mon frère). Non. Il entre sans détour dans le vif du sujet :

– Alors ? Il y a souvent des nouveaux au lycée, ou tu en as connu un seul depuis le CE1 ?

– Il y en a quelques-uns chaque année, je réponds. Combien, je ne sais pas…

Jackson se penche vers moi par-dessus son accoudoir comme si je détenais des informations capitales et que son intégration dépendait de moi – d'ailleurs, j'imagine qu'il y a un peu de ça. Je me creuse la cervelle. Combien y avait-il de nouveaux dans ma classe l'an dernier ? Ma classe peut-elle être considérée comme un échantillon représentatif de l'ensemble de l'établissement ? Puis-je en extrapoler une moyenne approximative valant pour l'ensemble du lycée ? Et soudain, j'ai un déclic : les chiffres, Jackson s'en contrefiche. Sa question n'a rien à voir avec ça. Il se demande où il met les pieds, et c'est à moi de le rassurer. Voyons… On est en octobre, le premier trimestre est bien entamé. En cours, chacun a déjà sa place et son cercle d'amis attitré. Clairement, ce n'est pas le moment idéal pour faire sa rentrée. Je résume :

– Tu veux savoir si tu vas te perdre ou devenir une star dès le premier jour, c'est ça ?

Il hoche la tête.

– C'est ça.

– Franchement, je n'en sais rien. Je n'ai jamais changé d'école…

– Jamais ?

– Non. On a déménagé une fois, mais on est restés dans le même établissement.

– Incroyable…

Je tarde un peu à lui répondre parce que je bloque sur le mot « incroyable ». Ce n'est pas moi qu'il qualifie d'« incroyable » mais la stabilité de ma vie. Jackson aurait employé le même terme pour décrire un phénomène naturel étonnant. N'empêche que, venant de lui, ce mot m'a fait tout drôle. Je me ressaisis :

– Eh oui ! dis-je. J'ai le même code postal depuis que je suis née, c'est l'une de mes grandes fiertés. Pour répondre à ta question, les vrais nouveaux sont assez rares à Kennedy mais, comme il y a trois collèges pour un seul lycée, il y a plein d'élèves que je ne connais même pas. Tu devrais pouvoir te fondre dans la masse. Si c'est ce que tu souhaites, bien sûr !

Jackson hoche la tête, l'air satisfait.

– Et au self, ça se passe comment ? Si je me retrouve tout seul à la pause-déj, j'aurai quand même un endroit où m'asseoir ?

J'avoue que j'ai du mal à imaginer Jackson tout seul dans son coin à midi. Il est tellement cool et sociable qu'il va se faire quarante potes dès sa première heure de cours ! Mais il a plus d'expérience que moi en matière d'intégration et je peux me tromper.

– Tu n'auras qu'à t'incruster avec tes voisins du dernier cours. Sauf si tu ne les sens vraiment pas, bien sûr. Dans ce cas, va t'asseoir près de la baie vitrée qui donne sur la piste d'athlé. C'est là qu'on mange quand on veut recharger son portable ou finir un devoir à l'arrache. Bref, tu ne feras pas pitié. Au pire, on te prendra pour un poète torturé.

Je suis trop bête. « T'inquiète, on n'a qu'à déjeuner ensemble ! », voilà ce que j'aurais dû lui dire ! Enfin, au moins, je lui ai donné un bon tuyau, je mérite la moyenne.

– Excellent ! s'exclame Jackson. J'allais justement te demander où je pourrais m'installer pour composer de longs poèmes sombres et mélancoliques.

– Mince ! Le Club des poètes torturés a fermé l'an dernier pour cause de restrictions budgétaires. C'est pas de chance.

– Quoi ? Si c'est comme ça, je rentre à Cleveland !

Il plaisante, bien sûr, mais ça me rappelle que, pour lui, tout est nouveau. Enfin, pas tout. Pas le *Starbucks*. Ni les déménagements, à en croire ma mère. Mais la ville de Kennedy, si. Tout comme sa maison, ses futurs camarades de classe… Et moi.

– C'est comment, Cleveland ? je lui demande.

Jackson hausse les épaules.

– Bof, comme partout. On n'y est restés que quelques années.

C'est presque imperceptible, mais son ton a changé. Jackson est toujours aussi sympathique et charmant, mais il semble soudain… un peu triste.

– Ma petite sœur est dégoûtée. Elle ne voulait vraiment, mais alors, vraiment pas déménager.

– Elle adorait Cleveland ?

– Même pas ! Mais elle déteste bouger.

– Et toi ?

Il hausse de nouveau les épaules.

– J'ai l'habitude. Et puis, y a des *Starbucks* partout.

– Non ? Pas possible ! Mais le nôtre, c'est le tout premier, hein ?

Et voilà, retour à la case départ. La fissure que j'avais cru déceler dans son incroyable assurance a disparu. Je dois admettre que ça a piqué mon intérêt. Je veux dire : encore plus qu'avant. Si seulement on était ailleurs ! Si seulement je n'étais pas en train de lui montrer quelque chose qu'il a déjà vu un million de fois !

On décide de comparer nos emplois du temps. On a pas mal de matières en commun, mais un emploi du temps complètement différent. En plus, Jackson fait allemand, moi espagnol. On a maths, tous les deux, mais il est en niveau intermédiaire et moi en confirmé. Je pique du nez dans mon mug pour lui cacher ma déception.

– Tu dois être forte en maths, commente-t-il.

Je pouffe et manque m'étrangler avec mon chocolat. Pas que je sois Einstein mais, oui, je me débrouille dans les matières scientifiques. Pas autant que ceux qui suivent des cours à la fac en auditeurs libres parce qu'ils ont fait le tour des programmes du secondaire, mais le cran juste en dessous. L'an dernier, quand une cliente lui a confié que son fils, au collège, avait « besoin qu'on le stimule » pour « révéler pleinement son potentiel » en maths, maman a proposé que je lui donne des cours particuliers. Elle rêve d'ajouter mon nom à la rubrique « soutien scolaire » de son classeur de bienvenue, voire au chapitre « garde d'enfants ». Tout pour me faire sortir de la maison ! Quoi qu'il en soit, le garçon en question s'est révélé être un vrai petit génie. Il prenait le train deux fois par semaine pour suivre un cours d'introduction à la théorie ergodique à l'université de Chicago. Ne me demandez pas ce que c'est, je n'en ai pas la moindre idée ! Je suis la meilleure en maths, mais je ne suis pas surdouée pour autant.

D'ailleurs, en cours, c'est ce qui me définit : mon talent pour les maths. Ainsi que, plus généralement, mon statut de bonne élève. Du coup, ça me fait bizarre de parler à quelqu'un qui l'ignore encore.

Au lycée, voici ce que les gens savent de moi : j'ai de bonnes notes, je suis la copine plus réservée et moins grande gueule de Maggie Cleave, et je porte toujours des fringues trois fois trop grandes pour un ours de taille adulte. C'est tout. Je ne pratique aucun sport, je ne suis pas inscrite au club de théâtre, je n'enfreins jamais le règlement et je ne suis pas très populaire auprès des garçons. L'intello de service, quoi ! Une intello qui a toujours les bras croisés sur sa poitrine.

Mais ça, Jackson ne le sait pas. Tout ce qu'il sait de moi, c'est que ma mère a essayé de me commander un chocolat chaud au lait écrémé. Pour autant qu'il sache, je pourrais être un tas d'autres trucs. Intello-mais-pas-que. Pour le nouveau, moi aussi, je suis nouvelle, et je dois dire que cette idée me plaît bien. Même si je sais que ça ne durera pas ; dès que Jackson entrera au lycée, l'illusion se dissipera.

– Comment ça, on n'a aucun cours en commun ? Et moi qui comptais sur mon assistante de mutation pour me présenter officiellement en début d'heure, lundi prochain… *Nicht gut,* ajoute-t-il de sa voix d'homme d'affaires allemand.

Un million de clients a dû s'asseoir avant lui sur ce fauteuil plein de bosses et d'éraflures ; pourtant, il semble avoir été fabriqué spécialement pour Jackson Oates. On dirait qu'à force de s'y vautrer, de s'y étirer et de s'y assoupir, les consommateurs lui ont donné pile la bonne forme pour mettre ce jeune homme en valeur. La jambe fléchie et appuyée contre l'accoudoir, la tête dans une main, il paraît décontracté jusqu'au bout des orteils. Comme s'il était chez lui, ici. Comme s'il était chez lui partout.

Ce mec est drôle, intelligent et très à l'aise – ce que je ne suis pratiquement jamais. Moi qui pensais qu'on serait tous les deux gênés par la situation ! Je suis bien seule, sur ce coup-là.

Pourtant, son attitude me met en confiance. Il y a un instant encore, je me recroquevillais, les genoux serrés contre moi et les mains crispées sur mon mug, mais voilà que je déplie mes jambes l'une après l'autre et les balance par-dessus l'accoudoir. Je m'adosse doucement, j'arrange mon sweat bouffant pour ne pas qu'il me moule, et je m'entends répondre :

– T'inquiète, ça ira. Au pire, en première heure, t'as allemand pas très loin de ma salle de maths. Si tu paniques, tu n'auras qu'à m'appeler : « Greer ! Au secours ! Je suis perdu ! »

Un grand sourire sincère s'étale sur son visage, alors j'en remets une couche :

– Greer ! *Helpen mich por fabor !*

J'ai parlé si fort que maman s'est retournée pour voir ce qui se passait. Elle n'a pas l'air fâchée, plutôt interloquée. Jackson éclate de rire.

– Par contre, évite l'allemand, je précise. Je ne connais que *Currywurst.*

Au moment de partir, maman s'exclame :

– Tiens, Jackson, tu n'as qu'à prendre le numéro de Greer. Au cas où tu aurais d'autres questions à lui poser.

Je la maudis et la bénis à la fois.

Elle se met à lui débiter mon 06 et je me demande si Jackson tape vraiment ou s'il fait semblant.

Mais, alors qu'elle n'a même pas terminé, il s'interrompt et me tend son portable.

– Tu me le notes ?

Et c'est mon nom que je lis dans les nouveaux contacts. Greer Walsh, sans une faute d'orthographe. C'est bien la première fois que quelqu'un devine du premier coup comment on écrit Gary Gris Gruyère…

Je m'y reprends à deux fois pour être sûre de ne pas me tromper, même si Jackson ne m'appellera sans doute jamais (ou alors de sa poche, sans le faire exprès). Puis je lui rends son portable. Il pianote dessus dix secondes et un divin petit *ping !* retentit au fond de mon sac.

– Maintenant, t'as le mien, me lance-t-il, radieux.

Je rougis d'absolument partout. Heureusement, il ne voit que mes joues devenir cramoisies.

En sortant, maman lance à Mme Oates :

– Vous auriez dû amener votre fille.

L'ambiance se dégrade d'un coup. Jackson et sa mère se regardent comme si maman venait de leur offrir un sandwich aux anchois avec supplément foie de morue en guise de cadeau de bienvenue.

– Elle est là, affirme Mme Oates. Mais, hum, elle a préféré rester dans la voiture avec l'iPad.

Elle a l'air mortifiée. Maman lui décoche sa plus belle moue de compassion.

– Les nouvelles têtes, ça la stresse, s'excuse Mme Oates.

Difficile de trouver quoi répondre quand on sait que leur famille n'arrête pas de déménager. Même ma mère en reste sans voix. Pauvre gosse. En plus, si ma mémoire est bonne, les élèves de CE2 ne brillent pas par leur sens de l'empathie… Je lui souhaite bonne chance pour lundi.

Le silence devient pesant. Jackson hausse les épaules et m'adresse une grimace marrante.

– C'est mieux comme ça, dit-il. On ne présente pas Quinlan à n'importe qui. D'abord, on préfère s'assurer que les gens nous apprécient vraiment !

– Oh, mais on vous adore déjà ! gazouille maman avec un petit rire en cascade sans me quitter des yeux.

Et c'est vrai. Tellement vrai.

Chapitre 2

La porte automatique du garage ne s'est pas encore refermée sur le 4x4 de maman que je file déjà vers ma chambre pour m'adonner à mon petit rituel. Je ferme ma porte à clé, je me débarrasse de mon T-shirt et de mon soutien-gorge et m'affale sur mon lit. Je possède une vieille couverture avec une bordure lisse en faux satin qui reste toujours fraîche, quelle que soit la température ambiante. Je m'allonge dessus au niveau du sillon que mon soutien-gorge a creusé dans ma chair et je m'y frotte doucement. Ça me fait autant de bien qu'un gant de toilette humide sur un front fébrile. Je m'étire et tout ce qui était comprimé en moi se détend. Ma colonne vertébrale se déploie et reprend ses dimensions naturelles. Je m'octroie cinq à six minutes de ce traitement, pas plus. Cinq à six minutes de répit pour mes épaules, ma nuque, et moi-même. Juste le temps de souffler.

En général, je profite de mon rituel pour faire abstraction du monde extérieur. Je ne pense ni à papa qui écoute Wilco dans la cuisine, ni à ma mère qui lui demande pour la énième fois si c'est ce groupe qu'ils ont vu en concert ensemble à Grant Park il y a *x* années. J'oublie mes devoirs d'histoire et le mystère de ma brosse à dents déjà mouillée ce matin (un coup de Tyler ?). J'oublie Maggie et son coup de gueule contre les végétaliens qu'elle traite d'hypocrites parce que leurs chats tuent des oiseaux. Je m'efforce de faire le vide et de m'abandonner à mes sensations.

Mais, aujourd'hui, j'ai beaucoup trop conscience de ma nudité. Jackson me trotte encore dans la tête et je me sens… exposée. Exhibée. Sur le qui-vive. Et pas relâchée pour deux sous ! Au contraire, je suis plus tendue qu'avant. Cela dit, ce n'est pas désagréable. Pour une fois, je n'ai pas envie d'échapper à mon corps mais plutôt de l'habiter.

Mes seins dégoulinent vers les côtés. J'aperçois mon nombril ainsi que le bouton de mon jean et mon regard file jusqu'à mes pieds. Mon corps ne se résume pas à ma poitrine. J'ai tendance à l'oublier. Je me cambre, plie les genoux et laisse retomber mes jambes de part et d'autre du matelas. Je frôle mon ventre, qui est plat, ferme et frais au toucher. J'imagine que c'est la main d'un autre qui caresse ma peau…

Et je m'arrête net.

Ce fantasme est idiot. D'abord, ce mec, je ne le connais même pas. Il s'est montré sympa parce qu'il est nouveau et qu'être nouveau-et-pas-sympa, c'est la recette assurée pour passer une mauvaise année. Et quand bien même Jackson se révélerait atteint d'une maladie ou d'un fétichisme bizarre qui lui fait apprécier les filles coincées mal sapées, ça resterait idiot, parce qu'à force de me caresser le ventre, sa main finirait fatalement par remonter et *crac !* elle s'échouerait dans les montagnes. Pas sur de gentilles pistes bleues comme on en trouve dans les Rocheuses, non. Sur les cimes hostiles de l'Himalaya, une région inhospitalière qui vous file le mal de l'altitude, sinon pire. Une région accidentée, sensible et moite de transpi. OK, ce détail-là ne vaut que pour moi. N'empêche : on ne part pas en vacances sur l'Everest. Au mieux, on boucle l'ascension vite fait, on prend un selfie et on essaie de se tirer de là vivant pour poster le récit de son exploit sur Internet.

Je me lève et farfouille dans un tiroir à la recherche d'un soutif propre. L'autre est trempé de sueur. J'enfile un T-shirt XXL et disparais dessous.

Vous savez qui me caresse le ventre sans arrêt, à volonté ? Mes nichons. Ils ne peuvent pas s'en empêcher.

Chapitre 3

Maggie est révoltée. Comme d'habitude.

On était censés rendre un court devoir sur la mort et le refus de mourir. Je schématise mais, en gros, il s'agissait de commenter un poème incitant à la rage contre la lumière qui se meurt. Contre la mort, quoi.

Mon amie, elle, a rédigé un plaidoyer de cinq pages en faveur du suicide assisté pour les malades en phase terminale.

– Maggie, j'enseigne la littérature. Je vous ai demandé une analyse stylistique, pas un argumentaire.

– Je ne vois pas l'intérêt. Je ne vais pas étudier un texte alors que je ne suis pas d'accord avec !

– Comment peut-on être en désaccord avec un poème ?

La salle s'est vidée ; il ne reste que Maggie, Mme Mulder et moi. La moitié du temps que je passe avec ma meilleure amie, je l'écoute débattre avec différents profs. Ou avec des camarades de classe. Ou avec des parents d'élèves. Ou avec ce gamin de huit ans venu réclamer des bonbons le soir de Halloween et qui avait osé lui soutenir qu'Hermione était moins cool que Ron et Harry parce qu'elle ne jouait pas au Quidditch.

C'est pour ça que je ne lui ai pas raconté ma rencontre avec

Jackson, bien qu'il se trouve actuellement quelque part dans le lycée; Maggie est trop occupée à discutailler avec tout ce qui bouge. Et peut-être aussi parce qu'elle m'exhorterait à lui proposer de sortir avec moi et que je serais dans l'obligation de répondre: «Non merci, je préfère enfouir mes sentiments sous ce pull XXL de crainte de me voir rejetée au profit d'une fille aux dimensions standards.» Elle s'embarquerait alors dans un nouveau débat, mais avec moi, cette fois. Or, de manière générale, j'essaie d'éviter les débats avec Maggie.

– Donc, si vous nous aviez donné à étudier une apologie de la torture, il aurait fallu que j'analyse bien sagement le rythme et les figures de style? Vous m'interdisez de me révolter contre les pratiques inhumaines?

– Je ne vous ai pas donné à étudier un texte sur la torture, mais un poème classique de Dylan Thomas traitant d'une expérience universelle.

Maggie toise Mme Mulder comme si celle-ci nous avait demandé de creuser une fosse commune et de la remplir de minichiots. Notre prof lorgne le déjeuner qui trône sur un coin de son bureau. Si elle ne capitule pas, elle peut dire adieu à son sandwich.

– Bon, lâche-t-elle, tu n'as pas vraiment réalisé l'analyse stylistique demandée, mais tu as une belle plume et le texte t'a manifestement beaucoup inspirée. Je te mets quatorze, mais la prochaine fois, respecte la consigne. Demande à Greer de t'aider, au besoin.

C'est pour ça que je n'ai pas envie de discuter avec Maggie. Maggie, elle vous embobine et vous fait faire tout le contraire de ce que vous aviez prévu. Comme changer un dix en quatorze, par exemple. Ou avouer qu'on a flashé sur le fils d'un client de sa mère.

– Je trouve que c'est un bon compromis, dis-je avant que Maggie puisse ajouter quoi que ce soit.

Je glisse le doigt dans une maille un peu lâche de son écharpe et tire un petit coup. Je n'ai pas la force de débattre avec elle mais je peux détricoter son ouvrage si elle ne lâche pas l'affaire.

– À demain, dis-je à Mme Mulder en entraînant mon amie vers la sortie.

Maggie, elle, déclame le dernier vers du poème de Dylan Thomas tandis que nous nous éloignons dans le couloir :

– *Rage, enrage contre…*

– Tout ? je la taquine.

– Pas tout, non. Mais il faut quand même bien s'insurger contre quelque chose !

Chapitre 4

Contre quoi m'insurgerais-je si j'étais du genre révoltée, comme Maggie ? Contre Marthe et Maïté.

Et qui sont Marthe et Maïté, me demanderez-vous ? Mes seins.

Mes nichons.

Mes nénés.

Mes pare-chocs.

Mes doudounes.

Mes obus.

Mes airbags.

Ma paire.

Simon & Garfunkel.

Mes boobs.

Mes lolos.

Vous vous rappelez ce que je vous ai dit à propos de mon niveau en maths ? Si mes seins étaient les mathématiques, je ne serais pas seulement première de ma classe, mais l'un de ces surdoués flippants et il faudrait que je trimballe tous les jours jusqu'à la fac ma poitrine bien trop avancée pour le lycée. Pour briller aux partiels, il me suffirait de me pointer en débardeur.

Mes seins ne figurent pas dans le Guinness mais, pour rester dans le registre des maths, disons qu'ils sont nettement plus gros que la moyenne, la médiane ou le mode.

Les gens ne s'en rendent pas toujours compte immédiatement parce que je ne porte que des T-shirts XXL depuis que je suis en troisième. Des T-shirts XXL achetés au rayon homme. Même les femmes qui font du XXL n'ont pas des nichons comme les miens.

Si je me risquais à essayer le genre de fringues que portent mes copines, j'aurais l'impression de me transformer en Hulk : le tissu ne résisterait pas.

Ma mère déplore mon style vestimentaire. Elle trouve qu'il me donne l'air grosse. Enfin, pas grosse, ronde. Jamais elle ne prononcerait le mot « gros » (bien que je sois certaine qu'elle connaisse le ratio taille/poids idéal à cent grammes près).

Maman a des seins de taille moyenne. À vue de nez, je dirais qu'elle fait un bonnet C. J'ai dû hériter mes machins d'une vieille tante à forte poitrine du côté de mon père.

Voici ce que mes amis en disent :

C'est bien ça : rien. On n'aborde pas le sujet. Ni avec maman. Ni même avec Maggie. Bien sûr, elle se doute que je ne suis pas ravie de ma morphologie, mais si elle savait à quel point j'en souffre, elle serait déçue. Elle s'efforcerait de me persuader de me pointer en cours en bustier pour faire un discours sur le harcèlement à l'intention de certains individus. Ou alors, elle décréterait que seize ans, c'est l'âge parfait pour une opération irréversible de réduction mammaire et elle se mettrait en devoir d'interroger pour moi des chirurgiens plasticiens afin de déterminer le volume de chair exact dont il serait bon de m'amputer. Or, je ne me sens prête pour ni l'une ni l'autre de ces options. Tout ce que je veux, c'est finir le lycée.

D'ailleurs, je ne suis pas la seule pour qui le corps est un sujet tabou. Entre filles, on n'évoque que des complexes anodins : les plus grandes d'entre nous se plaignent d'avoir du mal à trouver des jeans assez longs ; on peste contre nos boutons d'acné… Mais pour les trucs plus graves ou plus gênants, c'est la loi du silence qui prévaut.

Tenez, par exemple… Chaque année, en février, pendant la semaine de sensibilisation aux troubles du comportement alimentaire, une infirmière vient faire de la prévention concernant l'anorexie, la boulimie, etc. À l'écouter, c'est super facile de repérer les personnes concernées. Ben voyons, comme si elles s'en vantaient dans la queue de la cantine… « À partir d'aujourd'hui, je me nourrirai exclusivement de pelures de gomme ! Et si je culpabilise trop, je passerai aux crayons pourris qui n'ont même pas de gomme au bout. » Il suffirait alors de former un cercle magique de soutien autour de notre camarade pour qu'elle mange un sandwich.

Sauf que, dans la vie, ça ne se passe pas comme ça. La plupart des gens gardent leurs problèmes pour eux.

L'an dernier, au premier trimestre, on a eu natation en EPS. À l'époque, j'étais déjà complexée mais, au moins, le lycée sépare les garçons et les filles pour toute activité impliquant des notions d'éducation sexuelle, des maillots de bain ou des sacs de couchage (*cf.* le stage d'aide humanitaire au camp Planque-ta-Beuh). La prof nous a obligées à porter de vieux maillots une pièce de l'équipe de natation de 1975 parce que, dans la classe, certaines filles n'avaient que des minibikinis parfaitement incompatibles avec l'apprentissage du papillon. Le modèle en question était lie-de-vin, aussi couvrant qu'un col roulé et tellement distendu à l'entrejambe qu'il nous arrivait aux genoux. À l'époque, je rentrais encore dans du 95 (à condition de ne pas respirer trop fort).

Le premier jour, on s'est changées, douchées et alignées le long du mur puis on s'est pelé les miches en écoutant Mme Reinhold nous servir son laïus sur la sécurité.

J'essayais de ne pas fixer Nella Woster, mais j'étais fascinée : affublée du même maillot démodé que nous, elle n'en ressemblait pas moins à une figurante dans un clip de rap. Chaque courbe de son corps était parfaite. Une virée shopping avec elle, ça doit être un cauchemar. Je parie qu'elle a du mal à choisir parce que tout lui va à ravir. « Mince, je vais devoir tout acheter. » « La boutique vous en fait cadeau si vous posez avec sur Instagram ! »

C'est là que Jessa Timms, la sportive de service (je crois même qu'elle fait de la muscu), s'est avancée, a pilé devant moi, a reluqué mes seins et s'est écriée :

– Waouh, Greer ! T'es gaulée, meuf ! Moi qui te croyais un peu boulotte !

Mon visage a pris la même teinte que mon maillot et je me suis pratiquement pliée en deux pour faire disparaître ma poitrine. Personne n'a ri. En revanche, quelques filles ont poussé un petit cri indigné, choquées que Jessa ait osé dire un truc pareil. « Sérieux, Jessa, les commentaires sur le physique, ça ne se fait pas ! Pas devant les gens, en tout cas », avaient-elles l'air de penser. Mais pendant toute l'heure qui a suivi, j'en ai vu me jeter des regards en coin comme pour en avoir le cœur net. « Elle a raison, Jessa. Greer Walsh a de gros seins. » Et encore, ils étaient loin d'avoir atteint leur volume actuel.

Cet échange au bord de la piscine, en seconde, constitue la discussion la plus poussée que j'aie eue à leur sujet. Mais je ne doute pas qu'ils fassent beaucoup parler d'eux quand je ne suis pas dans les parages.

Chapitre 5

Il existe sur Internet un formulaire intitulé « La réduction mammaire : le bon choix pour votre ado ? ». On y trouve une série de questions concernant les douleurs, la croissance, le patrimoine génétique, les facultés de cicatrisation, « la puberté et la régularité des menstruations », les « motivations psychologiques profondes » ainsi que la « maturité émotionnelle » de l'ado en question, et plein d'autres choses encore plus intimes. S'y ajoute une liste de trucs qu'on est censée demander à son médecin généraliste. Une perspective qui me rebute, mais si je veux obtenir davantage de renseignements sur cette opération, je n'y couperai pas. Cette année, je m'étais donc préparée : lors de la visite médicale annuelle, quand Mme Garcia me demanderait immanquablement si je souhaitais que ma mère patiente dans la salle d'attente pendant l'auscultation, je répondrais oui.

J'appréhendais. Je n'avais encore parlé à personne de mes problèmes de poitrine. Au moins, le Dr Garcia était tenue au secret médical et elle devait avoir l'habitude que ses patients lui confient des choses bien plus embarrassantes. J'avais prévu de me montrer très pro afin qu'elle constate que j'avais la maturité émotionnelle requise chez une adolescente de quinze ans affublée de seins format bébés lamantins. (Apparemment, les adultes n'ont pas besoin de faire preuve d'une quelconque maturité émotionnelle pour bénéficier de chirurgie esthétique. Il leur suffit d'aligner les billets.) Une fois débarrassée de ma mère, j'aurais dit au Dr Garcia : « J'ai commencé des recherches concernant la réduction mammaire et j'aimerais en savoir plus. » Le médecin aurait pris un siège, elle aurait répondu à mes questions, et personne n'aurait rougi, bégayé ou quoi que ce soit dans ce goût-là. Peut-être même qu'elle m'aurait tendu un prospectus titré *La réduction mammaire « spéciale ado » : rapide, gratuite et confidentielle (opérations de la durée d'une heure de perm).*

J'étais assise sur la table d'auscultation et j'essayais d'essuyer mes mains moites sur le drap d'examen en papier quand le Dr Garcia a dégainé son stéthoscope. J'ai cru qu'elle allait oublier de me poser la question, ce qui m'aurait obligée à congédier maman moi-même. Mais, à la dernière minute, elle a dit :

– Greer, tu veux que ta mère patiente dans la salle d'attente pendant que je t'examine ?

Mon pouls s'est emballé. Enfin, j'allais pouvoir consulter un être humain en chair et en os et pas uniquement le site WebDoctor ou les témoignages des patientes sur les forums spécialisés. J'en mourais d'envie et de peur à la fois.

C'était compter sans ma mère. Sans me laisser répondre, elle s'est exclamée :

– Ah, mais oui ! J'avais oublié que vous posiez tout le temps cette question. Greer, est-ce que tu as quelque chose de personnel à demander au docteur, cette fois ?

Elle m'a regardée en mode je-suis-cool-et-je-te-soutiens-tout-en-respectant-ta-vie-privée, mais elle n'a pas repris sa veste ni rangé son portable dans son sac à main pour autant. Elle avait débité sa question comme si une seule réponse s'imposait : « Non, merci. » Le docteur Garcia me fixait toujours. Soudain, j'ai compris pourquoi beaucoup de filles de mon âge ne sont pas sous contraception alors qu'elles en auraient besoin : prier sa mère de sortir, dans ces cas-là, ça équivaut à des aveux. J'ai secoué la tête, vaincue. Je n'osais même pas rembarrer ma mère pour demander au médecin si mes seins avaient fini de pousser en vue de me les faire charcuter. Comment aurais-je supporté les trente-six mille questions des infirmières, des chirurgiens, des assureurs, de tout le personnel médical de la clinique, de mon père et – pitié, tout mais pas ça – de TYLER ?

Maman n'a pas cillé et je n'ai pas moufté. Le Dr Garcia m'a annoncé que j'avais le cœur et les poumons sains et que j'avais pris deux kilos au cours de l'année précédente (dont un et demi de nibards, je parie). Ensuite, elle m'a rédigé un certificat médical d'aptitude à la pratique sportive, « au cas où ». Lol.

Chapitre 6

– J'attends une cliente. Débarrasse-moi la table.

Tyler passe en revue la table de la salle à manger, où reposent un élégant plateau en bois scandinave ainsi qu'environ quatre cent cinquante mètres cubes d'affaires à lui. Gadgets électroniques, devoirs divers, livres, miniballons de foot en papier, emballages de bonbons, chaussettes et bouteilles d'eau à moitié vides. Il laisse tout en plan et se dirige vers la cuisine.

Il ouvre le frigo, en sort une nouvelle bouteille d'eau et scrute les étagères comme s'il attendait une apparition miraculeuse dans le bac à légumes. J'assiste à la scène depuis l'îlot de la cuisine en me retenant d'intervenir. Le comportement de mon andouille de petit frère ne relève pas de ma responsabilité, mais de celle de ma mère – comme j'ai tâché de le lui faire comprendre il y a de cela treize ans, le jour où ils l'ont ramené de la maternité. Hélas ! C'est plus fort que moi.

– Maman t'a dit de ramasser tes affaires.

Tyler jette un regard par-dessus son épaule.

– Il n'y a pas que les miennes.

– Euh, si.

– Non !

Je me lève de mon tabouret de bar et marche jusqu'à la table. Tyler me suit mollement.

– Je t'écoute. Qu'est-ce qui n'est pas à toi ?

Il scrute le bazar.

– Ben, ça.

Certes. Accordé. Le plateau de bois tourné que maman a payé cent soixante-quinze dollars à la boutique de souvenirs de je ne sais quel musée n'appartient pas à Tyler.

– Et ça, c'est à toi, non ? ajoute-t-il en désignant vaguement un coin de la table tout en faisant défiler de sa main libre les stories de ses potes sur son portable.

– Ça ?

Je ne touche pas l'objet en question ; cette seule idée me file la gerbe. Je laisse mon index en suspens quelques centimètres au-dessus.

– Ben, quoi ? C'est pas à toi ? ose me demander Tyler sans décrocher de son écran.

– T'es sérieux, là ?

– Ben, ouais. Pourquoi ?

– Tyler, ceci est une coquille. Une coque en plastique qu'on glisse dans son short de sport pour se protéger les testicules.

Enfin, il lève les yeux et fronce le nez.

– Ah, ouais. Bien vu.

– Et donc, tu crois vraiment que c'est à moi ? Sachant que je ne porte pas de coquille, vu que je n'ai pas de testicules à protéger, que je ne pratique aucun sport et que, accessoirement, je ne suis pas dégueu, et qu'il ne me viendrait donc pas à l'idée de laisser traîner là où on mange un truc plein de transpi qui sort de mon slip.

Ma voix est de plus en plus stridente et ressemble de plus en plus à celle de maman, un détail qui n'échappe ni à Ty ni à moi.

– À moins que tu ne penses que je devrais porter une coquille quand je fais mes maths pour protéger mes couilles imaginaires d'une éventuelle chute de livre. Il est lourd, mon livre de maths. Je risquerais de me blesser. C'est un cadeau, c'est ça ? Franchement, c'est trop sympa de ta part, Tyler. Merci !

Et là, qui vois-je sur le seuil de la porte, en train de m'adresser un petit salut crispé ? Jackson Oates.

– Hum… Salut, me dit-il d'un ton qui souligne lourdement l'extrême bizarrerie de la conversation qu'il interrompt.

Il va s'imaginer qu'on passe notre vie à comparer nos testicules, Tyler et moi. C'est exactement l'impression que j'ai envie de lui faire, vous vous en doutez.

– Oh ! Salut, Jackson. Je savais que ta mère devait passer… J'ignorais que tu serais là.

– On va chercher mon père à l'aéroport. Je ne voulais pas m'incruster…

Il enfonce ses mains dans ses poches, mettant sa carrure en valeur. Il fait peut-être de la natation, du base-ball ou un truc du genre.

– Pas de problème ! Tyler et moi tentions de résoudre un dilemme : est-ce qu'il vaut mieux qu'il range sa coquille sur la table de la salle à manger ou plutôt dans le frigo ?

Mon frère me flanque son coude dans les côtes. Laisser traîner ses effets personnels les plus intimes au milieu de la pièce, ça ne lui fait ni chaud ni froid, mais que je me moque de lui devant un ami, ça, ça le gêne. Au moins, il lui reste un peu de pudeur.

– Et pourquoi pas dans un vase en cristal ? suggère Jackson avec un petit moulinet du poignet.

– *Pff*, ça ne rentrerait même pas, grommelle Tyler, qui prend toujours tout au pied de la lettre.

– Jackson, je te présente Tyler, mon petit frère. Ty, Jackson Oates.

Je me répète le nom Jackson Oates en boucle depuis notre rencontre. J'espère que ça ne s'entend pas trop lorsque je le prononce.

– Tu fais du lacrosse ? lance celui-ci en désignant du menton une balle rose fluo. Sérieux, Tyler, c'est même pas la saison pour sortir le matos !

Ravi de faire l'objet de son attention, mon boudeur de frère s'illumine.

– Ouais ! Toi aussi ?

Jackson fait non de la tête.

– J'ai failli à l'époque où on habitait en Virginie, mais on a déménagé avant le début de la saison. Par contre, j'ai testé plein d'autres sports. Base-ball, foot, et même un trimestre de natation ! Je m'adapte selon l'endroit où je vis. Depuis quelques années, je me concentre sur le tennis. Et toi, Greer, c'est quoi, ton sport ?

À mon tour de m'illuminer.

– Oh, je ne suis pas très sportive.

Je me garde de préciser que le sport, contrairement aux maths, nécessite de posséder un corps qui coopère au lieu de ballotter et de gigoter, entravant les moindres gestes de son propriétaire. Hier soir encore, Tyler m'a piqué mon portable et j'ai dû lui courir après en pyjama sans soutien-gorge. Résultat, Maïté a fait un tel bond que j'ai bien failli finir avec un coquard.

– Comment s'est passée ta rentrée ?

J'ai repéré Jackson deux ou trois fois dans les couloirs au cours des derniers jours. D'abord, avec le délégué qui lui faisait visiter le lycée, puis en compagnie des membres les plus motivés du BDE. Ce midi, déjà, il déjeunait avec un groupe de mecs qui vont toujours se chercher des tacos dehors. Je ne m'étonne pas qu'il se soit intégré si rapidement, mais j'avoue être un peu déçue : de toute évidence,

Jackson Oates n'aura pas besoin de moi comme guide personnel jusqu'à la fin de l'adolescence.

– Plutôt bien, me répond-il. Je ne me suis pas perdu. Je ne me suis pas fait taper dessus. Ni racketter.

– Tant mieux. Le mec du camion à tacos ne prend pas la carte de lycéen.

Il incline la tête et je me sens rougir. Il doit penser que je l'espionne.

– Je t'ai vu partir avec Max et sa bande. Je voulais juste m'assurer que tu ne te morfondais pas dans le coin des poètes torturés.

– Tu aurais dû te joindre à nous ! L'effiloché de bœuf était délicieux.

J'essaie de visualiser la faille spatio-temporelle qui s'ouvrirait si je m'invitais à déjeuner avec le grand frère de Maggie et ses potes populaires.

– J'avais des poèmes à terminer, dis-je d'un ton mélodramatique.

– Menteuse. Max dit que tu manges avec sa sœur tous les midis.

Max ? Jackson lui a parlé de moi ? À mon tour d'incliner la tête, mais lui ne rougit pas. Il se contente de sourire. Je n'ose imaginer ce qu'il a dit au frère de Maggie. « J'espère que Double Airbag ne va pas me coller jusqu'au *food truck*. Elle me suit comme un petit chien depuis ce matin. » « T'inquiète, elle mange avec Maggie. Ma sœur est trop flemmarde pour bouger son cul de la cantine. »

N'empêche que Jackson a pensé à moi.

– Bon. En tout cas, si Max ou quelqu'un d'autre essaie de te piquer ton goûter, tu sais où me trouver en première heure : salle 113.

Un choc sourd retentit. Une sorte de lutin blond vient d'asséner un violent coup dans le dos de Jackson. Celui-ci fait volte-face et empoigne le bras de son agresseur pour l'empêcher de recommencer.

– Aaaaïe ! piaille le lutin.

– Arrête, Quin !

– J'ai rien fait !

D'après maman, Quinlan Oates est en CE2 mais elle est grande pour son âge et maigre comme un clou. On la prendrait presque pour une collégienne, n'était son accoutrement : bottes fourrées Ugg rose vif (sous le toit de Kathryn Walsh ! Sur le tapis de Kathryn Walsh !), legging trop court et T-shirt affichant le message « T'aimes pas mon attitude ? Moi, j'aime pas ta tête ! » en grosses lettres à paillettes. Elle se dégage d'un geste et foudroie Jackson du regard.

Il ne prend pas la peine de nous présenter sa petite sœur.

– Où est maman ? lui demande-t-il.

– Je sais pas. Je m'en fiche.

– Pas moi. Va la voir.

Tyler et moi, on s'entend comme chien et chat. Entre autres parce qu'il est dégueu et moi pas. Mais, la plupart du temps, on ne se déteste pas. Je me fâche quand il laisse traîner sur la table des machins qui ont été en contact avec ses couilles et je préférerais qu'il n'aborde pas en public ses soucis de constipation mais, dans l'ensemble, on se tolère.

La tension qui règne entre Jackson et Quinlan, c'est autre chose. D'habitude, il a une posture souple et relâchée. Si on le percutait par accident, je parie qu'il tanguerait un peu de droite à gauche puis qu'il se jetterait sur le maladroit pour l'empêcher de tomber. Mais quand Quinlan a débarqué, il s'est tendu direct et, depuis, il se tient plus raide qu'une barre de fer.

– Les présentations sont faites ? pépie maman en pénétrant dans la pièce d'un pas dansant.

Traduction : « Greer Eleanor Walsh, je t'ai enseigné l'art de recevoir, y compris les lutins violents. J'espère que tu as proposé des rafraîchissements à nos hôtes. » Son regard dévie vers le machin inqualifiable qui traîne toujours sur la table et je la vois tressaillir.

– Excusez-nous pour le désordre, dit-elle à Mme Oates en soupirant. Les garçons, vous savez ce que c'est !

Mme Oates, qui est grande et blonde comme sa fille, mais respire l'élégance et le bien-être comme son fils, lui adresse un sourire indulgent. Pourtant, je suis à peu près certaine que Jackson est du genre à classer soigneusement ses devoirs dans des pochettes ainsi que je le fais moi-même et à ranger son équipement sportif à un emplacement dédié après chaque utilisation.

– Vous voulez boire quelque chose ? je demande (un peu tard). Un soda maison ? On a framboise et myrtille-vanille, je crois.

– J'ai fini celui à la myrtille, annonce Tyler en rotant.

Depuis qu'on a une machine SodaStream, il est plein à craquer de bulles de gaz carbonique. Maman lui décoche son regard Il-y-a-des-fois-où-je-pourrais-te-tuer-de-mes-propres-mains, qui résume assez bien le sentiment général qui prévaut envers lui la plupart du temps.

– On doit filer, déclare Mme Oates. On va chercher Ben. Ça fait deux semaines qu'il est à Dubaï...

– Mais on ne va pas le chercher sur place, précise Jackson.

Je suis trop préoccupée pour pouffer. Quinlan traficote quelque chose près de la bibliothèque, mais elle nous tourne le dos et je ne vois pas ce qu'elle fait.

– Tu m'en vois soulagée ! s'esclaffe maman, hilare, comme si Jackson venait de faire la blague du siècle.

Elle se tourne vers moi, soucieuse de vérifier que le charme de Jackson ne m'a pas échappé, j'imagine.

Dès que les Oates s'en vont, maman se met aussitôt en devoir d'engueuler Tyler pour le bazar (d'une voix qui m'évoque cruellement la mienne). Quant à moi, je fonce inspecter les rayons de la bibliothèque.

Devant les livres s'alignent de délicates figurines en verre soufflé qui appartenaient à maman dans sa jeunesse. Elles représentent Blanche-Neige et les sept nains. Elle me les a offertes quand j'avais sept ou huit ans mais, comme elles sont très fragiles, je n'avais le droit de jouer avec qu'à la table de la cuisine, sur un torchon, sans jamais y mêler d'autres jouets comme des LEGO. J'avais aussi l'interdiction formelle de les entrechoquer entre elles. En gros, je n'avais pas le droit de jouer avec, seulement de les manipuler avec mille précautions pour mieux les admirer. De préférence en retenant ma respiration.

Je les adorais, et c'est toujours le cas. J'aime leur taille minuscule, leur finition parfaite et leur rassurante prévisibilité. Il y a le nain qui est tout le temps fatigué. Il y a celui qui n'ose pas parler. Et, tout au bout de la rangée, celui qui en veut à la terre entière. La vie serait tellement plus simple si tout était aussi facile à résumer ! S'il suffisait d'être Dormeur ou Grincheux ou Joyeux. Mais même Tyler ne reste pas Simplet vingt-quatre heures sur vingt-quatre. Parfois, il se transforme en Puant.

Mon estomac se vrille. Blanche-Neige est bien là, avec les deux lapins, le nid de merlebleus miniatures et six de ses amis les nains…

Mais Grincheux a disparu.

Chapitre 7

« Salut, Jackson. C'était sympa de te voir hier soir et de rencontrer ta sœur. Quel petit ange ! Au fait, je suis à peu près certaine qu'elle m'a volé une miniature Disney à laquelle je suis très attachée pour des raisons parfaitement matures et rationnelles, et je me demandais si je pouvais la récupérer. Ah, les frères et sœurs ! Relous, hein ? »

Ouais, super idée… Si je lui sors ça, à tous les coups, il va me répliquer : « Tiens ! Justement, je me demandais d'où il sortait, ce drôle de petit bonhomme. » Et sur ce, il dégainera un écrin où mon Grincheux reposera sur un lit de duvet de dodo. Jackson précisera : « Je me suis permis de lui lustrer un peu le chapeau et de réparer sa pioche, qui était un peu ébréchée. Tu ne m'en veux pas, j'espère ? » Puis il m'annoncera qu'il a toujours rêvé de sortir avec une fille qui porte des T-shirts plus grands que les siens.

– Tu ne m'avais pas dit que tu connaissais le nouveau.

Maggie pose brutalement son plateau sur la table et je sursaute.

– Qui, Jackson ?

Je demande ça comme s'il y avait une horde de nouveaux au lycée et que j'avais besoin de précisions alors que je viens de regarder Jackson traverser la cantine en compagnie de Max Cleave et d'un autre élève de terminale.

– D'après ce qu'il a dit à mon frère, t'es la première personne qu'il a rencontrée à Kennedy. Apparemment, tu l'as bien aidé.

– Aidé ? Moi ? Ah, bon… Ma mère m'a traînée à un rendez-vous pro avec lui et sa mère. Tu sais comment elle est. Ça m'énerve tellement !

Je mens. Rencontrer Jackson est la chose la moins énervante que ma mère m'ait jamais infligée.

– Au fait, pourquoi est-ce que Max traîne avec lui ? je demande. Jackson est en première.

– Il veut le recruter pour son équipe de base-ball. Il leur manque un receveur première base ou que sais-je, parce que tronche-de-cake est parti à la fac et que le barbu qui le remplace est nul.

– Je crois que Jackson fait surtout du tennis.

Maggie hausse les épaules. Tous les sports se valent à ses yeux. Un jour, je lui ai dit que j'allais assister au match de hockey de Tyler. Elle a compris « bilboquet » et ça ne l'a même pas fait tiquer.

– Il est comment ?

– Qui, Jackson ?

– Non, mon frère, me répond-elle, sarcastique.

– Ah oui, pardon. Euh, gentil.

Maggie fronce les sourcils.

– Gentil ?

– Ouais, enfin, sympa, quoi. Et marrant.

Elle me fixe toujours. Je finis par lâcher :

– Je ne sais pas, moi ! Plus doué que moi pour se faire des amis, ça, c'est sûr.

Elle ne me quitte pas des yeux.

– Je peux te le présenter si tu veux.

– Pourquoi tu ne m'as pas dit que tu le connaissais ?

– Je croyais l'avoir fait.

Elle a l'air sceptique, mais elle lâche l'affaire.

– Peut-être, j'ai dû oublier.

Je soupire de soulagement : ma stratégie d'évitement a fonctionné.

C'est là qu'elle ajoute :

– Il est mignon, tu ne trouves pas ?

– Ah ? Je ne sais pas, j'ai pas fait gaffe.

Cette fois, c'est Maggie qui soupire. Elle est persuadée que je ne fais jamais attention à ce genre de choses et ça la désespère.

Alors qu'en vrai, ce n'est pas que je n'y pense pas. Le problème, c'est justement que j'y pense, et qu'après je pense à toutes les bonnes raisons de ne pas y penser.

Chapitre 8

Quand on était au collège, Maggie et moi, on avait chacune deux brosses à dents : une chez elle et une chez moi. C'était la seule chose qu'on ne pouvait pas se prêter si on décidait sur un coup de tête d'aller passer la nuit chez l'autre. Maggie aurait zappé sans ciller le brossage de dents, ou alors elle se serait servie de son doigt, mais pas moi. Le rituel du soir était trop profondément ancré en moi. Chez elle, ma brosse à dents était estampillée des initiales GEW au feutre indélébile. Un élastique à cheveux miniature entourait celle qu'elle laissait chez moi (au cas où les marques de morsures à son extrémité n'auraient pas suffi à l'identifier).

Pour le reste, on partageait tout : pyjamas, oreillers, gel nettoyant pour le visage, chargeurs de téléphone, peluches, traitement anti-verrues plantaires, brosses à cheveux et vêtements. Aujourd'hui, l'idée que nous puissions échanger ne serait-ce qu'un T-shirt ou même un pantalon est grotesque. Sans même parler de notre colossale différence de tour de poitrine, je mesure presque dix centimètres de plus que Maggie, et tout dans les jambes (ou presque). Ça ne se voit pas trop parce que je me tiens tout le temps voûtée tandis qu'elle se grandit comme si elle essayait de voir par-dessus la tête d'un gars devant elle à une manif contre le port d'arme.

La dernière fois que j'ai emprunté un truc à Maggie (à part un bandeau pour les cheveux), c'était le premier week-end après notre rentrée en troisième. Marthe et Maïté avaient déjà élu domicile sur mon torse, mais n'étaient pas encore devenues les deux squatteuses obèses que je me coltine aujourd'hui. J'étais allée dormir chez Maggie un vendredi soir après les cours, y étais restée jusqu'au samedi soir puis, de fil en aiguille, jusqu'au dimanche matin. Comme je trouvais ça un peu limite de porter les mêmes vêtements trois jours d'affilée, quand sa mère nous a envoyées acheter des bagels pour le brunch dominical, Maggie m'a prêté un débardeur et une veste en jean. À l'époque, je mettais encore des soutiens-gorge standards. Ce week-end-là, je portais un joli modèle bleu à balconnet en dentelle de Calais choisi avec maman lors d'une virée shopping l'été précédent (depuis, on n'a plus jamais acheté de lingerie ensemble). Il était mimi, pas trop sexy, et je l'aimais bien, même si, avec le recul, je me rends compte que j'aurais déjà dû le mettre au rebut depuis longtemps. J'en débordais de partout. Pourquoi refusais-je de l'admettre ? Honte ? Déni ? Un peu des deux, sans doute.

Comme Maggie avait déjà arrêté le gluten, je me suis chargée des bagels pendant qu'elle allait chercher des boissons chaudes au café d'à côté. Max (notre chauffeur) nous attendait dans la voiture, le moteur allumé. J'avais donc la pression. D'autant que les Cleave ont un avis très tranché sur à peu près tous les sujets.

– Laisse-moi deviner : un bagel à emporter ?

Le vendeur avait à vue de nez un ou deux ans de plus que moi. Sa casquette d'employé retenait une belle masse de cheveux bouclés. S'il n'arrivait pas à percer dans le milieu du bagel, il pourrait toujours se reconvertir dans le mannequinat. Aguicheur, il m'a décoché un demi-sourire.

– Non. Il m'en faut douze ! lui ai-je répondu.

Et j'ai relancé son demi-sourire d'un sourire intégral.

– Douze, donc treize, m'a-t-il rétorqué. Eh oui ! Il y en a un gratuit. Le bagel bonus, cadeau de la maison.

Il avait l'air très fier de lui. J'ai failli lui rétorquer que c'était ce qu'on appelait « treize à la douzaine », que la pratique était courante en boulangerie et qu'il n'y avait pas de quoi se vanter. Quatorze bagels à la douzaine, ça, ça aurait été quelque chose ! Mais le vendeur avait de si jolies pommettes et ses bras semblaient avoir pétri beaucoup de pâte à pain… D'autant qu'à l'époque, j'avais encore foi dans les garçons, les seins et les bagels.

– Je ne dis jamais non à un bagel bonus ! ai-je roucoulé.

J'en ai demandé deux nature, deux aux graines de sésame, deux aux œufs, deux aux graines de pavot et deux « avec un peu de tout » – les incontournables. Puis j'ai séché. Que choisir pour la maman de Maggie ? Pomme et graines de lin ? Ou plutôt parmesan et poivre ? Et Max, était-il du genre à aimer les raisins secs et la cannelle ?

– Tu as quelqu'un pour t'aider à manger tous ces bagels ? m'a demandé le vendeur en me dévorant des yeux.

Je buvais du petit-lait.

Je me suis penchée par-dessus le comptoir pour mieux voir et, tout en réfléchissant aux Cleave et à leurs goûts, je me délectais de l'attention du vendeur. Ses répliques étaient beauf, mais je m'en fichais du moment qu'il me draguait. « Parmesan et poivre ou cannelle et raisins secs, cette veste en jean doit être flatteuse, c'est fou ce que mes cheveux sont plus beaux quand je ne viens pas de les laver, je me demande quel lycée il fréquente, blé complet, c'est banal, et si je testais quelque chose de nouveau ? » Je n'arrivais pas à me décider, et ça m'arrangeait bien de faire durer le plaisir.

Avec les profs et les parents, j'avais toujours eu la cote. Avec les filles, en général, j'accrochais plutôt bien (sauf avec les ennemies de Maggie, qui avaient tendance à nous mettre dans le même panier). Mais les garçons, surtout plus âgés, ne m'avaient jamais remarquée. Ou, en tout cas, ils n'avaient jamais paru remarquer que j'étais une fille. Peut-être que le vent était en train de tourner ! Ou peut-être que c'était juste ce vendeur de bagels qui trouvait irrésistible l'autonomie et la maturité de cette jeune fille responsable du petit déjeuner d'un nombre de personnes compris entre un et treize. « Oignon, miel et avoine, gros sel... Si ça se trouve il est là tous les dimanches... »

À un moment donné, alors que j'étudiais le contenu des corbeilles métalliques pleines de bagels, j'ai remarqué que mon beau mec ganté zyeutait mon décolleté. Il affichait toujours le même sourire en coin. J'ai suivi son regard et me suis rendu compte que non seulement mes seins débordaient de mon haut comme de la pâte à bagel crue, mais qu'en plus mes tétons dépassaient à moitié. Je n'étais ni charmante ni irrésistible. J'étais à moitié à poil.

– Et pour le reste, des bagels nature, ai-je conclu en tirant sur les pans de la veste de Maggie.

C'est à ce moment-là que je me suis aperçue qu'elle ne fermait pas complètement. Bagel Boy, lui, l'avait apparemment remarqué depuis un certain temps.

– T'es sûre ? Miel et avoine, c'est une...

– Certaine. Et un pot de fromage à tartiner, merci.

– Comme tu voudras, a-t-il maugréé.

Il a emballé ma commande sans un sourire de plus.

Sitôt de retour chez Maggie, j'ai remis le T-shirt sale que je portais depuis le vendredi.

Ce genre de mésaventure ne m'arrive plus, parce que je prends mes précautions. Avec mes gros pulls gris et ma façon d'envoyer paître quiconque s'adresse à moi sur un ton un peu trop familier, je ne laisse aucune place à l'ambiguïté. J'étouffe dans l'œuf les plans drague avant que les regards n'obliquent vers Marthe et Maïté, avant que quiconque ait le temps de s'emballer ou de fantasmer bêtement. Avant que j'aie à me demander si c'est à moi qu'on s'intéresse… ou bien à mes squatteuses.

C'était du moins ma politique jusqu'à ce que Jackson fasse son apparition dans le *Starbucks* fétiche de ma mère et que je m'autorise à me poser la question.

Chapitre 9

Ce trimestre, au programme d'EPS, on a volley.

Le volley, ça implique de sauter.

Une pratique que j'évite dans la mesure du possible.

La majorité des filles se changent en vitesse dans le vestiaire. Elles retirent leur sweat et enfilent leur T-shirt de sport directement sur leurs mignons petits soutifs. Pour elles, il s'agit d'un cours comme un autre. Pas pour moi. Moi, je m'enferme dans les toilettes, je prends une profonde inspiration qui devra durer jusqu'à la fin de l'heure, et je me ratatine pour faire entrer mes seins dans une brassière de sport trop petite d'au moins une taille. Je garde mon soutien-gorge en dessous. Tout ce qui peut aider, je prends. La brassière écrase et comprime mes attributs en une masse unique. Une sorte d'uniboob ou de mononichon. Ensuite, j'enfile le vieux T-shirt « Les 5 km du zoo – édition 2008 » de papa. Il possède des dizaines de maillots de running glanés au fil des ans. Petite, je m'en faisais des chemises de nuit parce que j'en aimais la matière respirante adoucie par l'usure, mais maintenant, il n'y a plus que celui du zoo qui m'aille. Papa était parmi les derniers inscrits à la course de 2008 et il ne restait que des modèles XXL. Je le porte chaque fois que le département de l'éducation de l'Illinois a décidé de me faire transpirer. La séance de sport quotidienne, c'est une obsession, dans cet État.

Quand je sors des WC, je m'examine dans le miroir. Le tissu pendouille lamentablement devant mon monoboob tout comprimé. Mes épaules se dirigent spontanément vers mes pieds et mes bras se croisent d'eux-mêmes sur mon sternum. Je tire sur le T-shirt. Si seulement il pouvait flotter comme par magie à quelques centimètres de mon corps au lieu d'obéir aux lois de la physique et/ou de la mode qui lui intiment de me coller ! J'ai l'air d'un blob gélatineux monté sur des pattes de poulet. Voilà : je ressemble à un poulet géant, les plumes en moins.

Et c'est d'ailleurs ce que je suis : une poule mouillée.

– Walsh ! On se dépêche ! me hèle Mme Reinhold en déambulant dans le vestiaire sans daigner jeter un regard à mon corps de poulet.

Quand je sors, la prof continue de houspiller les retardataires.

– Woster ! Non, un jegging n'est pas un pantalon de sport. On va te prêter un des survêtements du lycée.

Une minute plus tard, Nella Woster et Mme Reinhold refont leur apparition dans le gymnase. Notre camarade arbore un bas de jogging bordeaux informe trop serré à la taille.

– Sympa, le fute ! lui lance Griffin Townsend.

Les autres filles ont commencé l'échauffement. Nella lui tire la langue et les rejoint d'une démarche chaloupée de mannequin en plein défilé.

Elle ne frime même pas. Ce n'est pas sa faute si son corps est une illustration parfaite des canons de beauté actuels. Même coiffée d'une perruque de clown, elle resterait canon. Tandis que si j'en portais une, ce ne serait pas ça le plus grotesque chez moi.

On forme deux rangées pour apprendre le service dit à la cuiller. Seule Jessa Timms, qui fait partie de l'équipe de volley du lycée, s'en sort correctement. Les autres envoient leurs balles dans tous les coins, trop haut ou pas assez loin. Celles qui passent le filet retombent mollement comme autant de feuilles d'automne. En match, l'équipe adverse aurait le temps de sortir un carnet, tracer la courbe de la balle, débattre pour savoir quel joueur est le mieux placé pour la réceptionner, aller faire pipi et revenir riposter par un smash atomique.

Toutes mes balles rasent le haut du filet, les unes après les autres. Mme Reinhold hoche la tête, apparemment satisfaite.

– Passons au service tennis.

De nouveau, une poignée d'élèves réussissent à choper le truc, mais la plupart échouent. Après quelques essais, je commence à sentir d'instinct jusqu'où doit s'élever la balle pour que je la percute au bon moment. La majorité de mes camarades la lancent trop haut ou trop près d'eux. Bien que je n'aie jamais joué au volley, le poids, la pression et la trajectoire du ballon me semblent une évidence. J'arrive à faire passer la plupart par-dessus le filet. Jessa Timms, elle, saute et frappe la balle en plein vol ; ses services fusent comme autant de tirs de mitraillette.

Reinhold m'observe avec attention et je me trouble, mal à l'aise. Je sais qu'elle entraîne l'équipe de volley du lycée. Or, depuis que les matchs ont lieu en hiver, elle peine à recruter. Je suis tentée de rater l'exercice exprès pour qu'elle ne me trouve pas trop de potentiel. Je n'ai aucune envie de lui expliquer pourquoi je fuis le sport comme la peste.

Mais je continue à servir et à placer la balle derrière le filet, à frapper de toutes mes forces, parce que ça fait un bien fou de me découvrir douée pour autre chose que les maths.

– Maintenant, on passe aux choses sérieuses, annonce la prof à la cantonade.

Elle répartit les élèves de part et d'autre du filet et nous explique le principe de la rotation :

– Le but, c'est que la balle ne touche jamais le sol.

Je rejoins mes camarades dans la file mais elle m'interpelle :

– Pas toi, Walsh. Timms, viens avec nous.

Elle nous attire toutes les deux dans un coin du gymnase. Dans mon dos, j'entends des claquements de mains, des cris de douleur et des éclats de rire – les élèves frappent la balle en dépit du bon sens. Un juron fuse.

– Avec la pulpe des doigts, pas avec la paume ! crie Reinhold. Et mollo sur les gros mots !

Elle se tourne vers moi.

– T'as déjà joué ? me demande-t-elle.

Je secoue la tête.

– L'important, c'est de comprendre ce qui donne sa puissance à la frappe.

Elle passe le ballon à Jessa et lui dit :

– Prends de l'élan mais arrête-toi avant l'attaque.

Jessa lance le ballon et se catapulte dessus. Je fais la grimace, parce qu'on jurerait qu'elle va me l'expédier en plein dans la figure, mais elle se contente de le rattraper et sourit.

Reinhold lui demande de répéter la démonstration deux ou trois fois, puis on essaie ensemble. Lors de mon premier saut, mon monoboob décolle et retombe comme si la pesanteur comptait double pour lui. Ma brassière de sport est remontée et l'élastique du bas me cisaille les seins à mi-hauteur. Je tire dessus pour la remettre en place en épiant le reste de ma classe à la dérobée, mais les autres n'ont rien remarqué. Ils sont concentrés sur le jeu ou la tenue de Nella.

Reinhold et Jessa Timms étudient la façon dont je place mes pieds, me demandant de sauter encore et encore pour corriger ma position. Je transpire pas mal et, entre chaque tentative, je suis obligée de tirer sur ma brassière. Le moindre atterrissage me broie les seins et les bretelles de mon soutif me lacèrent les épaules comme si je portais sur mon ventre un sac à dos rempli de briques, mais je sens que ça vient. La prof et Jessa estiment que je suis prête à essayer avec le ballon.

La première fois, je ne le frôle même pas.

Le coup suivant, il me tord le petit doigt et part complètement à droite.

La troisième fois, le ballon est propulsé comme un missile et s'écrase au sol assez fort pour creuser un cratère (j'exagère, mais à peine). Bon, il n'aurait franchi le filet que si celui-ci avait mesuré trente centimètres de haut et qu'il s'était trouvé pile devant moi, mais le bruit de cette balle fracassant le parquet m'a procuré des frissons de plaisir.

Reinhold s'esclaffe.

– T'as compris ? Ça ne sert à rien de se fatiguer le bras. Il faut mettre tout le poids de ton corps dans l'axe. C'est de là que vient la puissance.

J'empoigne ma brassière à deux mains pour la remettre en place et la prof crie aux autres :

– C'est tout pour aujourd'hui ! Allez vous changer.

Ma classe déserte le terrain jonché de ballons, cap sur le vestiaire.

Avant de les suivre, Jessa me tend son poing pour un *fist bump*.

– Alors, ça t'a plu ?

– Walsh ! me hèle Reinhold.

Je me retourne, pleine d'espoir. Je suis sûre qu'elle va me proposer de me présenter aux épreuves de sélection pour intégrer l'équipe et, l'espace d'un instant, je jubile. Mais j'ai déjà mal à la nuque et aux épaules à cause de tous ces sauts, et je me rappelle soudain à quoi ressemble la tenue des volleyeuses.

De toute façon, la prof n'y fait pas allusion. Elle ne me complimente même pas. Elle me demande mon adresse e-mail, puis, son portable à la main, elle me dit :

– Je t'envoie un lien.

Elle effectue quelques manips du pouce et rempoche son téléphone.

– Ça n'a pas de rapport direct avec les cours, alors je compte sur toi pour ne pas m'attirer d'ennuis, ajoute-t-elle, clin d'œil à l'appui.

Nella s'attarde sous le panneau de basket, entourée d'une bande de garçons. Reinhold leur hurle :

– Le dernier à quitter le gymnase m'aide à ranger le matos, et il peut se brosser pour que je lui fasse un mot pour le cours suivant !

Les garçons se dispersent, à l'exception de Griffin. Nella l'agrippe par le bras pour l'empêcher de me devancer.

– Cours, Greer ! Je le tiens ! me lance-t-elle, hilare.

Chapitre 10

L'été de mes huit ans, j'ai vu une vidéo d'Emma Watson où elle arborait une jolie coupe à la garçonne et j'ai aussitôt informé ma mère que je voulais la même. Juste avant la rentrée des classes, elle m'a emmenée chez le coiffeur. Il m'a tondu la nuque, tout ratiboisé d'un côté et laissé de l'autre une longue mèche, du genre qui vous tombe constamment devant les yeux. Je me souviens de la sensation de légèreté que j'ai éprouvée en sortant du salon de coiffure, de la vitesse à laquelle mes cheveux séchaient après un shampooing. Quand je revois les photos de moi à cette époque, je me trouve à croquer. Je ressemble à un adorable petit garçon.

Nella, qui avait fini l'année avec une longue chevelure, a eu la même idée que moi. Sa coupe asymétrique était pratiquement identique à la mienne, sauf que ma camarade avait les cheveux plus foncés que moi et qu'elle portait sa mèche à droite et non à gauche. Et comme elle avait déjà les oreilles percées, personne ne l'a jamais prise pour un garçon.

Cela étant, nos coupes se ressemblaient suffisamment pour que remplaçants et parents d'élèves passent l'année à nous confondre. On m'appelait Nella et on l'appelait Greer (ou alors, on m'appelait Ella et elle Gwen, nos deux prénoms étant assez rares pour susciter bon nombre d'erreurs et d'approximations). Des élèves d'autres classes nous disaient : « Tu ressembles trop à l'autre fille, là ! » Ceux qui ne nous connaissaient pas nous demandaient si on l'avait fait exprès.

La situation aurait pu créer de la rivalité entre nous. La plus populaire (ou la plus jolie, ou la plus mesquine) se serait offusquée de la comparaison. Elle aurait tout fait pour se démarquer, voire semer la rumeur que l'autre l'avait copiée. C'est le risque quand on amalgame les gens. Les deux plus petits de la classe se détestent cordialement. Les trois gamins qu'on parque à la même table à la cantine parce qu'ils partagent une allergie aux fruits à coque ne peuvent pas se saquer.

Mais Nella, elle, a adoré la situation. Dès la rentrée, quand on s'est vues, elle m'a sauté dessus et s'est exclamée :

– Greer ! ON EST JUMELLES DE COIFFURE !

Puis elle m'a attrapée par les avant-bras et s'est mise à sautiller sur place comme si c'était le plus beau jour de sa vie. Alors qu'on ne se fréquentait même pas en dehors de l'école !

– EN PLUS, ON A PRESQUE LE MÊME CARTABLE !

Son sac à dos Fjallräven était vert pâle, le mien bleu électrique, mais ils avaient tous les deux des bretelles jaunes.

Ça n'a pas été le début d'une grande amitié mais, au cours des mois qui ont suivi, on a pas mal joué ensemble et, pour Nella ainsi que pour beaucoup d'autres, on était « jumelles de coiffure ».

Il n'en est que plus étrange à mes yeux qu'elle soit devenue la fille la plus canon du lycée et que je sois devenue, eh bien… moi. L'idée qu'on ait pu un jour nous confondre est à peu près aussi risible que celle de prendre une gazelle pour un rhinocéros. (Il va sans dire que j'incarne le rhinocéros dans cette comparaison. Un rhinocéros de Sumatra, même, avec non pas une corne, mais deux.)

Nous avons l'une et l'autre laissé repousser nos cheveux, les coupes asymétriques n'étant pas hyper pratiques à cet âge. Il ne reste pas assez de longueur pour faire une queue-de-cheval alors on a toujours les cheveux dans les yeux, et (attention, scoop) c'est super agaçant. Si je n'avais pas découvert l'existence des bandeaux, je n'aurais jamais tenu jusqu'au CM1. Les cheveux de Nella ont repoussé plus vite que les miens ; à la rentrée suivante, elle avait déjà de quoi se faire de petites tresses africaines. D'ailleurs, tous ses atouts ont poussé vite – en ayant le bon goût de s'arrêter à temps.

Nous n'avons jamais reparlé de cette histoire, mais je crois que pour Nella, il reste comme une connexion entre nous. Ou du moins, un semblant de complicité. Pas assez fort pour qu'on traîne ensemble dans la vraie vie (bien qu'on soit amies sur les réseaux sociaux), mais il y a un truc. J'appelle cela l'effet Nella. Elle a une façon de traiter les gens qui fait que rien qu'en gravitant dans son orbite, on se sent privilégié. Les garçons veulent tous sortir avec elle, bien sûr, mais ça ne s'arrête pas là. Tout le monde veut s'asseoir à sa table, plaisanter avec elle ou encore être sa jumelle capillaire. Formidablement à son aise au centre de son univers, Nella y accueille tout un chacun à bras ouverts.

Encore plus que ses seins parfaits, c'est peut-être ça que je lui envie.

Si je pouvais me réveiller un matin dans son corps, il se peut que je sois encore une ado coincée et mal dans sa peau. Mais qu'est-ce que je ne donnerais pas pour essayer !

Chapitre 11

Depuis notre échange de mondanités au-dessus de la coquille de Tyler la semaine dernière, Jackson passe me voir tous les matins devant ma salle de maths avant la sonnerie. Il a allemand dans le même couloir et on est du genre à arriver tôt, tous les deux. Il me tient au courant de son processus d'intégration et, moi, j'essaie de ne pas fixer trop ostensiblement l'adorable épi qui rebique au-dessus de son oreille droite.

Apparemment, Quinlan rencontre quelques difficultés dans sa nouvelle école. Sa classe devait réaliser des exposés sur les États du pays.

– Ah mais oui, je m'en souviens !

Ty et moi avons fréquenté la même école primaire que Quin, bien que pas mal d'enseignants soient partis depuis notre époque. Il s'agissait de présenter l'État de son choix au moyen de trois faits notables.

– Dans ma classe, on s'était disputés parce que tout le monde voulait l'Illinois, alors la maîtresse l'avait supprimé de la liste. Du coup, j'ai bouclé en vitesse mon exposé sur le Delaware et j'en ai réalisé un second sur l'Illinois.

– Tu n'en as pas fait un pour chacun de nos cinquante États ?

– Nan, j'étais à court de feutres.

– Quin, elle, tenait absolument à faire le sien sur le Maine. Ne me demande pas pourquoi. L'ennui, c'est que cet État avait déjà été attribué à deux filles de sa classe. Du coup, la maîtresse lui a proposé l'Ohio. Pour être sympa, je crois, vu que c'est de là qu'on vient. Tu sais comment Quin a réagi ? Elle a dessiné des crottes de chien partout sur sa feuille puis elle l'a découpée en mille morceaux et les a jetés dans la cage du cochon d'Inde. Ensuite, elle a traité la maîtresse d'idiote et elle s'est sauvée.

D'après le coup de fil que Mme Oates a reçu à la suite de l'incident, le personnel enseignant de l'école primaire de Kennedy n'a pas trouvé ça drôle, contrairement à moi. Jamais je n'aurais osé faire un truc pareil. Je n'aurais même pas eu le cran de dessiner un caca de chien au crayon sur un devoir et de l'effacer immédiatement après.

– Elle a des couilles, ta petite sœur !

– Berk. Mais oui, j'avoue.

– Attends une seconde. T'as dit que deux filles travaillaient sur le même État ? En équipe ?

Jackson hausse les épaules.

– Je ne sais pas. Ouais, je crois.

– Si tu veux mon avis, ce que ta sœur voulait, c'était des copines. C'est pour ça qu'elle voulait bosser sur le Maine.

La maîtresse aurait pu y penser. Quin est nouvelle !

– Des copines, ce n'est pas comme ça qu'elle va s'en faire.

Jackson paraît exaspéré. J'en déduis qu'il ne s'agit pas d'un incident isolé. Apparemment, la folle qui défèque sur l'Ohio et en fait du hachis pour rongeur n'en est pas à son coup d'essai.

– Elle aurait dû choisir le Delaware. C'est un État trop cool, le Delaware. Elle se serait fait plein d'amis.

– Moi, je me serais toujours mis avec toi pour les exposés, déclare Jackson.

L'ensemble de mes organes internes cesse aussitôt de fonctionner.

– Je suis sûr que t'aurais fait tout le boulot ! explique-t-il.

– Ha, ha ! je lâche tout en rêvant qu'un exposé interclasses nous permette de travailler sur le Delaware, Jackson et moi.

– J'allais oublier ! s'exclame-t-il. J'ai un truc pour toi.

Il s'agenouille et ouvre son sac à dos.

C'est sans doute un truc sans intérêt, comme un mot de sa mère pour la mienne ; pourtant, je ne peux m'empêcher de retenir mon souffle. Et si c'était Grincheux ? J'ai renoncé à lui en parler. Tant pis. Je ne reverrai jamais mon petit nain chéri à moins de m'introduire par effraction chez les Oates. Ou d'y être invitée (on a le droit de rêver).

Max Cleave se plante devant nous.

– On se retrouve tout à l'heure sur le terrain ? lance-t-il à Jackson.

Celui-ci se relève. Il tient dans sa main un objet enveloppé d'une serviette en papier. Ce n'est pas un mot pour ma mère, mais ce n'est pas non plus Grincheux. La serviette en papier ne constitue pas un mode de transport adéquat pour un minuscule mineur, chercheur de diamants, en verre soufflé. Peut-être que Quinlan nous a volé autre chose. La coquille de Tyler, par exemple.

– OK, répond Jackson. Rendez-vous porte ouest.

La cloche sonne, on rentre les troupeaux. J'ignore ce qui m'intrigue le plus : ce que renferme la serviette ou ce que mijotent Jackson et le frère de Maggie.

Max s'éloigne et je le suis des yeux.

– On va frapper quelques balles, m'explique Jackson en surprenant mon regard. On dirait que je suis parti pour intégrer l'équipe de base-ball au printemps prochain !

– Je croyais que tu préférais le tennis ?

Il hausse les épaules.

– Les sports collectifs, c'est sympa aussi.

Jackson papillonne de sport en sport, d'équipe en équipe, d'école en école, de bande de potes en bande de potes. Ça semble si facile pour lui.

Les couloirs se vident. Au bout du nôtre, un prof nous jette un regard noir avant de refermer sa porte.

Jackson me tend la serviette.

– J'espère qu'il n'est pas trop écrabouillé.

Je déplie l'emballage et découvre un muffin aux pépites de chocolat. Cadeau de Jackson Oates. Pour moi !

– C'est ma mère qui l'a fait, précise-t-il.

Je contemple ce somptueux muffin, éberluée. J'ai envie de mordre dedans à belles dents. Ou de le mettre sous cloche pour le préserver à jamais.

– J'ai pensé que ça te ferait plaisir, ajoute Jackson pour meubler le silence.

Si ça me fait plaisir ? Un muffin truffé de pépites qui sent bon le beurre, la cassonade et la vanille ? Et comment ! D'ailleurs, Jackson aurait pu m'offrir le cochon d'Inde de la classe de Quin sur une brochette, ça m'aurait plu tout pareil, parce qu'il l'a emballé de ses blanches mains et apporté au lycée exprès pour moi. Mais j'avoue que le fait que ce soit un muffin ne gâche rien, bien au contraire.

– Merci, parviens-je enfin à articuler.

– *Guten Appetit !*

Sur ce, il tourne les talons et je pénètre dans ma salle de maths en portant délicatement mon muffin comme s'il s'agissait d'un bébé cochon d'Inde (très appétissant).

Chapitre 12

Les épreuves de sélection pour intégrer l'équipe de volley auront lieu la semaine prochaine. Jessa Timms me l'a déjà rappelé quatre fois. Mme Reinhold me l'a rappelé très exactement zéro fois. J'ai dit à Jessa que j'allais y réfléchir. C'est la stricte vérité. Je vais longuement mûrir ma ferme intention de ne pas me présenter aux qualifs.

Pour la énième fois, je rouvre le lien que m'a envoyé Mme Reinhold. Elle ne mentait pas : ça n'a rien à voir avec les cours, ni même avec le volley.

Il s'agit d'un site web appelé Sports Supports.

Le logo semble avoir été réalisé à l'époque où mes parents étaient au lycée. La police ressemble à celle de la marque Gillette et toutes les lettres sont en gras sauf le *u* et l'un des *p* de Supports, ce qui fait qu'en le survolant, on lit « Sports Sports ». Une bonne partie du texte est écrite en jaune sur fond bleu. C'est le site le plus pourri que j'aie consulté de toute ma vie, et je compte celui que Tyler et ses copains ont fait en CE2 pour y poster leurs vidéos de carambolages de petites voitures.

Et ce site à deux balles vend un produit unique et hors de prix : un soutien-gorge de sport.

Mais attention, pas n'importe lequel ! Celui-là, il a un petit nom :

le Stabilizer. D'après ce que je lis, il a été mis au point pour la « pratique sportive des femmes aux bonnets D à J ». Apparemment, son « design unique » et sa « matière brevetée en fibres mélangées » lui permettent d'« offrir un maintien vertical, latéral et diagonal » et d'« absorber les chocs ». Il « élimine les douleurs dorsales et cervicales », « réduit l'amplitude des mouvements », « évacue la transpiration » et « galbe et affine la silhouette ». Il existe en une couleur : le beige. Il y a une photo. On dirait deux boucliers marronnasses enrubannés de bande adhésive. Ce machin n'a l'air ni seyant ni confortable.

Quant à son nom, on croirait le titre d'un film d'action avec Denzel Washington, pas le nom d'un article de lingerie avec lequel j'ai envie de harnacher mes seins.

Mais le Stabilizer totalise deux cent soixante-sept commentaires de clientes et une note de satisfaction globale de 4,9 sur 5.

Ces commentaires, je n'arrête pas de les relire depuis que j'ai cliqué sur le lien pour la première fois.

Âge : 30-35 ans
Taille : 85F
Je viens de courir mon premier semi-marathon et, grâce au Stabilizer, ça s'est super bien passé ! Je n'en reviens pas. Je n'ai pas eu mal aux seins. Et je n'ai pas eu besoin de faire le moindre ajustement : rien n'a bougé !!! En plus, pas d'effet mononichon ! Ce soutif a changé ma vie. Il est un peu cher, mais ça vaut le coup !

Âge : 50-59
Taille : 110G
J'ai essayer tous les soutient gorge du monde et, quand j'ai découvert celui la, une amie ma dit : « essaye, au pire tu le renvoie,

c'est gratuit. » Eh bien, PAS QUESTION que je le renvoye ! C'est le meilleur soutient gorge que j'ai porter de ma vie, et sa fait presque cinquante ans que j'en met ! Je ne fais pas de sport mais je porte le Stabillizer tous le temps (sauf la nuit). S'il existait en blanc, je m'en achetterais un deuxième.

Âge : 12-18

Taille : 85H

Comment je KIFFE ce soutif ! J'avoue : il est moche. Il est même IMMONDE. Mais je ne rentre plus dans la lingerie Victoria's Secret ou PerkUp! depuis que j'ai 11 ans. Ce modèle maintient bien les seins, ce qui me permet de courir et de faire des acrobaties (je suis pom-pom girl) sans craindre de m'assommer toute seule (lol). Depuis que je le mets, tout le monde me demande si j'ai perdu du poids. Franchement, mieux vaut un soutien-gorge moche qui fait le job qu'un machin sexy qui ne sert à rien. Pour être jolie, je me rattrape avec la culotte !!! lol

– Qu'est-ce que tu lis ?

Dans ma hâte à fermer la page, je fais tomber mon portable et, lorsque Jackson se penche pour me le ramasser, je lui écrase la main avec mon pied en essayant de le devancer.

– Pardon ! Je suis désolée ! je bredouille en enfonçant mon téléphone dans ma poche.

– Tu as quelque chose à cacher, ou quoi ? plaisante Jackson.

– Non ! Mais, euh, c'est privé.

Génial… Maintenant, il va s'imaginer que je reçois des sextos. Ou que j'en envoie. Je bafouille :

– C'est pas des photos, hein !

– Okaaaaay.

J'en étais sûre. Il croit que c'était des sextos. Je ne sais pas quoi dire pour dissiper le malaise alors on reste figés comme des statues devant ma salle de maths.

Jackson hausse les épaules.

– *Auf wiedersehen*, alors.

Il reste encore six minutes avant la sonnerie et je n'ai aucune envie d'*auf wiedersehener* Jackson Oates, alors je débite le premier truc qui me passe par la tête :

– Je vais me présenter aux qualifs de l'équipe de volley.

C'est faux. Pourquoi j'ai dit ça ?

– Le volley ? Ce n'est pas la saison, si ? observe Jackson.

– Normalement, non, mais certains lycées voulaient tester le hockey sur gazon. Du coup, avec les tournois, tout le monde a dû s'aligner et le volley s'est fait refiler la saison hivernale.

– Joli !

Je lui retourne un regard interdit.

– Le jeu de mots, précise-t-il. Refiler, filet ?

– Ah ! Oui. Bon, je ne serai sans doute pas prise. Pour les tournois universitaires avec l'équipe supérieure, en tout cas, c'est mort. Et peut-être même pour l'équipe classique…

D'habitude, je ne suis pas du genre à me dénigrer mais ma décision est prise : je ne vais pas me présenter. Plutôt mourir que de me pavaner dans cette tenue. En plus, ce sport secoue beaucoup trop pour moi. Que j'aie le niveau ou pas, c'est donc mort, en effet. Mort de chez mort.

– Il y a beaucoup de candidates ? s'enquiert Jackson.

– Euh… En fait, je n'en sais rien.

– Alors, pourquoi tu doutes de toi ?

– Eh bien… Je préfère ne pas me faire d'illusions.

– Tu devrais avoir plus confiance en toi.

Il a prononcé cette phrase d'une voix marrante, haut perchée, une voix de sirène Disney s'adressant à sa copine aux faux airs de morse. La première sonnerie retentit mais Jackson n'a pas terminé.

– Répète après moi : « Je suis. »

– Je suis.

– « La meilleure. »

– La meilleure.

– « Volleyeuse étoile. »

Je ricane.

– Volleyeuse étoile.

– « À avoir honoré de sa présence les couloirs du lycée Kennedy, le Comité olympique m'est témoin. »

– À avoir blablabla *et cetera*.

– Dis-moi que tu vas y arriver.

– « Tu vas y arriver. »

– Dis : « Je, soussignée Greer, vais intégrer l'équipe de volley. »

Je lève les yeux au ciel mais Jackson ne cède pas un pouce de terrain. On est là, face à face, et je me sens tout chose, comme si un minuscule papillon duveteux émergeait timidement de son cocon dans le creux de mon estomac. Je finis par obtempérer.

- Je, soussignée Greer, vais intégrer l'équipe de volley. Même que je vais tout déchirer ! j'ajoute pour faire bonne mesure.

– J'aime mieux ça !

Jackson me donne un petit coup d'épaule et je crois bien que je laisse échapper le genre de long soupir rêveur que poussent les sirènes Disney quand le prince leur offre une perle et qu'elles tombent amoureuses.

La seconde sonnerie retentit, ce qui veut dire que je suis officiellement en retard, alors que je suis arrivée avec un bon quart d'heure d'avance.

– *Scheisse !* lâche Jackson, et il se sauve.

Bon, me voilà bonne pour me présenter aux épreuves de sélection de volley…

Chapitre 13

Un week-end, au printemps dernier, Maggie m'a traînée au ciné avec Natalie, Tahlia et quelques copines du lycée. En règle générale, j'ai une aversion pour les sorties en bande mais, alléchée par la promesse d'un Seth Rogen hilarant, j'avais capitulé. Je ne sais plus qui nous avait garanti que sa mère viendrait nous chercher après la séance, mais elle avait omis de préciser qu'elle bossait jusqu'à dix-sept heures trente. Résultat, on s'est retrouvées coincées au centre commercial avec deux heures à tuer. Maggie et moi, on trouvait la scène d'un stéréotype… (Quand j'en ai fait la remarque à Tiffany, une amie de Tahlia, elle m'a rétorqué « Pourquoi tu parles de stéréo ? », ce qui n'a pas arrangé mon humeur. Quitte à se vautrer dans les lieux communs de l'adolescence, j'aurais préféré le faire avec des filles dotées d'un peu plus de vocabulaire. D'ailleurs, ça me revient, maintenant : c'est Tiffany qui avait eu la brillante idée de nous faire passer notre samedi dans une galerie marchande. Merci, Stéréotiffany !)

Maggie et moi, on restait un peu en retrait. Je regardais distraitement les jeans, qui ont le mérite de ne pas accentuer mon sentiment d'appartenir à une race de mutants, tandis que Maggie m'indiquait les marques de vêtements qui emploient des enfants (spoiler : presque toutes).

On s'ennuyait, mais ça allait. Jusqu'à ce que Tahlia entraîne tout le groupe chez *PerkUp!*, une boutique de lingerie destinée aux moins de vingt-cinq ans. Tous les articles y sont mimi, marrants, flashy, girly et résolument microscopiques. Une mamie atteinte de cataracte aurait pu prendre l'étalage de dessous pour un plateau de cupcakes. En gros, la ligne de la marque se situe à mi-chemin entre les thèmes « soirée pyjama » et « lycéenne sexy ». Résultat, un père de famille venu y acheter une carte cadeau pour son ado risque fort d'avoir les vigiles aux fesses pour le restant de la journée. Accessoirement, il s'agit du genre de boutique qui me donne des crises d'angoisse, surtout depuis que, de guerre lasse, je me suis résignée à commander tous mes soutifs en ligne : le même modèle chaque fois, emboîtant et sans intérêt, format « cheval de trait ». Bref, ce n'était pas un endroit pour moi. Les autres pépiaient et piaillaient à qui mieux mieux. Même Maggie a examiné un assortiment de sous-vêtements. Rien qu'à les regarder, j'ai eu l'impression de prendre cinq cents grammes par nibard.

– Je vous attends à la librairie, ai-je déclaré.

– Je t'accompagne, m'a répondu Maggie, écœurée, en reposant un slip avec le mot « MIAOU » imprimé sur le derrière.

Toutefois, en gagnant la sortie, j'ai remarqué une pub où le mannequin portait un ravissant ensemble écossais. Et, pour une fois, on ne lui voyait pas les os et les trois quarts des organes internes à travers la peau. Elle avait des courbes. Et même de sacrées courbes ! Elle paraissait faite de chair, d'une quantité impressionnante de chair, à vrai dire. « La collection XL de PerkUp! s'élargit ! »

Le slogan était pourri mais, en dessous, en petits caractères, j'ai lu : « Ensembles du 70A au 105G ». Si ce charmant soutien-gorge faisait partie de la « collection élargie » de PerkUp! et si la pub disait vrai, j'allais pouvoir porter un joli soutif à carreaux au lieu du machin incolore dont j'étais affublée.

Il n'était pas question que je me renseigne en présence des autres mais, le lendemain, maman m'a déposée au centre commercial dès l'ouverture, à l'heure où les retraités font des longueurs à la piscine et où les clientes habituelles des boutiques comme *Perk Up!* dorment encore à poings fermés dans leur adorable ensemble microshort + débardeur. (J'avais fait croire à maman que j'y retournais pour acheter un cadeau d'anniversaire à Maggie.)

– Faites-moi signe s'il vous faut quoi que ce soit, m'a lancé la vendeuse tout en disposant sur un présentoir un lot de strings pour les moins de douze ans.

J'ai eu du mal à localiser le rayon XL. Enfin, au fond du magasin, sous les rangées de cintres, j'ai trouvé des tiroirs où se cachaient quelques articles supplémentaires. Les bonnets des soutiens-gorge s'imbriquaient les uns dans les autres comme autant de poupées russes satinées. Les bonnets A dans les bonnets B, les B dans les C, les C dans les D, les D dans les E et ainsi de suite… jusqu'au G ! J'y ai déniché la perle rare (ou du moins le soutif rare) : un ensemble écossais dans une gamme de tons pêche, rose et ivoire, avec option shorty, et le tout, semblait-il, à ma taille. J'ai pris aussi une brassière mauve en dentelle extensible, du genre qu'on enfile comme un T-shirt, parce que la nana de la pub m'avait rendue si optimiste que j'en faisais une crise de démence passagère.

J'ai emporté le tout dans la cabine d'essayage, où m'attendait une pancarte illustrée d'une vendeuse aux faux airs de bibliothécaire (lunettes comprises) mesurant au mètre de couturier le tour de poitrine d'une cliente extatique gaulée comme une brosse à dents. « On vous aide à trouver la taille imPERKable ? » « Non, merci. »

J'ai commencé par la brassière mauve parce qu'elle avait l'air confortable.

Elle l'était à peu près autant qu'un gilet de sauvetage fait de vieilles lingettes assouplissantes cousues ensemble avec des ronces et elle m'arrivait à mi-boob. On était loin du compte !

Sans me décourager, je me suis emparée de l'ensemble écossais. Il n'y avait que deux agrafes dans le dos (mes soutifs en possèdent quatre) et les bretelles paraissaient aussi fines que les microrubans roses dont on affuble les bébés filles pour qu'on ne les prenne pas pour des garçons. Les bonnets, en revanche, ressemblaient à des saladiers. Ou à deux coques de bateau dont on aurait ôté les voiles pour bricoler un bikini.

J'ai fermé les agrafes et enfilé les bretelles. Heureusement que j'aimais le tissu, parce qu'il fallait la dose pour recouvrir Marthe et Maïté dans leur intégralité. Et là, miracle ! Mes seins ne formaient pas de bourrelets disgracieux sur les côtés. Le soutien-gorge m'allait.

Enfin, presque.

Quand je me suis penchée pour ramasser la brassière mauve que j'avais fait tomber par terre, mes deux seins se sont fait la malle. Je me suis redressée et les ai remis dans les bonnets. Bon, il faudrait que je me souvienne de ne pas faire le poirier avec (ça tombait bien, la gym, ce n'était pas ma tasse de thé). Le soutien-gorge n'était ni confortable ni efficace ni bon marché. Mais il ressemblait à ce que les filles de quinze ans sont supposées porter et non à des dessous de mémé. Je n'en demandais pas plus.

Je me suis baissée de quelques centimètres. Marthe et Maïté sont restées en place.

Quelques centimètres de plus. Pas de problème !

Ensuite, j'ai fait une simulation : je me suis penchée juste ce qu'il faudrait pour régler la vendeuse. *Plouf !* Maïté est sortie de sa cage en mode « coucou, c'est moi ! ».

Quand je me tenais parfaitement droite et immobile, PerkUp!

disait vrai : le soutien-gorge de sa « collection élargie » convenait à ma généreuse poitrine. Mais déjà les fines bretelles creusaient dans mes épaules une (fine) tranchée et le moindre petit soubresaut faisait bringuebaler M & M comme un matelas sur le toit d'une Volkswagen.

En gros, la marque avait pris l'un de ses soutiens-gorge classiques et l'avait agrandi sans tenir compte des spécificités propres à un physique tel que le mien. Autant bâtir un bonhomme de neige de trente boules en pensant qu'il sera aussi stable que le modèle standard à trois boules… Ou, pour reprendre l'exemple du matelas, le fixer sur le toit de sa voiture avec un bracelet de l'amitié.

J'ai contemplé dans le miroir ma poitrine écossaise.

Cet article ne m'apportait rien de ce dont j'avais besoin. Ni stabilité, ni maintien, ni soutien – rien. Marthe et Maïté pendaient dangereusement près de mon nombril. On était loin de la coupe « imPERKable ».

Mais, pour la première fois depuis l'époque où je rentrais dans un bonnet C, j'arborais de la jolie lingerie.

– Vous avez trouvé ce qu'il vous fallait ? m'a demandé la vendeuse qui jouait sur son téléphone au lieu d'étiqueter des slips.

J'ai acheté l'ensemble écossais immettable. Pourquoi ? Je n'en ai aucune idée. Il moisit avec l'étiquette de prix au fond de mon tiroir à pyjamas, et il n'en sortira jamais.

Chapitre 14

– Tyler a besoin d'aller chez le coiffeur.

– Moi aussi. Je peux l'emmener chez le mien…

– Il n'a pas besoin d'une coupe à cinquante dollars.

Ce que maman veut dire par là, c'est que papa non plus n'a pas besoin d'une coupe à cinquante dollars. Il a certes de beaux cheveux, noirs, ondulés et plus épais que la plupart des pères de mes copines, mais sa coiffure n'a rien de sophistiqué.

– Tu préfères que je m'en occupe moi-même ? riposte-t-il avec malice.

Quand Ty était petit, papa a essayé de lui couper les cheveux. C'était tellement raté qu'il a fallu lui raser la tête. À l'école, tout le monde en a déduit que c'était lui qui avait déclenché l'invasion de poux. Maman était mortifiée. Quant à Tyler, il s'est plaint d'avoir froid aux oreilles.

Mes parents parlementent un moment pour tenter de déterminer s'il est raisonnable ou non de payer une coupe aussi onéreuse à quelqu'un qui ne retire son bonnet que sous la douche. Maman finit par céder quand papa lui fait remarquer que, pour cinquante dollars, Tyler se fera shampouiner le cuir chevelu à fond, ce dont il a grand besoin, alors que pour dix, on nous le rendra aussi cracra qu'avant.

J'ai hâte que papa et lui nous débarrassent le plancher ; je dois persuader maman de me commander une brassière sur une page Internet qui ressemble à un site d'hameçonnage ukrainien et je ne tiens vraiment, mais alors *vraiment* pas à ce que mon père assiste à cette conversation. Un jour, pendant qu'on faisait les courses ensemble au supermarché, j'ai glissé dans le Caddie un paquet de serviettes hygiéniques. J'ai passé le reste des courses à stresser parce que je ne savais pas si maman l'avait informé que j'avais eu mes règles, et qu'il était hors de question que l'info vienne de moi.

Les garçons partis, je m'assieds à côté de maman. Elle est en train de passer en revue tous les consultants feng shui de Kennedy, sans doute pour son classeur de bons plans.

Elle lève les yeux de son écran.

– Pas moyen de trouver un maître en feng shui crédible. Je ne tombe que sur des ménagères blanches de cinquante ans.

Comme si elle n'entrait pas elle-même dans cette catégorie !

Je me penche par-dessus son épaule pour examiner ses onglets. Ils portent tous des noms comme Centre des quatre vents, La Voie de la sérénité ou encore Ch'i-cago.

– J'essaie d'étoffer un peu mon offre, m'explique-t-elle.

– Tu cherches sur quoi ?

– My Lovely City.

– Pas étonnant, alors. Il n'y a que des ménagères blanches de cinquante ans qui utilisent My Lovely City !

D'habitude, maman déteste ces sites de conseils, et pour cause, ils sont ses premiers concurrents. Mais ils restent une bonne source de tuyaux en tout genre.

Elle soupire.

– Je sais. C'est bien pour ça que je n'aime pas ce site.

Elle ne ferme pas la page pour autant. Elle clique sur la photo d'une certaine Pamela Holly Desrosiers, une quinquagénaire à longue tresse grise qui a un oiseau perché sur l'épaule. Je me lance :

– J'envisage de faire du volley.

Maman ne décolle pas les yeux de son écran.

– Du volley ? Depuis quand tu sais y jouer ?

– On en a fait en EPS. Il paraît que je me débrouille bien.

Elle hoche la tête et griffonne quelques mots dans son carnet.

– Je trouve que c'est une excellente idée. Ça te ferait du bien de pratiquer quelques activités extrascolaires.

Maman est très déçue que je n'aie pas d'activités. Elle-même est très branchée activités.

– J'aurais entraînement tous les soirs après les cours.

– Peut-être que je devrais faire un test. Embaucher l'une de ces consultantes pour la maison, poursuit-elle en promenant ses yeux dans la pièce, visiblement emballée par la note de Pamela Holly Desrosiers (cinq petites icônes en forme de maison sur cinq).

Je ne sais pas ce que Pamela Trucmuche dirait du bazar de Tyler qu'on est obligés d'enjamber pour franchir le seuil de la maison, mais je doute qu'il soit très propice à la bonne circulation des énergies.

J'essaie de remettre la conversation sur les rails :

– Donc, pour le volley… Il va me falloir une nouvelle brassière.

– D'accord, on ira t'en acheter une chez *Master* ce weekend.

Master, c'est un immense magasin de sport en zone commerciale, au bord de l'autoroute. On y trouve tout, des tees de golf aux minichaussettes en passant par les yourtes et les fusils de chasse. Pour Tyler, c'est le paradis.

– En fait, je…

– Regarde ! Richard Lin ! Un vrai Chinois !

Maman jubile comme si elle venait de dénicher des ballerines

Michael Kors en 37 à moitié prix (pour elle, chaussures de marque en promo = signe de compétence culturelle). Elle note immédiatement le nom du gars. Je me félicite que M. Lin ne soit pas là pour voir ça.

Je persiste :

– En fait, j'ai trouvé un modèle en ligne qui m'a l'air bien. Les avis des clientes sont excellents.

– Tu ne crois pas qu'il vaudrait mieux que tu l'essaies ?

– J'ai essayé toute la gamme chez *Master* et aucun ne me va. Celui que j'ai repéré, il est fait exprès pour les femmes à… Pour les femmes qui ont besoin d'un bon maintien.

Maman et moi n'abordons jamais frontalement la question de mes seins.

– OK, tu me le montres ? dit-elle en faisant pivoter son clavier vers moi.

Je tape *Sports Supports* dans le moteur de recherche et je clique sur la page du Stabilizer. Le site est vraiment pourri, j'en ai une conscience aiguë. L'espace d'un instant, je suis prête à piocher une brassière au hasard chez *Master* en croisant les doigts. Mais je me rappelle les commentaires si criants d'authenticité. Je jurerais que ce sont de vraies femmes et de vraies filles qui les ont rédigés. Plus de douleurs, plus de rebonds ingérables, plus de mononichon… Je braque l'écran vers maman et je guette sa réaction.

Elle grimace comme si je lui montrais les photos d'un horrible accident de vélo, avec du pus et des lambeaux de peau. Elle clique sur les photos de la galerie et déclare :

– Une chose est sûre, il a l'air… original.

Elle fait défiler la page pour lire les premiers commentaires. Une lueur d'intérêt s'allume dans son regard. Mais, soudain, ses sourcils font un bond.

– Oui, je sais, il est un peu cher.

– Un peu ? J'ai payé le mien vingt dollars au supermarché !

La brassière de sport vert et rose de maman est ravissante. On dirait un bandeau pour les cheveux.

– Les clientes disent que ça vaut le coup.

– À ce prix-là, j'espère bien ! Qu'est-ce qu'il peut bien avoir de plus qu'un soutien-gorge normal ? Euh, je veux dire : qu'un modèle classique, se reprend maman.

Trop tard. J'ai les joues en feu et les larmes me montent aux yeux. Pas seulement parce qu'elle a parlé de soutien-gorge « normal », soit adapté à des seins de dimensions « normales », comme on en trouve sur les corps « normaux ». Je me sens surtout bête d'avoir placé autant d'espoir dans une stupide brassière de sport. Comme si ce paquet de nœuds pouvait par je ne sais quel miracle me pourvoir du même physique et des mêmes sensations que les autres filles du lycée ! Comme si j'allais débuter le volley, me révéler super douée, me redresser fièrement et oublier ma poitrine. Comme si la terre entière allait l'oublier. Comme si, obligée de piquer un sprint pour aller en cours après avoir trop papoté avec Jackson, j'allais pouvoir le faire sans avoir l'impression de m'être pris des coups sur les tétons et sans craindre que ma poitrine ne se déchire en deux. Comme si, en admettant que je plaise un jour à un garçon, j'allais cesser de redouter qu'on devienne la risée du lycée, moi à cause de mes boobs et lui par effet de contagion, et que ça fasse foirer notre histoire. C'était un rêve idiot. Une vie normale, ça ne s'achète pas. Et sûrement pas sur un site Internet doté d'une rubrique intitulée « L'AVIS DE LA CLIENTELLE », sans accent et avec deux *L*.

Mais si je dis ça à maman, je vais me mettre à pleurer. Si je la regarde, je pleure. Je ne peux même pas refermer l'ordinateur, je vais éclater en sanglots. Alors, je lorgne la bibliothèque dépouillée de mon Grincheux et me frotte les yeux du revers de la main.

Kathryn Walsh a bien des défauts, mais elle n'est pas aveugle. Elle a enfin mis sur pause son projet feng shui. Maintenant, c'est moi qu'elle étudie.

– C'est vraiment important pour toi ? me demande-t-elle.

Toujours incapable d'émettre un son, je me contente de hocher la tête.

Maman me répond :

– Va me chercher mon sac à main dans la cuisine.

Et voilà. Mon Stabilizer est en route (frais de port offerts).

Chapitre 15

Quand j'étais en cinquième, mes grands-parents ont quitté Long Island pour s'installer en Floride et nous ont rendu une dernière visite hivernale. Papa et Ty jouaient à *Mario Kart*. Moi, je relisais *Hunger Games* affalée sur le canapé, les pieds sur les genoux de mon père, tout en suivant vaguement la partie. L'avion de mes grands-parents devait atterrir quelques minutes plus tard ; sachant qu'ils devaient récupérer leur voiture de location, passer s'enregistrer à leur hôtel puis faire la route jusque chez nous, on disposait d'environ deux heures pour nous rendre présentables, la maison et nous.

– Corvée de pliage ! a proclamé maman en s'interposant entre l'écran et le canapé.

Elle a largué le bac à linge à ses pieds, nous a tous regardés dans les yeux, l'un après l'autre, pour qu'on ne puisse pas prétendre qu'on ne l'avait pas entendue, puis elle a vaqué à quelque autre tâche pour laquelle elle nous jugeait trop incompétents.

– Deux secondes, a marmonné papa.

Je me suis laissée glisser sur le plancher, j'ai attrapé le bac et en ai rapidement extirpé quelques affaires à moi avant que les garçons ne les voient. Papa a fait franchir la ligne d'arrivée à Bébé Peach et s'est penché pour ramasser un legging de maman. Mon frère a fait défiler le menu et sélectionné l'option « solo ».

– Ty, a grondé papa. Allez, un petit effort.

Il a voulu saisir la manette mais mon frère a esquivé.

– *Hummmm*, le linge est encore tiède, ai-je roucoulé à son intention.

Béat, Ty m'a jeté un regard en coin. Il adore les affaires qui sortent tout juste du sèche-linge. Il a lâché la manette et s'est renversé tout le contenu du bac sur la tête.

– Ah, trop bien ! C'est tout chaud. J'adore !

Il a enfoui son nez dans la polaire mauve de maman puis s'est jeté sur la pile et a remué les bras comme pour marquer son empreinte dans la neige.

Papa a levé les yeux au ciel.

– Arrête de faire l'andouille, j'ai dit à mon frère.

Je lui ai repris la polaire de maman. Papa et moi, on a récupéré les habits qu'on a soigneusement pliés et empilés. Ty ne sachant plier que les choses rectangulaires, il s'est employé à apparier les chaussettes.

– Tu regrettes que mamie n'habite pas plus près de chez nous ? ai-je demandé à mon père.

C'était une question que je me posais souvent. Mon autre grand-mère était morte quand j'étais petite et mon grand-père maternel habitait avec sa nouvelle femme à quelques heures de route de chez nous, à Madison. Mais papa vivait loin de sa ville natale et donc de ses parents.

– Parfois, m'a-t-il répondu sans trop se mouiller.

Mon père est très diplomate. Avec le recul, je me rends compte qu'il aime ses parents, mais qu'il les aime encore plus à distance.

– C'est à qui, ça ?

Tyler agitait l'un de mes soutiens-gorge qu'il tenait par la bretelle. Je m'étais efforcée de rassembler discrètement tous mes dessous avant qu'il se mette à farfouiller dans le linge avec ses mains sales, mais celui-ci m'avait échappé. C'était l'un de mes tout premiers. Il était blanc, minuscule et parfaitement superflu. Ce n'était pas tant un soutien-gorge qu'un concept. Les bonnets, notamment, étaient embryonnaires, et pour cause : je n'avais rien à mettre dedans. Plus gros, ils auraient formé deux bosses sous mon T-shirt comme des ballons dégonflés.

– Donne-moi ça, j'ai sifflé à mon frère en le lui arrachant des mains.

– Greer met des soutiens-gorge ? s'est écrié Ty, scandalisé. Sérieux ?

Il a dévisagé papa bouche bée, manifestement consterné par son absence de réaction. Mon père a haussé les épaules et joué les andouilles, mais il réprimait un sourire.

– Bienvenue sur terre, Ty, ai-je grincé. Les filles portent des soutiens-gorge.

– Mais ceux-là, ils sont à toi ? Ceux de maman, ils ne ressemblent pas à ça.

Je lui ai donné une claque sur le bras. Tyler a longtemps cru que le mot « soutien-gorge » ne s'employait qu'au pluriel. Peut-être parce qu'on y met deux seins. Il y a une certaine logique à ce raisonnement. Les collants, c'est souvent au pluriel, et on y met deux jambes, alors pourquoi pas ? Maintenant, je suis sûre qu'il connaît la terminologie par cœur, mais il ne lui viendrait plus à l'esprit de causer lingerie en ma présence.

Ce qui est marrant, c'est qu'à l'époque, ça ne me gênait pas encore d'en parler avec lui. Je n'avais pourtant rien à soutenir et, s'il avait été un peu plus observateur, il n'aurait pas manqué de me le signaler. Aujourd'hui, mon besoin de maintien ne risque pas de faire débat. C'est peut-être de là que vient ma gêne. En tant que concept, les seins, ça occupe tout au plus un coin de nos pensées. Mais dans la réalité, ça colonise mon buste et ça s'incruste entre moi et mon petit frère. Et ce, avec ou sans soutien-gorge.

J'ai fourré l'objet du délit dans ma pile d'affaires et j'ai attaqué Ty. À califourchon sur son torse, je lui ai plaqué les bras le long du corps avec mes jambes et, à la faveur d'une lutte sans merci, je lui ai enfoncé l'un de ses slips sur la tête.

– Regarde ! Papa ! Tyler porte des SLIPS ! Incroyable ! Non, mais t'as vu ça ? Des *slips*, papa ! C'est fou !

Mon père a immortalisé l'instant et utilisé la photo comme écran de verrouillage de son portable jusqu'à ce que maman l'oblige à la remplacer par quelque chose de plus décent. À savoir, Ty et moi au restaurant. Sur le cliché, nous nous inclinons l'un vers l'autre en veillant à ne pas nous effleurer.

Chapitre 16

La première sonnerie retentit et pas trace de Jackson. Déçue, je me dirige vers ma salle de maths en traînant les pieds. Toute ma classe a l'air stressée. Aujourd'hui, on a un DS.

Carlisle Patone a réduit la mine de son crayon aux dimensions d'un rayon laser et noircit de pattes de mouche équivalant à une police de taille 4 la fiche antisèche qu'on est autorisés à conserver pendant le contrôle. Son but : y caser un max d'infos.

– Mauvaise idée, je l'avertis. Tu vas perdre du temps à chercher la bonne formule parmi tes notes.

– Facile à dire pour toi, me rétorque Carlisle, son cahier de maths niveau confirmé ouvert sur les genoux en continuant de recopier tout et n'importe quoi sur sa fiche.

Les profs devraient lui faire une fleur et le rétrograder d'un niveau.

Trois garçons se repassent une calculette en ricanant. La plupart des élèves de première ont fait le tour de ce qu'on peut écrire à l'envers avec des chiffres il y a environ quatre ans, mais apparemment il y en a que ça amuse encore d'inventer des équations dont la solution forme des mots grossiers (et ce sur une calculatrice multifonction dotée d'un clavier alphabétique).

7107 = LOL
802 = ZOB
35383773 = ELLEBESE
550708 = BOLOSS

Il y a un truc qui me dépasse. Dans un monde où l'on produit des images de synthèse tellement réalistes que mon grand-père refuse toujours de croire que ce n'étaient pas de vrais chimpanzés dressés à combattre à cheval à l'écran, comment se fait-il que Texas Instruments soit infichu de pondre un graphisme où 58008 à l'envers ne ressemble pas au mot « BOOBS » ?

Peut-être que Texas Instruments n'embauche que des ados. Des surdoués en maths qui ont sauté le lycée pour entrer directement en licence de conception de calculettes.

Je surprends Kyle Tuck en train de me pointer du doigt. J'en déduis qu'il a composé une équation dont le résultat est 58008. Les seins, énormes ou microscopiques (538079 = GLOBES, 50707 = LOLOS), et les miens en particulier constituent pour Kyle et ses potes une source d'amusement sans fin.

Pour un mec en niveau confirmé, il est sacrément attardé.

Le DS est fastoche. Je ne consulte ma fiche à moitié vierge que pour deux problèmes. Je suis la deuxième de la classe à rendre ma copie, une bonne quarantaine de minutes avant Carlisle. Je sors mon portable de mon sac pour jouer à *Zombie Sudoku* sous la table en attendant la fin de l'heure (c'est le même principe qu'un sudoku classique sauf qu'on remplit les grilles non pas avec des chiffres mais avec neuf espèces de morts-vivants). On n'est pas censés sortir notre téléphone pendant les devoirs mais il faut bien tuer le temps.

Et là, stupéfaction ! Jackson m'a envoyé une photo. Je fais semblant de nouer mon lacet pour l'examiner de plus près.

C'est un gros plan de son front. Ou plus exactement de son arcade sourcilière surmontée d'une longue plaie rouge de quatre centimètres fermée par des points de suture. Tyler s'est entaillé le corps en tellement d'endroits différents que je suis en mesure d'admirer le travail du chirurgien. Je bénis en silence Kathryn Walsh et la clairvoyance dont elle a fait preuve en incluant dans son classeur l'adresse du meilleur service d'urgences de la région. Si ça se trouve, elle a sauvé le beau front de Jackson.

Qu'est-ce qu'il t'est arrivé ?

Demande à ma tarée de sœur.

Quinlan ? C'est elle qui t'a fait ça ?

Ouais.

???

Je suis sidérée. Par la violence du lutin cleptomane, et par le simple fait que Jackson m'ait envoyé une photo de ses points de suture. Je n'ai pas le temps d'ajouter quoi que ce soit qu'il me répond déjà.

On quitte les urgences.
Dispo ce midi pour
que je te raconte ?

Ce midi ? Aurait-il confondu mon numéro avec celui de Max Cleave ? Voire avec celui du *food truck* ?

– Greer ? Qu'est-ce que je vois, là ? Un téléphone portable ?

Tous les élèves de la classe, qu'ils aient ou non rendu leur copie, me fixent comme si j'avais un couteau sanglant à la main et un macchabée à mes pieds.

– Apporte-le-moi.

Je m'exécute en regardant par terre pour cacher mes joues rouges. C'est bien la première fois que je me fais attraper pour quoi que ce soit, en cours de maths ou ailleurs. Les autres s'imaginent que j'ai piqué un fard parce que j'ai honte. Alors que pas du tout.

La prof dépose mon portable dans un panier dédié.

Mais avant, j'ai eu le temps d'envoyer deux émoticônes à Jackson. Un sandwich et un pouce levé.

Chapitre 17

– Tu fais quoi ? Allez, viens ! me lance Maggie.

Elle porte un plateau garni d'un yaourt à boire et d'une « salade » (d'après la définition en vigueur à la cantine du lycée, soit une feuille de laitue, quatre minicarottes et un grand sachet de vinaigrette). Natalie et Tahlia nous rejoignent avec leur déjeuner. On mange ensemble tous les jours depuis qu'on est en quatrième et ce sera sans doute le cas jusqu'à ce qu'on passe le bac, que cela nous plaise ou non. Parce qu'on ne déroge pas aux traditions. D'habitude, comme j'apporte mon propre déjeuner, je fonce nous réserver une table ronde pendant que les autres font la queue. Mais pas aujourd'hui. Aujourd'hui, je m'attarde sur le seuil du réfectoire. Je guette Jackson.

– Jackson s'est fait recoudre le front ce matin et il m'a demandé de l'attendre pour m'en parler.

Je vois Natalie hausser les sourcils à l'intention de Tahlia. Ce rebondissement inattendu a piqué leur curiosité.

Maggie, elle, ne bronche pas. Je lui ai déjà présenté Jackson et elle semble disposée à croire qu'il représente pour moi une sorte de client.

– D'accord, lâche-t-elle. On s'occupe de la table. Vous nous rejoindrez.

Sur ce, elle fond sur la dernière table ronde, Nat et Tahlia sur les talons, et abat son plateau dessus à l'instant même où un groupe d'élèves de seconde allait s'y installer.

Je n'avais pas prévu de déjeuner avec Jackson et Maggie. Encore moins avec Jackson, Maggie, Natalie et Tahlia. Je nous voyais plutôt en tête à tête dans un petit restau italien avec des tables en fer forgé mouchetées de lumière. Nous allons devoir nous contenter du self de Kennedy et de ses tables mouchetées de taches de mayonnaise. De toute façon, on n'aurait pas pu s'isoler, le réfectoire est bondé.

Je repère enfin Jackson à l'autre bout de la salle. Il a un gros pansement sur le front, ce qui lui vaut pas mal d'attention. Le frère de Maggie et deux autres mecs l'abordent et je lis sur ses lèvres : « Huit points de suture. » Les autres se marrent. Max gratifie même le blessé d'une bourrade virile, comme si se faire éclater le front constituait une sorte d'exploit. Je me prépare psychologiquement à voir Jackson partir avec ses potes, mais non, il me montre du doigt et le voici qui fend la foule en se dirigeant droit vers moi.

– Salut, me lance-t-il avec un sourire remarquable pour quelqu'un qui s'est fait recoudre le crâne quelques heures auparavant.

– Je suis déçue. J'espérais admirer ta balafre.

– Je dois couvrir la plaie. Ordre des médecins. Tu ne rates rien, elle est dégueu.

– Tu pourrais faire croire aux gens que tu t'es fait un tatouage.

– Sur le front ?

– Ben quoi ? C'est ton corps, c'est ton choix !

– Greer ! me hèle Maggie.

Nous pivotons vers elle. Elle tapote l'une des deux chaises libres à sa table.

– Maggie nous a gardé des places, j'explique à Jackson.

– Cool, dit-il.

Et de s'avancer vers les filles d'un pas décidé.

J'apprends qu'il est en chimie avec Tahlia et en anglais et maths avec Natalie, donc pas besoin de faire les présentations.

Jackson ne déjeune pas. Il prétend qu'il a ingurgité « environ trois cents grammes de Doliprane » et que s'il tente d'avaler quoi que ce soit, il va gerber.

– Du Doliprane ? On n'a droit à rien de plus fort quand on s'ouvre le crâne ?

J'ai regardé la vidéo d'une nana qui raconte son opération de réduction mammaire. Apparemment, les médecins lui ont donné des antidouleurs tellement puissants que, pendant plusieurs jours, elle a eu l'impression d'évoluer dans un grand nuage de barbe à papa sans goût. Au moins, elle n'a pas eu trop mal. J'espère que les laboratoires pharmaceutiques vont se dépêcher de créer une version encore plus efficace (et plus savoureuse, tant qu'on y est) de ce médicament avant que j'en aie un jour besoin.

Jackson pioche dans mon sachet de minibrioches.

– Je crois qu'ils réservent les antalgiques puissants aux patients qui se sont fait arracher l'œil à la fourchette, ou un truc dans le genre. Pour éviter qu'on les revende.

– Ça sent le vécu, je plaisante.

À mon tour, je prends une brioche et Jackson me la chipe avec un sourire taquin.

– C'est ce qui est arrivé à mon cousin, intervient Natalie.

Stupeur autour de la table. On la dévisage, choqués.

– Il s'est fait arracher l'œil à la fourchette ? demande Maggie.

– Non, juste les dents de sagesse. Mais il a revendu tous ses antidouleurs.

Maggie lève les yeux au ciel.

– Il ne s'est pas fait choper ? s'enquiert Tahlia.

– Non, par contre il a sacrément douillé ! Il n'avait plus rien pour soulager la douleur. Enfin, à part du Doliprane !

Les regards convergent à nouveau vers Jackson.

– Franchement, ça va, nous assure-t-il. Regardez, j'ai eu droit à une pommade antibactérienne de compète.

Il fourrage dans son sac et en extirpe un tube de crème blanc.

– C'est pas de l'éosine ou du Mercurochrome, ça ! C'est de la bonne came. Je parie que ça marche contre l'Ebola.

Natalie glousse sans retenue, son cousin relégué aux oubliettes, et Tahlia s'empresse de l'imiter pour ne pas rester sur le carreau. J'en ai une boule à l'estomac, parce que je vois bien qu'elles ne lui sont pas indifférentes et que Jackson ne manque pas de charme. Je me doutais que j'aurais des rivales mais j'aurais préféré qu'elles ne déjeunent pas à ma table.

Jackson baisse la voix.

– Bon, mais plus sérieusement, vous croyez que je peux la revendre ? Elle n'est pas coupée. Cent pour cent pur… euh…

Il examine le tube sous tous les angles.

– Uranium ? Kryptonite ? Franchement, je n'en ai aucune idée.

Il a l'air tellement perplexe que même Maggie se met à pouffer. Mais pour de vrai, pas par coquetterie. Je le sais parce qu'elle en recrache son yaourt et se bave sur le menton.

– Greer, me dit Jackson, emporte-moi ça pour analyse dans ton labo privé et extrais-en les composants chimiques, tu veux ?

Je lui jette une minibrioche. Il essaie de la gober au vol, échoue et me lance un regard consterné, comme si c'était moi qui avais mal visé. Une petite onde de chaleur remplace le nœud que j'avais à l'estomac. Je crois qu'un minuscule papillon vient de me faire pipi sur le foie.

– En vrai, qu'est-ce qu'il t'est arrivé ? demande Natalie, n'y tenant plus.

On a officiellement perdu Natalie et Tahlia. Si un truc radioactif se mettait à couler du tube de pommade mystère et nous transformait en flans goût plutonium, Maggie et moi, elles ne le remarqueraient même pas tellement elles sont suspendues aux lèvres de Jackson. Tahlia retient littéralement son souffle en attendant sa réponse.

– Il s'est fait tatouer son surnom. Le Nouveau, dis-je en désignant mon front.

Jackson secoue la tête, atterré, mais, sous la table, il m'assène un petit coup de genou complice.

– Ma sœur m'a frappé. Finalement, j'ai un peu faim.

En effet, il a dévoré la moitié de mon sachet de brioches. Je lui tends le reste.

– Pourquoi elle t'a frappé ? je demande. Tu l'avais mérité ?

– Elle prétend que oui. J'essayais de boucler ma dissert sur *Au cœur des ténèbres*…

– Oh ! Moi, je n'ai même pas commencé ! piaille Natalie.

Jackson lui adresse une moue contrite et elle se liquéfie sous nos yeux.

– Bref, Quin débarque avec la boîte de Docteur Maboul, vous connaissez ? Ma sœur, ce n'est même pas la peine de lui dire non, elle ne renonce jamais. Elle vous a à l'usure. Greer l'a rencontrée, elle peut confirmer.

Les filles me décochent un regard mi-intrigué, mi-jaloux et, au creux de mon ventre, dame Papillonne se dresse de toute sa hauteur pour leur tirer la langue.

– Bref, Quin commence. *Bzzzz !* Raté. C'est mon tour. Je réussis du premier coup. Quin rejoue…

– Moi, je n'arrive à récupérer que le petit panier, avoue Tahlia.

– Moi, même pas ! renchérit Natalie.

Je serre les dents. Si Jackson était une jolie fille et Natalie et Tahlia des mecs intéressés, ils fanfaronneraient au lieu de se rabaisser. Ce serait à qui se vanterait d'être le meilleur à Docteur Maboul (ou au foot, à *Call of Duty*, au Parkour, ou que sais-je). Maggie lève les yeux au ciel. Elle partage mon agacement.

– C'est pas un panier, c'est un seau, fait-elle remarquer à Tahlia.

– Quin retente sa chance, poursuit Jackson. Encore raté. Je la laisse refaire un essai. Puis un autre, puis encore un autre. Elle se loupe coup sur coup, genre ça la fait kiffer de voir le nez du bonhomme qui s'allume. Je la laisse continuer et j'en profite pour avancer dans mes devoirs, mais alors elle se fâche parce que je ne fais pas attention à elle. « Mais regarde, Jackson ! Tu dois regarder quand je joue ! »

Tahlia se penche tellement vers Jackson que j'ai une vue plongeante sur son décolleté. Elle porte un T-shirt en coton noir tout bête avec une petite rangée de boutons sous le col, mais j'aperçois le haut de son soutien-gorge, un modèle en dentelle mauve, et ses seins douillettement lovés dans leurs bonnets tels deux jolies jumelles à une soirée pyjama. Deux jumelles adorables et bien fermes. Si par un quelconque prodige quelqu'un entrapercevait mon décolleté, il verrait un article de lingerie pour mémés, un machin blanc uni sans aucune fioriture, à l'exception d'un ruban de satin assez petit pour orner un paquet cadeau de souris. On l'a cousu là, entre les deux monstres, ce qui revient à planter un pissenlit entre deux centrales nucléaires dans l'espoir de rendre le paysage un peu plus bucolique. Je croise les bras sur ma poitrine et m'appuie au dossier de ma chaise.

– Enfin, Quin réussit à extraire la toute dernière pièce en ne déclenchant l'alarme qu'une seule fois…

– Le panier ? tente Tahlia.

– C’est un seau, insiste Maggie.

– Le cœur, nous informe Jackson.

Soit Jackson se met en scène et, nous, on est là pour lui donner la réplique, soit il se met en scène et on est censées l’applaudir. Quoi qu’il en soit, une chose est sûre : il se met en scène. Non, mais le cœur, quoi ! Comme par hasard.

– Là, elle me fait : « J’ai gagné ! J’ai le droit de choisir mon prix dans tes affaires. » À ce moment-là, je remarque qu’elle tient dans sa main…

Jackson marque une minipause que je suis la seule à percevoir.

– Un truc à moi qu’elle m’a piqué, reprend-il. Je le lui reprends, elle s’en va vexée et, cinq minutes plus tard, la voilà qui rapplique armée d’un ouvre-boîte et *bim !* elle me fracasse le crâne.

– Waouh ! s’écrie Natalie. J’ai une cousine exactement comme ça. Trop reloue. Un jour, à Noël – non, attends, c’était aux vacances de Pâques…

Décidément, ses cousins l’inspirent, ce midi. Elle est intarissable ! Maggie, en revanche, s’est rembrunie. Elle encaisse en silence le récit de Jackson, et je devine où voguent ses pensées.

– Jackson, c’est du délire, déclare-t-elle, interrompant Natalie.

– Ouais, je sais, lui répond-il.

– Non, mais sans rire. À mon avis, ta sœur est…

Je vois se profiler le mot qu’elle s’apprête à lâcher et je la supplie par télépathie : « S’il te plaît, Maggie, ne traite pas sa sœur de psychopathe ! Pitié ! » L’été dernier, on a dévoré ensemble une série intitulée *Moi, sociopathe* et, depuis, Maggie en voit partout. « Pour l’amour du ciel et de la terre et de la glace au chocolat, je t’en conjure, ne traite pas Quin de… »

– En colère, conclut-elle. Genre super en colère.

On a évité le pire.

– Hum, peut-être, concède Jackson.

Il remue sur sa chaise, mal à l'aise, et, sans un regard de plus pour mon sachet de brioches, s'absorbe dans la contemplation de ses genoux. Je me remémore ce que je sais de Quin. Le jour de ma rencontre avec Jackson, elle est restée toute seule dans la voiture pour protester contre cet énième déménagement. Peut-être que Maggie a vu juste. D'ailleurs, je comprends en partie Quin et sa rage contre la terre entière (même si ce n'est pas une raison pour se passer les nerfs sur le front innocent de Jackson).

À mon avis, il pense comme moi. C'est pour ça qu'il n'a pas l'air fâché contre elle. Si Tyler me frappait au visage avec un objet tranchant, même sans le faire exprès, j'exigerais de mes parents qu'ils l'emmènent illico chez le véto afin de le faire piquer. Mais Jackson se contente de fixer son tube de nitroglycérine (ou que sais-je), une moue désemparée aux lèvres. Et nous, on ne fait rien. On attend qu'il se remette à nous charmer. Vas-y, Jackson, remets l'ambiance ! T'es là pour ça !

– Tu n'as jamais pensé, dis-je sans le lâcher du regard, que ta sœur pouvait être… un loup-garou ?

Il se redresse d'un coup et me sourit des yeux. Plein de reconnaissance.

– Non, mais maintenant que tu le dis… Ça se tient ! Ses accès de violence, ses hurlements, sa manie de se lustrer le poil – pardon, les cheveux – à longueur de journée…

– La brutalité que lui inspirent les jeux de société, j'ajoute. Ma mère doit connaître des groupes de soutien pour les familles. Je regarderai dans son classeur de bons plans.

– Tu crois qu'on devrait mettre Quin au régime sans gluten ?

– Je ne sais pas. Maggie, ça a marché sur toi ?

Elle me lance une minicarotte.

– Mais de quoi vous parlez ? pépie Natalie, qui a perdu le fil et ne sait plus comment caser ses cousins et sa petite personne dans la conversation.

« Cherche pas ! » lui lance Papillonne, impertinente.

La sonnerie retentit. Il nous reste quatre minutes pour gagner notre salle de classe. Tahlia force Natalie à se lever.

– Allez ! Tu vas encore me mettre en retard.

Maggie va jeter ses déchets dans la poubelle de recyclage.

– Merci d'avoir enfin condescendu à déjeuner avec moi, Greer, me dit Jackson.

– Tu m'as fait pitié avec ta balafre et ta sœur loup-garou. Et puis, tu es nouveau, t'as pas d'amis. En plus, tu viens de Cleveland. Dur.

Jackson me tend mon sachet de brioches vide mais je ne tombe pas dans le panneau. C'est un coup classique entre frères et sœurs : on se piège pour ne pas avoir à se déplacer jusqu'à la poubelle. Je brandis les deux mains en signe de refus.

Il s'éloigne, cap sur l'escalier principal, mais pas avant de me lancer :

– Demain midi, je me morfondrai seul à la table des tocards et des poètes. Je composerai une ode à tes brioches, ça me consolera.

Je deviens cramoisie. Dame Papillonne est dans tous ses états.

Maggie regagne sa place et promène son regard entre moi et Jackson qui s'éloigne. Elle affiche un petit rictus mais ne m'accuse de rien.

– Il est sympa. Par contre, si tu veux mon avis, sa sœur est une psychopathe.

J'opine du chef, muette.

Chapitre 18

Les qualifs ont commencé et j'attends toujours mon nouveau soutien-gorge. Il va falloir que je me débrouille avec mon bon vieux combo brassière de sport + soutien-gorge classique + T-shirt XXL. Maggie est folle de joie. Apparemment, elle a toujours pensé que j'étais douée pour les sports collectifs parce que apprendre les règles et les appliquer à la lettre, selon elle, c'est mon truc. Je lui dessine un caca fâché au Bic sur l'avant-bras. Elle ajoute que je suis baraquée (il faut savoir que Maggie peine à soulever un smoothie grand format, donc, en comparaison, je suis une bodybuildeuse). Je crois aussi qu'elle s'en veut de m'abandonner tous les soirs pour aller à ses répétitions de théâtre tandis que je rentre m'affaler à demi nue sur ma vieille couverture. Maggie n'est pas au courant pour mon rituel, mais elle se doute que je me retrouve seule et désœuvrée et ça lui fait de la peine.

Les épreuves durent une semaine. Jessa m'a tout expliqué : il y a entraînement tous les soirs après les cours où Mme Reinhold et les capitaines des équipes observent les candidates pendant les séances. Il y a deux ans, une débutante dans mon genre n'aurait eu aucune chance d'être sélectionnée mais, depuis que le volley doit partager la saison avec le basket, les équipes du lycée ont perdu quelques bonnes joueuses.

On ne touche pas à un ballon avant d'avoir effectué un long échauffement. Sauts de grenouille, gainage Spider-Man, squats… Autant d'exercices physiquement éprouvants qui transforment mon monoboob en trapéziste kamikaze. Je n'arrête pas de tirer sur mon combo soutif-brassière. L'une des bretelles s'est entortillée et commence à frotter.

Le pire, c'est ce que les filles appellent « la pyramide de l'enfer ». Il faut sprinter d'un bout à l'autre du gymnase, toucher la ligne, revenir, refaire les trois quarts de la traversée, toucher la ligne, revenir, et ainsi de suite en réduisant la distance jusqu'à ce qu'il ne reste plus que quelques mètres à parcourir. Et alors, on recommence, mais cette fois en allongeant la distance à chaque aller-retour. C'est horrible.

Si on était en cours d'EPS, il y aurait bien quelques garçons pour se tirer la bourre, mais la plupart des élèves feraient l'exercice en trottinant mollement à côté de leurs copains sans même prendre la peine de se baisser pour toucher la ligne. À l'entraînement, rien à voir. Parce que 1/ la coach nous note sur nos compétences mais aussi sur notre attitude ; 2/ les filles sont archimotivées ; et 3/ je les soupçonne d'appartenir à une unité d'élite formée en secret sur Themyscira en vue de renverser le patriarcat à coups de tiares magiques et de force brute.

Impossible de ne pas se laisser gagner par leur sens de la compétition. Je regarde défiler le premier groupe puis, quand arrive mon tour, je me défonce avec les autres. J'ai le cœur qui cogne, les semelles qui couinent et je fonce vers la ligne telle Katniss Everdeen cherchant à sauver Prim. Je traverse le gymnase comme une fusée, je change de position en vue du retour, je plaque une main au sol et je fonce. Ça tue les genoux. Une nana qui n'avait pas bien attaché ses lacets s'étale dès la seconde longueur. Plus ça dure et plus les rangs se desserrent. Il reste quelques filles devant moi mais je suis en tête du peloton. Par contre, Marthe et Maïté font la gueule, doublement harnachées dans leur soutif de tous les jours et leur brassière de sport. Elles ont chaud, elles ont mal, et la bretelle vrillée me massacre l'épaule. Ça me brûle comme un bout d'écorce frottant contre une ampoule. Je glisse ma main dessous, ce qui me permet du même coup de limiter les rebonds de mes seins en les gardant au creux de mon coude.

Au moment d'aborder le sprint final, je talonne Jessa. Elle se donne à cent pour cent et j'essaie de tenir le rythme tout en trimballant l'équivalent d'une portée de chatons griffus. On termine l'exercice et on s'écroule au pied du mur. Le troisième groupe entre en piste.

– T'as mal au bras ? me demande Jessa, haletante, entre deux gorgées d'eau.

– Non, ma bretelle me gêne.

Elle hoche la tête, pourtant je doute qu'elle comprenne ce que je ressens. Jessa est loin d'être menue mais son corps tout entier semble fait de muscles en béton. Je parie que quand elle court, ses seins restent bien dans l'axe, contrairement aux miens.

– Je vais te filer de la Nok.

Je lui retourne un regard interdit.

– C'est une crème antifrottement.

Je ne suis pas plus éclairée.

– Tu t'en tartines là où t'as mal. Pour éviter les cloques quand tu changes de chaussures, par exemple. Moi, je m'en mets sur les cuisses, parce qu'elles frottent quand je cours.

J'acquiesce.

– Merci.

Jessa se lève pour aller pourrir une de nos coéquipières qui a raté sa pyramide de l'enfer.

Et voilà. Je viens d'avoir avec Jessa Timms la conversation sur nos corps la plus intime de ma vie.

Chapitre 19

– Melinda Oates m'adore, déclare maman en aérant son verre de vin.

Elle n'en boit jamais plus de quelques gorgées. Elle est trop occupée à papoter.

– C'est qui, Melissa Oates ? demande papa.

Et moi, au même moment :

– Pourquoi elle t'adore ?

– Melinda, pas Melissa. C'est une cliente à moi, et elle m'adore parce que, en sept déménagements, elle n'a jamais eu affaire à une assistante de mutation aussi compétente que moi. C'est elle qui le dit !

Papa lui chipe une asperge.

– Bravo, Kitty !

C'est le surnom qu'il lui donne. Personne n'a le droit de l'utiliser à part lui.

– Elle aura de la chance si la prochaine possède ne serait-ce que la moitié de ton talent, ajoute-t-il.

Maman rayonne. Pas moi. Soudain prise d'une agaçante pointe de panique, je demande :

– La prochaine ? Pourquoi il y aurait forcément une prochaine fois ?

– Quand on a déménagé sept fois en quinze ans, je doute qu'on s'attarde bien longtemps dans une banlieue de l'Illinois, me rétorque papa.

C'est discret, mais sa façon de prononcer le nom Illinois suggère qu'il rêve d'habiter une région plus palpitante.

Moi, je déchante. Je pensais que, pour Jackson, cette énième adaptation serait la dernière. Je m'imaginais qu'une fois installé ici, à Kennedy, il serait enfin chez lui. Mais il y a sans doute une pauvre fille à Cleveland qui s'est fait les mêmes films que moi.

Maman, elle s'en fiche. Les Oates sont ses clients, rien d'autre. Elle est chargée d'aider les gens comme eux à trouver leurs marques. Après, qu'ils restent ou qu'ils s'en aillent, ça ne change rien à sa feuille de paie. En fait, les familles qui se déracinent tous les quatre matins, c'est son gagne-pain. C'est à elles que maman doit ses contrats premium (trois mois tout compris).

N'empêche. Savoir que Jackson repartira peut-être avant de s'éprendre de moi me plombe le moral. Je n'ai aucune expérience en la matière mais quelque chose me dit que ça prend du temps de tomber amoureux. D'un autre côté, s'il s'en va, il n'aura pas non plus le temps de flasher sur une autre fille. Il faut voir le bon côté des choses.

– Et le volley, Greer, comment ça se présente ?

Je hausse les épaules.

– Il y a huit ou neuf filles qui ont un gros, gros niveau. Genre olympique ! Sinon, il y a quelques élèves de seconde qui n'ont jamais fait de sport de leur vie, à part sur PlayStation. Les autres sont dans la moyenne. Comme moi.

– Et dans cette moyenne, tu te situes où ? Plutôt en tête ou en queue de peloton ?

– Je crois que je me débrouille pas trop mal, dis-je.

J'omets de préciser que j'étais nettement plus confiante avant que Mme Reinhold ne m'engueule pour avoir raté une passe simplissime parce que j'étais occupée à remettre mon soutif en place. Et que mes blocs sont inefficaces parce que je tiens mon T-shirt en sautant pour l'empêcher de remonter. Je ne suis pas la star du terrain, c'est le moins qu'on puisse dire.

Seulement, maintenant que j'ai participé à tous ces entraînements, j'y ai pris goût. Je veux jouer ! Sauf qu'à la fin de la séance, j'ai mal aux seins comme si je me les étais coincés dans une porte d'ascenseur. La charge pondérale me détruit les épaules. J'ai des plaques rouges sous les bras à l'endroit où mon soutien-gorge frotte.

Et ne parlons même pas du problème de l'uniforme.

Il vaudrait mieux que je sois recalée. Je pourrais me concentrer sur des activités que je maîtrise, comme exploser ma moyenne dans toutes les matières, empêcher Maggie de déclencher une révolution, me payer la tête de Tyler, ou encore fantasmer en secret sur le fils des clients de maman.

– Je suis sûr que tu te sous-estimes, m'assure papa.

Il s'avance pour me serrer l'épaule mais, par réflexe, je me dérobe.

– Ben alors ? Où est passée ta confiance en toi ?

« J'ai dû l'oublier en cours de maths. »

– Il me faut des nouvelles chaussures pour demain, annonce Tyler la bouche pleine de pain (ce qui fait qu'on comprend « im'faud'nouvelchausspoud'main »).

– Encore ? s'étonne maman en déposant la moitié de son poulet sur l'assiette de Tyler.

La silhouette de mon frère n'étant pas « alourdie » par deux énormes seins, maman le trouve maigrichon.

– Ouais, déclare-t-il entre deux mastications.

– Pour demain ?

– Ouais.

Il avale sa bouchée et poursuit :

– La prof de sport dit qu'elle ne veut plus jamais revoir mes baskets.

– Hein ? Et pour quelle raison ?

– J'sais pas, dit-il.

Plus exactement, il fredonne sans ouvrir la bouche l'intonation propre à ces mots.

Maman se rend dans l'entrée pour élucider le mystère des baskets honnies. Une seconde plus tard, on l'entend hurler comme si elle venait de découvrir un cadavre.

– Oh, mon Dieu ! Mais qu'est-ce que… ?

Non, pire : on dirait qu'un de ses clients vient de trouver un cadavre et qu'il n'y a pas d'adresse de fosse commune dans son classeur de bons plans. Papa court la rejoindre et je l'entends jurer.

– Putain de… !

Ty et moi, on est restés à table. Je lui jette un regard.

– À ce point ?

– Faut croire.

– Tu les as mouillées ou quoi ?

– J'ai marché dans une flaque l'autre jour, mais je les ai mises dans un sac plastique pour qu'elles ne salissent pas toutes mes affaires dans mon casier.

Il a l'air fier de lui, l'andouille.

– Tyler, il fallait les sortir du sac pour qu'elles sèchent ! Maintenant, ça doit grouiller !

On entend maman s'écrier :

– C'est une infection !

– Fous-les dehors ! répond papa.

– Grouiller ? De quoi ?

– De bactéries ! De champignons !

– Berk, lâche Tyler, comme si c'était moi la grosse dégoûtante à cette table.

La porte d'entrée s'ouvre et se referme et mes parents traversent la salle à manger les mains tendues devant eux. Ils se précipitent dans la cuisine pour se les faire bouillir.

– Je n'arrive pas à chasser l'odeur de mes narines, gémit papa en se mouchant dix fois de suite dans sa serviette.

– Tyler, ces baskets ont coûté cent vingt dollars !

– C'est beaucoup ?

– Pour une paire qui a tenu moins d'un mois, oui, plutôt ! lui rétorque maman, exaspérée. Prends tes affaires. *Master* ferme dans une heure, on y va. Bon sang, mais ça empeste jusqu'ici ! Tu as porté ces chaussettes avec tes baskets ? Enlève-les immédiatement !

Une fois n'est pas coutume, elle vide son verre de vin d'une traite.

– METS-LES DANS LA POUBELLE, TYLER ! PAS SUR LA TABLE ! Ah, au fait, Greer, on a reçu ta commande.

Elle me lance une enveloppe matelassée.

– Elle a reçu quoi, Greer ? demande mon frère en suivant maman vers la porte.

Mon Stabilizer est arrivé.

Chapitre 20

En général, voici comment je procède pour enfiler un soutien-gorge. D'abord, je le noue autour de ma taille comme une ceinture. Je ferme les quatre agrafes. Je remets les bonnets devant. Je glisse mes bras dans les bretelles et hisse le tout par-dessus mes seins. Ensuite, j'ajuste. Je ne peux pas enfiler les bretelles puis l'agrafer dans mon dos comme on est censée le faire, parce qu'il est beaucoup trop serré ; je n'ai aucune marge de manœuvre.

Il y a toujours un centimètre et demi de chair qui dépasse sous les armatures parce que les bonnets ne sont jamais assez profonds. Mes seins débordent de partout comme un muffin de son moule. Et, loin de produire un effet « décolleté subtil et sensuel » façon publicité pour Victoria's Secret, ils évoquent la raie d'une grosse paire de fesses qui me pendouilleraient sous le menton.

Je note d'emblée plusieurs différences entre le Stabilizer et mes brassières de sport. Le Stabilizer est muni de multiples rangées d'agrafes et les bretelles sont en toile tressée comme les maniques qu'on fabriquait, enfants, sur de minimétiers à tisser. Quand on tire sur un coin du tissu, c'est tout l'ensemble qui bouge et se réorganise automatiquement. Ça m'évoque un système de poulies, de leviers et de ceintures en stretch. Ou le résultat d'une collaboration entre Escher et Wallace (sans Gromit).

Heureusement, le produit est livré avec un manuel. Parfaitement, un mode d'emploi. Pour un soutif. Malheureusement, les instructions manquent de clarté. Il y a une page de schémas représentant une femme en train de procéder à toutes sortes d'ajustements et un lien vers une vidéo YouTube « pour plus de conseils et d'astuces ». La première étape consiste à fourrer mon buste dans ce machin, or, c'est plus compliqué qu'il n'y paraît. Je le noue autour de ma taille et glisse mon bras dans un trou, mais pas moyen d'en trouver un second identique. J'ai dû me tromper. Peut-être qu'il faut que je le retourne. Raté, maintenant, les agrafes me griffent la peau du dos. Je scrute le manuel en tâchant de repérer un lien entre les schémas alambiqués et le méli-mélo de fils élastiques dans lequel je me suis emberlificotée.

J'essaie toutes les combinaisons possibles, je noue, je sangle, j'agrafe et, enfin, je dompte la bête. En fait, sur ce modèle, les attaches sont sur les côtés et non dans le dos. Quand on tire sur les bretelles, ça resserre les bonnets en même temps. Vu de l'extérieur, le Stabilizer ressemble à un soutien-gorge ordinaire, mais il s'agit en réalité d'un petit bijou de technologie. On dirait qu'il a été inventé par les ingénieurs de SpaceX. Avec un peu d'aide, j'aurais sans doute moins galéré à l'enfiler, mais je suis seule à la maison avec papa et il serait aussi horrifié que moi si je lui demandais son assistance pour mes essayages de soutif.

Une fois les derniers réglages effectués, je me sens plutôt bien dans mon Stabilizer. Un peu comprimée, évidemment, mais pas trop. J'arrive encore à respirer. Quand je porte mon combo soutif-brassière trop petite, c'est comme si je me faisais broyer par un boa constrictor. Tandis que là, c'est plus comme si un ours me faisait un gros câlin.

Je tente un petit bond. Bonnes sensations. Je saute un peu plus haut. Est-ce que ça ballotte ? Dans le doute, je recommence plusieurs fois d'affilée. Non, ça ne ballotte pas ! Mes seins bougent, évidemment. Je ne suis pas une statue de pierre. Mais ils accompagnent mes mouvements, comme mes bras ou mon nez, bref, comme sont censés le faire les membres du corps par opposition aux sacs à main ou aux filets de pommes de terre.

Je lève les bras. Je sens la maille qui s'étire, mais les bonnets ne me remontent pas sous les aisselles. Je gesticule tel un naufragé tentant d'attirer l'attention d'un paquebot. Incroyable mais vrai : tout reste en place. Je baisse les bras, pareil. Mieux, je ne décèle pas de frottement gênant. Le Stabilizer est doux sur la peau.

Et les clientes de la rubrique « commentaires » disaient vrai. J'ai deux seins bien distincts au lieu d'un monoboob. Ouf ! J'en ai marre de badigeonner Marthe et Maïté de crème Nok (avec des résultats mitigés, qui plus est : j'ai les nichons tout irrités).

– Greer ? me hèle papa depuis le rez-de-chaussée. Tu veux regarder *Le Meilleur Pâtissier* avec moi ?

– Une minute ! J'arrive !

J'ai presque envie de lui montrer ma dernière acquisition, parce qu'il adore les gadgets. Mais non, pas question. Cette merveille d'ingénierie est à moi et rien qu'à moi.

Alors, je tente un truc que je n'ai pas fait depuis des années. Entre mon lit et ma penderie, j'effectue une roue. À la descente, je m'éclate la jambe contre ma table de nuit. Je crois que je me suis brisé le tibia mais, côté seins, tout va bien. Même pas besoin de remettre mon soutif en place.

Je me regarde dans le miroir de la salle de bains. On dirait que je me suis emmêlée dans le maillage d'un lit de camp. Je ressemble à une momie sportive. Mais, au feeling, c'est comme si j'avais revêtu un filet de sécurité. Même que, si on y fixait un câble, il se pourrait bien que je m'envole.

Chapitre 21

Kate Wood et Jessa m'abordent avant le cours de maths. Aujourd'hui, c'est le dernier jour des épreuves de sélection. Reinhold affichera lundi la liste des heureuses élues. La sœur de Kate est capitaine d'une des meilleures équipes du lycée et elle a entendu quelques rumeurs.

– D'après Emma, les terminales intègrent automatiquement l'équipe supérieure, donc Eva Frank et Arianna Machin-chose seront sélectionnées même si elles sont nulles. Désolée, je ne dis pas ça pour être méchante.

– Pas de problème. De toute façon, c'était pas cette équipe-là que je visais.

– Sauf que, du coup, une fille qui avait un super niveau va se retrouver chez nous, ce qui fait une place en moins pour toi.

– Mais puisque les terminales qui auraient dû intégrer notre équipe sont propulsées au-dessus, ça revient au même. Le nombre total de places ne change pas.

Kate ignore mon raisonnement. Pour elle, la nouvelle est alarmante. Peut-être qu'au volley, on se réfère à des mathématiques alternatives selon lesquelles une équipe de quatorze filles n'équivaut pas nécessairement à une autre équipe de quatorze filles. Kate passe en revue une série de compositions possibles. C'est plus compliqué que le système électoral américain.

Je reçois un petit coup à l'arrière du genou – pas une balayette qui me flanque par terre, juste de quoi me faire plier le genou. C'est Jackson. Par respect pour nos conciliabules, il m'adresse un petit signe de la main mais poursuit son chemin sans rien dire. La rouquine qui essaie toujours de l'embarquer dans des révisions de verbes irréguliers avant le début de l'heure sera *häppy* (ou Dieu sait comment on dit « contente » en allemand). Je suis Jackson des yeux comme s'il s'agissait d'un ballon gonflé à l'hélium en train de disparaître derrière les nuages. Kate ne s'interrompt pas un instant.

– Et Nasrah Abdullahi sera retenue, garanti : elle est tellement grande !

Nasrah est en seconde et n'a jamais pratiqué le volley, elle non plus, mais elle mesure pratiquement un mètre quatre-vingts et elle est gaulée comme une athlète. D'après Jessa, Reinhold avait quasi la bave aux lèvres en la voyant se présenter aux qualifs.

Jessa et Kate épluchent la liste des candidates pour tâcher d'identifier nos rivales – ou, plus exactement, les miennes. Jessa est super forte, c'est la meilleure du lycée à l'exception des filles de l'équipe supérieure ; quant à Kate, elle fait du volley en club depuis l'âge de dix ans.

Au fin fond du couloir, Jackson papote avec Rouquine. Elle s'appuie sur lui et rit aux éclats comme s'il lui racontait une anecdote désopilante. Je me demande s'il la lui raconte en allemand ou dans la pseudo-langue germanique qu'il utilise en ma présence.

– Par contre, Emma m'a dit un truc à propos de toi.

Cette phrase de Kate me ramène à la réalité.

– Quoi ?

– Elles ont parlé des nouvelles candidates, elle et ses copines, et tout le monde est d'accord sur un point : t'as du potentiel, mais on dirait que t'es mal à l'aise ou je ne sais quoi. Sur le terrain, t'as l'air distraite.

– N'importe quoi ! Je suis un peu nerveuse, c'est tout.

Évidemment que je suis distraite. Je suis la seule à devoir jongler avec deux ballons supplémentaires !

Kate hausse les épaules.

– Je ne fais que te répéter ce que m'a dit Emma. Et je sais d'expérience que Reinhold attache beaucoup d'importance au comportement.

– Hein ? Je ne vois pas le rapport. J'ai un comportement irréprochable !

(Bon, j'avoue, en cet instant précis, peut-être pas.)

– Comportement n'est pas le bon mot, intervient Jessa. Il s'agit plutôt d'un problème de concentration.

Et ça me revient d'un coup : c'est Jessa, pas la prof, qui tenait à ce que je me présente aux qualifs. C'est important pour elle que je me montre à la hauteur.

– Essaie de rester dans le jeu, tout à l'heure, conclut-elle. C'est tout ce que je te demande.

Elles se moquent de moi, ou quoi ? Je ne pense plus qu'au volley depuis le début de la semaine ! Bon, un peu à Jackson, aussi. Et au risque que ma cage thoracique implose si mes seins grossissent encore ne serait-ce que de dix grammes chacun.

– Je suis dedans. Plus concentrée que moi, tu meurs. Un vrai rayon laser !

Je fais «*piou ! piou !*» alors que c'est ridicule ; les rayons laser ne font pas «*piou ! piou !*», ils sont silencieux, et pour cause : il s'agit d'ondes électromagnétiques. La première sonnerie retentit et je suis tellement concentrée que c'est à peine si je vois Jackson tenir galamment la porte de sa salle d'allemand à la fâcheuse *Fräulein*.

– Un laser, je vous dis !

Chapitre 22

Je ne suis pas du tout concentrée. Comment pourrais-je l'être ?

Autrefois, la concentration n'était pas un problème pour moi. Mon corps ne m'obsédait pas. Il m'accompagnait, voilà tout. Je ne réfléchissais pas des heures à l'avance à ce que j'allais porter. Tant que ça ne grattait pas et que ce n'était ni trop chaud ni trop léger, je m'en accommodais. Je confiais à maman le soin de m'acheter mes vêtements. Je lui faisais confiance : elle a du goût. Cet arrangement me convenait. Il nous convenait à toutes les deux.

Maintenant, Marthe et Maïté occupent entre vingt-cinq et cent pour cent de mon temps de cerveau disponible. Je pense à leur poids. À leur apparence. Je me demande si les gens ne voient que ça. J'angoisse à l'idée de dégommer un assortiment de verres à pied dans les grands magasins. L'école, le volley, l'univers en constante évolution, tous ceux que je connais et/ou qui me sont chers et, enfin, Jackson doivent se partager le pourcentage de temps de cerveau restant. Pour la concentration, on repassera !

En sixième, quand toutes les filles se sont mises à porter sous leurs T-shirts des brassières ou encore de petits débardeurs à bretelles spaghetti, je les ai imitées, ce qu'aucune transformation physique ne m'obligeait à faire. Maman m'en a acheté et je les ai mis, point. Certaines de mes copines commençaient à s'affiner et à se développer mais, moi, je restais plate comme une crêpe. Voire comme une feuille de brick.

Ça ne me dérangeait pas plus que ça. J'étais à l'aise dans mes fringues et bien dans mes baskets. Je me sentais davantage enfant qu'adulte-en-devenir.

Tout a changé du jour au lendemain l'été qui a précédé mon entrée en troisième. J'ai enfilé un maillot de bain et je suis descendue attendre que maman me conduise à la piscine. Dès que ma mère m'a vue, elle m'a lancé :

– Tu n'as que ça, comme maillot ?

Deux nichons bonnet B avaient poussé pendant la nuit. B tendance C, même.

J'exagère, bien sûr. Les seins n'enflent pas instantanément comme ça, façon canot de sauvetage. Seulement, je ne m'étais pas rendu compte qu'ils avaient autant grossi jusqu'à ce que maman me fasse remarquer qu'ils débordaient du bikini qui m'allait encore parfaitement l'hiver précédent, lors de notre visite à mes grands-parents en Floride. Il a fallu qu'une tierce personne attire mon attention dessus.

Et, moi qui n'y pensais jamais, j'ai pris conscience de ma poitrine.

Au début, ça n'était pas pour me déplaire. Au début, seulement.

Quelques semaines plus tard, j'étais passée du B au C (M. Treize-à-la-douzaine du *Bagelstore* de la Neuvième Avenue peut confirmer). Fin octobre, il me fallait du D. Et mes seins ne se sont pas arrêtés en si bon chemin. On se serait cru dans *La Petite Boutique des horreurs* à ceci près que le monstre, c'était mon corps. J'aurais dû les appeler Audrey, comme la plante carnivore dans le film, qui n'arrête pas de pousser, sauf que j'avais non pas une Audrey mais deux. En plus, je connaissais une fille qui s'appelait comme ça et il se trouve qu'elle était gracile, délicate et ravissante à souhait. Non, je n'avais pas affaire à un duo d'Audrey. J'avais affaire à Marthe et Maïté.

Marthe et Maïté, ce sont des noms balourds et récalcitrants qui conviennent à merveille à mes balourds récalcitrants de seins. Des noms flasques, pâlots et pendouillants. Des noms de vieilles.

Des noms moches.

À vue de nez, je dirais que je fais du H. Du 85H, avec un *H*, comme pour « *Help* ». Je n'en suis pas sûre à cent pour cent parce que, malgré toutes les vidéos que j'ai pu regarder sur le sujet, une poitrine, surtout quand elle a tendance à tomber, c'est difficile à mesurer en vrai. Les effets de la gravité faussent le résultat. Si j'ai envisagé de demander de l'aide à ma mère/une amie/une vendeuse de lingerie, comme le conseillent sur Internet des tripotées de filles à petits nénés haut perchés ? PLUTÔT CREVER, mais merci du tuyau.

Du reste, la taille exacte de mes seins n'importe pas vraiment parce qu'au-delà du bonnet E, de toute façon, il devient pratiquement impossible de trouver un soutif qui ne soit pas hideux ou hors de prix. Ou alors, il s'agit de modèles prétendument de la bonne taille mais en fait infichus de maintenir/soutenir/contenir quoi que ce soit.

Voici ce que nul ne verra jamais sur le web : moi en train de tasser Marthe et Maïté dans le monstre à quatre agrafes taille 90G, *alias* triple D en taille américaine, que j'ai discrètement ajouté au panier la fois où maman m'a chargée de me commander des sandales habillées sur Internet pour la bar-mitzva du fils d'un de ses clients. La vente en ligne, c'est pratique : quand un article ne convient pas, il suffit de coller l'étiquette de retour sur le paquet et de le déposer sur le perron pour le livreur. L'ennui, c'était que le monstre en question fermait et que mes boobs n'en dégoulinaient pas à tout bout de champ. Or, comme je n'avais aucune envie d'expliquer à ma mère pourquoi je n'arrêtais pas de commander et de renvoyer des articles au lieu d'aller faire quelques essayages en boutique, façon Kathryn Walsh, j'ai décidé que le soutif ferait l'affaire et j'ai jeté l'étiquette de retour à la poubelle. (Les sandales n'allaient pas non plus, d'ailleurs. À sa décharge, Triple-D ne m'a jamais filé d'ampoules.) Et puis, D3, ça résume plutôt bien la situation.

Je possède donc deux soutiens-gorge, identiques à un détail près : l'un est blanc et l'autre beige (ou chair, à en croire le descriptif, ce qui est complètement idiot. Il faudrait peut-être prévenir cette marque de sous-vêtements que toutes leur clientes n'ont pas la peau blanc cassé...). Ils ne m'allaient pas vraiment quand je les ai reçus l'an dernier et ils ne me vont pas mieux depuis. Ils sont censés avoir un effet dit « minimiseur » mais la seule chose qu'ils minimisent, ce sont mes facultés respiratoires. Mes seins débordent de toute part, l'élastique sous l'armature me serre la cage thoracique comme une ceinture pour Barbie et, au-dessus du nombril, je ressemble à un croisement entre un champignon atomique et la tante Marge sous l'effet du sortilège de Harry Potter.

C'est à tout cela que je pense quand je devrais me concentrer sur mon service ou mon bloc, la faim dans le monde ou sur un mec.

Tous les jolis petits hauts que maman m'a achetés ces dernières années croupissent au fond d'un carton et, moi, je croupis sous mon sweat à capuche gris informe.

Ma mère et moi, on n'aborde jamais le sujet. Je ne lui jette pas la pierre. C'est ma faute. Parfois, elle me sort une réflexion du genre :

– Pourquoi tu ne portes jamais la blouse orange que je t'ai achetée ?

Je rétorque : « Je ne l'aime pas trop », et on en reste là.

Si elle ne se rend pas compte qu'il m'est devenu physiquement impossible de rentrer dans mes vieux vêtements, alors, maman est aveugle. Mais j'en doute, parce qu'elle ne m'interroge que sur mes tops les plus amples et les plus bouffants. Hélas ! Si j'enfilais ma blouse orange, elle pendouillerait sur ma poitrine comme une nappe de Halloween. Je l'ai mise au rebut, avec les autres.

De temps en temps, maman inspecte ma tenue. Des habits gigantesques, flottants, sombres et unis que je ne quitte pas du week-end. C'est ça, mon style. Et elle me lance :

– Ça te dirait qu'on aille faire un brin de shopping, toutes les deux ?

– Non, merci, je réponds dans ces cas-là. Ça va.

Sauf qu'en fait, ça ne va pas. Ça ne va même pas du tout.

Chapitre 23

En théorie, une heure de cours dure cinquante-cinq minutes, ni plus ni moins. Pourtant, je jurerais que la dernière de la journée dure au moins une heure et demie. Un jour, Kurtis et Omar m'ont exposé une théorie concernant les forces qui régissent la rotation de la Terre. Apparemment, au lieu de tourner de façon constante à mille six cent soixante-dix kilomètres par heure, elle voit sa vitesse soumise à des changements incessants. On ne s'en rend pas compte à cause de la relation spatio-temporelle qui gouverne nos existences. À en croire Kurtis et Omar, ce phénomène peut même altérer la vitesse de nos pensées. Ce que l'on pense à l'instant *t* est peut-être une idée fulgurante mais il se peut aussi qu'on la ressasse depuis des heures. On n'en saura jamais rien.

Cet exposé constituait sans doute la conversation la plus longue que Kurtis et Omar aient jamais eue avec une fille. Il se peut qu'elle leur ait paru brève ; pour moi, elle a été interminable. Encore un coup des forces mystérieuses de l'univers !

Je repense à cette théorie du temps chaque fois que mon cours d'histoire s'éternise. Avant, je pensais qu'il traînait en longueur parce qu'il s'agissait de la dernière heure de la journée, ou parce que M. Feiler nous lit le manuel à voix haute au rythme d'une page par heure. Mais, tout compte fait, l'idée qu'une force malveillante s'amuse à dilater le temps tous les jours avant la fin des cours me paraît plus crédible.

Heureusement, Maggie est là. Si le cours du temps s'englue pour de bon, au moins, j'aurai une copine avec qui patienter jusqu'à ce que la situation se décoince. (Kurtis et Omar seraient fous s'ils m'entendaient. Ils s'écrieraient : « Ça ne marche pas comme ça ! » et je serais obligée de leur expliquer que je m'en moque alors que je ne veux pas les vexer.)

En l'occurrence, l'aiguille des minutes est comme paralysée. Il me tarde de gagner le vestiaire, d'enfiler mon Stabilizer et de procéder à tous les réglages nécessaires en vue du dernier jour des épreuves de sélection. Il paraît qu'il faut que je me concentre. Or, le seul moyen d'y arriver, c'est de m'enduire de Nok et de dompter Marthe et Maïté.

Cinq heures de cours d'histoire plus tard, l'univers se lasse enfin de me torturer. La sonnerie retentit.

– Écrabouille-les ! me lance Maggie pour me souhaiter bonne chance. Au figuré, hein !

– Toi aussi. Au propre.

Une petite bagarre la dispenserait de répétition.

Maggie a passé les auditions pour *Les Sept Femmes de Barberousse*, la comédie musicale que monte le lycée cette année. Elle a décroché un super rôle puis menacé de démissionner en découvrant l'intrigue, qu'elle qualifie de « sexiste, dégradante et hétérocentrée ». C'est l'histoire de sept frères célibataires qui habitent le fin fond de l'Oregon dans les années 1850. Un jour, ils vont à la ville, rencontrent des femmes à leur goût et, ni une ni deux, les embarquent contre leur gré dans leur taudis paumé. Là, les otages enseignent les bonnes manières aux sept frères et en tombent amoureuses. Franchement, le lycée aurait difficilement pu proposer scénario plus douteux. Même *Sweeney Todd* (un joli conte sur le partenariat entre un tueur et son voisin le boucher cannibale), à côté, c'est soft !

Pas de chance pour Maggie, ses parents ont refusé qu'elle quitte la troupe.

– Il faut étoffer ton CV si tu veux intégrer une bonne université, lui a seriné son père.

– Incarne le changement que tu veux voir dans le monde, lui a conseillé sa mère.

Du coup, la troupe se retrouve avec une fiancée grincheuse qui râle à propos de tout. On aurait pu croire qu'elle se ferait virer, mais elle a une voix incroyable et les bons contraltos ne courent pas les rues.

– Si t'es encore dans le coin quand j'ai fini ma répète, on te raccompagne, Max et moi ?

– Merci, je ne sais pas combien de temps ça va durer. Peut-être que la coach va me jeter direct.

– Dans ce cas, tu n'auras qu'à rejoindre le casting de *Sept exemples de tyrannie masculine et de misogynie lyrique* !

Je la soupçonne d'avoir préparé sa réplique à l'avance. Mais Maggie perd son temps. Quand bien même je serais la meilleure comédienne que la terre ait jamais portée, il n'y a pas moyen que je rentre un jour dans un corset. Et, à propos de corset, je file me harnacher dans mon Stabilizer.

Chapitre 24

J'ai galéré dans ma chambre, avec un miroir, zéro témoin, plein de place et un temps infini à ma disposition, alors enfiler ce machin dans les WC d'un vestiaire de lycée humide, bruyant et saturé de stress adolescent, c'est une tâche qui relève de l'impossible. J'ai l'impression d'être la cousine bourrée de Houdini ficelée dans un des pièges de l'as de l'évasion et qui s'évertuerait à s'en extraire sans toucher la cuvette des chiottes.

J'y suis presque, mais il reste une bretelle à sangler, et je m'aperçois trop tard que j'aurais dû commencer par là. Si je tire sur le tissu de la main droite et que je me contorsionne, j'arrive presque à l'agrafer, mais pas tout à fait. Côté sensations, c'est comme le brassard d'un tensiomètre qui comprime mes poumons.

Les voix s'estompent. Le vestiaire se vide. La dernière à sortir écope d'une longueur de gymnase supplémentaire. La coach m'a déjà dans le collimateur à cause de mes problèmes de concentration. Je ne peux donc pas me permettre de me pointer en retard et un nichon à l'air. Cela réduirait à néant mes chances d'intégrer l'équipe. Mais je n'ai pas apporté ma vieille brassière de sport en renfort.

– Elles viennent de chez *Master*. Vingt-cinq dollars la paire, lance Jessa à quelqu'un en quittant le vestiaire, à propos, j'imagine, de chaussures bon marché ou de chaussettes hors de prix.

Je me perche sur la cuvette pour scruter le vestiaire. Je me suis trompée, Jessa ne parlait ni de chaussettes ni de baskets mais de ses nouvelles genouillères. Elle les montre fièrement à une coéquipière. Elles sont d'un blanc éclatant digne d'un uniforme de Stormtrooper.

Il ne reste que quelques retardataires occupées à nouer leurs lacets ou à verrouiller leur casier. Bientôt, Jessa et ses genouillères seront parties et je me retrouverai seule et désemparée avec ma bretelle récalcitrante. Je préférerais disparaître dans les entrailles de la terre mais, d'une voix à peine audible, je murmure :

– Jessa ?

Jessa Timms a l'ouïe plus fine qu'un aigle. Elle fait volte-face et cherche la source de ma voix.

– Jessa ! je répète.

Elle doit trouver ça bizarre que je l'interpelle depuis les WC mais elle marche droit sur moi comme si c'était son quotidien.

– Yo, Walsh. Qu'est-ce qu'il y a ?

– Pardon. Je me sens un peu bête, mais… tu pourrais me filer un coup de main ?

– T'as besoin d'un tampon ?

– Non.

Je descends de mon perchoir et j'entrouvre la porte.

– J'arrive pas à fermer ce machin.

Jessa me rejoint dans la cabine et me prend la sangle des mains.

– Je te la serre comment ? Deuxième rangée ?

– Euh, oui, OK.

Elle accroche soigneusement les agrafes. Toute seule, dans ma chambre, je n'avais atteint que la première rangée. Le Stabilizer est encore plus efficace comme ça. Une telle amélioration valait bien un moment gênant.

– Tu veux bien resserrer l'autre côté, pendant que t'y es ?

Au point où j'en suis !

Jessa s'exécute et je pivote à droite, à gauche pour m'assurer que tout va bien. C'est nickel. Ma coéquipière recule d'un pas et déclare :

– C'est la première fois que j'en vois un comme ça.

– Je viens de le recevoir, dis-je, mortifiée, en me hâtant d'enfiler mon fameux T-shirt des « 5 km du zoo ». C'est pour les filles à… Il paraît qu'il est bien gainant.

– Il a l'air.

Jessa se penche et m'examine sous toutes les coutures. Cette conversation l'embarrasse à très exactement zéro pour cent, ce qui, bizarrement, atténue un peu ma honte.

– Moi, pour le sport, je porte une brassière classique, mais ça m'écrase les boobs, on dirait qu'ils ont fusionné.

– Ah, oui, le monoboob. Je connais. Avec mon ancienne brassière, c'était pareil.

Jessa éclate de rire comme si le terme lui était inconnu.

Nous sommes les dernières à quitter le vestiaire. Et il se trouve que, par hasard, je suis devant Jessa.

– Timms, un tour de terrain ! lui lance Mme Reinhold.

Je n'ai pas le temps de protester que, déjà, Jessa s'élance comme si c'était son plan depuis le début, voire que ça lui faisait plaisir. Elle a parcouru une dizaine de mètres quand, soudain, elle se retourne vers moi, agrippe sa poitrine et me crie :

– Yo, Walsh ! Tous aux abris, le monoboob débarque !

Elle finit son tour de terrain en riant gaiement de sa propre blague.

Chapitre 25

La dernière épreuve des qualifs se déroule mieux que dans mes rêves les plus fous. Je n'ai jamais aussi bien joué. Je me sens tellement à l'aise ! Mes mouvements sont naturels, fluides. Même quand je me donne à fond, je ne crains pas d'y laisser un sein.

Comme je n'ai pas à tirer sur mon T-shirt entre chaque passe ni à réduire l'amplitude de mes mouvements pour me protéger la poitrine, je me mets à remarquer des choses qui m'échappaient jusqu'à présent. Par exemple, la balle ne tournoie pas de la même façon selon que c'est Kate ou Nasrah qui sert. Sylvie Suprenant et Khloe Vang-Ellis se tapent dans la main du bout des doigts chaque fois que l'une d'elles réceptionne le ballon. Kaia Beaumont s'excuse tout le temps. Et, si on observe la façon dont les joueuses se meuvent sur le terrain, on arrive à anticiper leurs actions.

Je crois que j'étais trop centrée sur le ballon et sur moi-même. Maintenant que j'ai enfin levé les yeux, c'est comme si je découvrais un nouveau jeu.

Question niveau, je me situe toujours dans le peloton, mais plus vers le haut du panier. Quand la coach me hèle, ce n'est plus pour me dire : « Qu'est-ce que t'as foutu ? Elle était pour toi, cette balle ! », « Concentre-toi, bon sang ! » ni « Tiens-toi droite, Walsh ! »

Elle me crie : « Plus écartés, tes doigts. Les pouces vers le haut ! », « Gauche-droite-gauche, Walsh ! » Et même, une fois de temps en temps : « C'est ça ! Bravo ! »

Elle affichera la composition des équipes lundi à l'entrée du lycée. Dès qu'elle reprend la direction de la salle des profs, les langues se délient. Commentaires, paris et spéculations vont bon train.

– Mais n'importe quoi, t'as assuré !

- Tu vas être sélectionnée, c'est sûr !

– J'ai tout raté ! Tu m'as vue quand j'ai reçu la balle en pleine figure ?

– Walsh !

Je pivote et Jessa me félicite d'une grande claque dans la main ainsi que d'un hochement de tête qui, en langue Timms, signifie « bien joué ». C'est drôle, mais ça me fait hyper plaisir de la voir fière de moi.

J'attrape mes affaires sans me changer et me rends à l'auditorium dans l'espoir que les Cleave puissent encore me ramener chez moi. Je n'ai aucune envie d'essayer d'enlever mon Stabilizer devant les autres. J'ai beaucoup transpiré mais le trajet est court et, comme je suis invisible aux yeux de Max Cleave, il ne devinera jamais que c'est moi qui chlingue.

M. Coles est au piano. Il a pris sa retraite avant mon entrée au lycée, mais il revient filer un coup de main tous les ans pour la comédie musicale. Il a l'air heureux à son clavier, comme si la reprise par des lycéens d'un vieux film musical hollywoodien était une sérénade divine à ses oreilles. La troupe n'a pas encore commencé à travailler les chorégraphies. Dans un premier temps, les chanteurs, une demi-douzaine d'élèves, apprivoisent la partition, une alternance de chœurs et de solos.

Je ne suis pas fan du genre mais ils se débrouillent bien. Au centre du groupe, Maggie fait la grimace. À la place des autres, je tremblerais, mais tous continuent de chanter comme si de rien n'était. Quand arrive le moment d'entamer son solo, Maggie se peint un sourire factice spécial show-biz comme ses camarades. Peut-être que quand elle chante, elle ne réfléchit pas. Et que quand elle ne réfléchit pas, cette mascarade l'amuse.

C'est alors qu'Aidan Neal se lance dans une tirade qui inclut un passage sur un homme au cœur de chasseur qui vise sa proie et capture le gibier le plus doux qui soit.

Comme je suis la seule à guetter la réaction de Maggie, je suis la seule à ne pas sursauter quand elle abat sa paume sur le piano et s'écrie :

– Mais merde, vous êtes tous sourds, ou quoi ?

Ceux qui la connaissent lèvent les yeux au ciel. Le reste de la troupe est sincèrement perplexe. Quant à M. Coles, il rayonne, parce qu'il sent que Maggie va faire une scène, et que la scène, c'est toute sa vie.

– Il faut changer de pièce ! C'est pas possible, là !

– Expliquez-nous ce qui vous dérange, mademoiselle, lui suggère M. Coles.

– Ouais, c'est quoi, le problème, cette fois ? s'exaspère l'élève de terminale qui joue Milly, l'héroïne.

Maggie n'en revient pas.

– Vous êtes sérieux ? Viser ? La proie ? LE GIBIER ? Pour parler de FEMMES ? C'est une apologie de la culture du viol ! La métaphore de la chasse, je suis la seule à la trouver douteuse ?

Aidan Neal baisse les yeux sur son texte, aussi penaud que s'il en était l'auteur et non l'interprète.

– Si la pièce ne te plaît pas, pourquoi t'as passé les auditions ? réplique Milly.

M. Coles affiche un sourire béat.

– C'est vrai que c'est un peu vieux jeu, tout ça, concède-t-il.

– Sans blague ! lui rétorque Maggie.

M. Coles opine du chef.

– Je suis d'accord avec vous. Le monde du show-biz est souvent conservateur, si ce n'est misogyne. Même Broadway n'est pas sans défaut !

– Il existe d'autres pièces, vous savez ! Des trucs moins sexistes.

– Vous souhaitez nous en conseiller une en particulier ?

– Et comment ! *Avenue Q*, vous connaissez ? Ou *Urinetown* ?

M. Coles pouffe de rire.

– D'excellentes satires, très irrévérencieuses. J'ai adoré les deux ! Dans le même genre, je vous recommande également *Book of Mormon*. Mais de nombreuses personnes trouvent ce registre choquant, pour d'autres raisons.

– Et *Wicked* ? Je l'ai vu, c'est féministe et antipatriarcal, s'en mêle une fille de la troupe.

Maggie lance un regard sceptique à cette alliée spontanée.

– Je n'aurais rien contre, répond M. Coles, seulement les partitions sont complexes, même pour des professionnels, et les droits coûtent une fortune. Nous n'avons pas le budget.

Il décrète alors la fin de la répétition et invite la troupe à se pencher sur le scénario pour la fois suivante :

– En le remettant dans le contexte de l'époque, bien sûr, précise-t-il. Non que cela excuse tout ! Quels sont les besoins des protagonistes ? Quelles sont leurs motivations ? De quels moyens disposent-ils comparés à vous ?

C'est une astuce de prof tout ce qu'il y a de plus classique. M. Coles espère réduire au silence les mécontents en les assommant de devoirs supplémentaires. On voit bien qu'il ne connaît pas Maggie.

Chapitre 26

– Je t'ai trouvée géniale ! En revanche, je crois que tu as donné des envies de meurtre à la nana qui joue Milly.

– Ah, ouais, Lizzie Barnes. De toute façon, elle me détestait déjà. M. Coles m'a refilé la moitié de ses solos parce qu'elle est nullissime.

– Décidément, la vie de comédien n'est pas de tout repos.

Nous arpentons le parking des élèves à la recherche de Max.

– Tu m'étonnes ! renchérit Maggie, bien qu'elle soit responsable à elle seule d'environ un quart des embrouilles de la troupe. J'aurais mieux fait de m'inscrire au volley, comme toi. Au fait, ça s'est passé comment ?

– Pas mal. On verra lundi.

On repère enfin la voiture de Max et je remarque qu'il n'est pas seul.

– Euh, ton frère est au courant que vous me ramenez ?

– T'inquiète !

On se rapproche de la Ford Focus et je vois, outre Max, deux élèves de terminale et un de première.

« T'étais au courant, Maggie ? »

– Salut.

Jackson me sourit et se décale pour nous faire de la place.

– On dépose Greer chez elle, annonce Maggie à son frère.

– OK.

Elle se tasse contre Jackson, ce qui me laisse environ dix centimètres de banquette. Tout le monde se serre au maximum, mais les potes de Max sont costauds. Ça ne va pas le faire.

– T'as qu'à t'asseoir sur mes genoux ! me lance Maggie en se tapotant les cuisses.

Je peux me tromper, mais il me semble que Jackson rougit légèrement. Moi, je suis écarlate. Je reste plantée là un instant à la fixer bêtement, si bien qu'elle finit par me dire :

– Bon, OK, on échange.

Et elle se lève pour que je prenne sa place.

Me voici donc comprimée entre Jackson et la portière. Les fesses osseuses de Maggie me défoncent la cuisse. Ses jambes reposent sur celles de Jackson. Je me sens à la fois soulagée et jalouse de ne pas me trouver à sa place.

Devant, les garçons parlent des résultats décevants de la saison de base-ball et d'échanges de joueurs en première division. Le voisin de Jackson est scotché à son téléphone portable depuis que nous sommes arrivées. Maggie a dégainé le sien. Jackson et moi ne pouvons pas les imiter, eu égard à la meuf assise sur nos genoux.

– T'avais volley, ce soir ? me demande Jackson.

Je hoche la tête en m'efforçant de maintenir un espace d'un millimètre entre nos deux corps. Je porte mon T-shirt du zoo tous les soirs depuis une semaine et il commence à sentir, ma foi, le zoo. Même si je n'avais pas versé une goutte de sueur sur le terrain, je transpirerais quand même à présent : je n'aime pas trop qu'on me touche en règle générale, or j'ai présentement un individu sur moi (heureusement qu'il s'agit de Maggie) et on est à un virage un peu brusque du collé-serré avec un autre (et pas n'importe lequel !).

– C'est quand, les résultats ?

– Lundi.

– Tu fais quoi ce week-end ?

Sur mes genoux, Maggie se raidit et s'immobilise. C'est presque imperceptible, mais je sens qu'elle guette ma réponse.

– Je, euh… je vais aider Maggie à réécrire le texte des *Sept Femmes de Barberousse.*

L'intéressée hausse les sourcils et me lance un regard inquisiteur. Mon T-shirt exhale d'un seul coup une grosse bouffée de transpi.

Je me trompais : Max Cleave sait que j'existe, puisqu'il me dépose devant chez moi sans même me demander mon adresse.

– Bonne réécriture, me dit Jackson tandis que je m'extirpe tant bien que mal de la voiture.

– Ouais, Greer, merci d'avance ! renchérit Maggie.

Grâce à moi, elle a désormais une complice.

Chapitre 27

À la maison, c'est le grand chambardement.

Je retrouve le canapé à la place des fauteuils. Quant aux fauteuils, l'un d'eux est collé au divan, accoudoir contre accoudoir, et l'autre s'est volatilisé. Le tapis, enroulé, encombre le coin de la pièce. En gros, tous les meubles du salon sont alignés contre le mur du fond. Même la table basse.

Je m'aventure jusqu'à la salle à manger, où la table a pivoté de quatre-vingt-dix degrés. Ma mère se mordille le pouce. Elle ne se rongerait jamais les ongles (elle les entretient soigneusement) mais, quand quelque chose la tracasse, elle se mordille les doigts.

– Euh… Salut ?

– Oh ! Coucou, ma chérie.

Elle ne me regarde pas. La tête de côté, les sourcils froncés, elle étudie la pièce. Je comprends sa perplexité : on ne peut plus contourner la table. Cette façon de configurer l'espace, ça revient à ranger les chaussures à la perpendiculaire dans leur boîte.

– Tu as fait appel à un consultant en feng shui ? je demande, flairant un coup de celle avec l'oiseau sur l'épaule.

– Non, je me suis un peu renseignée et je fais des essais.

Allons bon !

– Je crois que c'était mieux avant, poursuit maman. Ou alors il nous faut une table moins longue…

– C'était très bien avant, j'approuve. La circulation des énergies était optimale.

Sur ce, je m'empare d'un côté de la table. Ensemble, nous redonnons son apparence d'origine à la salle à manger (et un peu de logique à l'univers).

Visiblement satisfaite, maman m'entraîne dans le salon.

– Qu'est-ce que tu en penses ? m'interroge-t-elle en me montrant son œuvre.

– Hum. Un peu de changement, de temps en temps, ça ne peut pas faire de mal…

L'une des étagères est à moitié vide et je repère trois piles de livres par terre. En revanche, Blanche-Neige et les six nains occupent toujours leur place attitrée. Je me demande si je reverrai un jour Grincheux. Peut-être que l'un de ses copains a dû le remplacer au pied levé pour ne pas bouleverser l'équilibre de la troupe. Peut-être que depuis sa disparition, Timide se sent obligé d'emmerder les cinq autres pour qu'ils ne soient pas trop perturbés.

Maman interprète mon commentaire comme une marque d'approbation.

– Je suis bien de cet avis ! Il faut savoir sortir de sa zone de confort.

(Pour Kathryn Walsh, déplacer le canapé, c'est quitter sa zone de confort.)

– Et ces livres, là, c'est pour quoi ?

– Hum ? Oh, je mets un peu d'ordre.

– Les livres, c'est pas du désordre, maman.

– Quand on en a autant, si !

Je ne suis pas du tout d'accord. J'entreprends de les remettre à leur place (il s'agit essentiellement de vieux romans à moi).

Maman poursuit sur sa lancée :

– Tu as entendu parler de *La Magie du rangement* ? C'est un livre qui parle de l'art de l'organisation à la japonaise.

– Tu l'as lu ?

– Non, mais…

– T'as regardé l'émission ?

– Non plus, mais je vois l'idée.

Super… Ma mère pense « voir l'idée » d'une ancienne philosophie chinoise portant sur l'espace et la circulation des flux d'énergie ainsi que d'une théorie moderne japonaise à la mode sur le tri et les bienfaits des vide-greniers. Résultat, elle en a retiré une déco d'intérieur façon parcours d'obstacles.

– Ouais, ben, évite d'organiser mes bouquins, merci.

– On est censés se débarrasser de tout ce qui ne nous procure pas de joie.

Tyler déboule dans la pièce comme une déflagration d'énergie atomique.

– Et lui, il te procure de la joie ? je grommelle.

Tyler ne remarque même pas que le salon est sens dessus dessous. Il largue son bazar à l'endroit où se trouvait précédemment le tapis, renifle et demande :

– On mange du chou, ce soir ?

Si même mon petit frère trouve que je pue, il est temps pour moi de changer de T-shirt. Et vite.

Chapitre 28

Mon portable sonne et je me rappelle que j'ai branché la bouillotte électrique sur la prise près de mon lit, hier soir. J'ai dû y aller un peu fort à l'entraînement, vendredi, parce qu'on est dimanche matin et j'ai encore mal partout.

Bref, mon portable se trouve sur ma commode.

– *Accio* portable !

Raté. Je suis toujours une Moldue.

Je m'arrache de ma couette et mes courbatures redoublent de violence. À en croire mon père c'est « de la bonne douleur » ; selon lui, ça prouve qu'on s'est donné à fond. S'il dit vrai, Jessa doit méchamment douiller tous les jours. Papa racontera ce qu'il voudra, la douleur, bonne ou mauvaise, ça fait mal !

Biiiip. Aïe !

Mon portable m'apprend en gros caractères lumineux insensibles aux courbatures que nous sommes dimanche et qu'il est sept heures six du matin, heure à laquelle je ne reçois jamais de SMS.

En petits caractères pleins de mystère et de beauté, il m'informe que Jackson Oates m'adresse ses félicitations. Pour quoi ? Je l'ignore. Peut-être avoir reçu un SMS de Jackson Oates ?

Félicitations !!!

Pour ?

Ah, t'es debout ! Cool.
J'avais peur de te réveiller.

Que me vaut l'honneur ?

Les trois petits points clignotants s'éternisent. Il en met du temps à me répondre !

Tu es officiellement une volleyeuse étoile !

Émoticône ballon, émoticône étoile, ballon, étoile, ballon.

La dame papillon qui a émergé de sa chrysalide le jour de ma rencontre avec Jackson se réveille, ronchonne, puis découvre nos SMS et se met à sautiller sur place en battant des ailes à tout va. Je m'en passerais volontiers parce que j'ai la vessie pleine mais, à vrai dire, je suis dans le même état qu'elle. Je meurs d'envie de croire Jackson, mais je ne vois pas comment il a pu se procurer cette info ultraconfidentielle. Absorbée dans mes réflexions, je ne lui ai pas répondu, et voici qu'un nouveau texto apparaît :

Les résultats sont en ligne.

J'attrape mon ordinateur portable et me connecte au site du lycée. J'ouvre la rubrique « sports » mais, à l'exception d'un article sur la victoire de l'équipe de foot féminin en finale interuniversitaire, je ne vois rien. Je clique sur l'onglet « Volley ». Les noms ne sont pas affichés ; il faut télécharger un PDF intitulé « Composition des équipes ». J'ouvre celui correspondant à mon niveau et un tableau plein de noms envahit mon écran. Presque tout en bas, je reconnais le mien. WALSH, Greer Eleanor Sophie. J'ai réussi. *J'ai réussi !* De justesse, mais n'empêche ! J'ai intégré l'équipe ! J'examine la liste de plus près. Après moi, il y a Kate Wood. En fait, les noms sont classés par ordre alphabétique. Je ne suis même pas la plus nulle ! Je suis retenue, j'ai réussi !

Jackson m'envoie des salves de GIF sur le thème de la victoire : poings brandis fièrement, coureurs franchissant la ligne d'arrivée, Bob l'Éponge au pouce levé… Plus tard, je les chérirai comme autant de trésors mais, présentement, ils troublent ma concentration. Je lis et relis les noms sur le tableau, vérifiant frénétiquement qu'il s'agit bien du bon document et pas de la liste des candidates recalées.

Mais c'est bien le bon et mon nom y figure. Avec ceux de Nasrah Abdullahi, de Kate Wood, de Sylvie Suprenant et d'un paquet d'autres nanas super fortes. Jessa a été nommée capitaine ! Je consulte la liste de l'équipe supérieure, qui confirme mes pronostics.

Avant de lire mon nom, je ne m'étais pas rendu compte de l'importance que le volley avait prise pour moi. C'est la bonne liste. Mon nom est dedans. Je souris niaisement, irrépressiblement. Mon Stabilizer et moi, on a réussi ! Marthe et Maïté aussi ! On va faire du volley, les jumelles et moi !

Je passe en revue tous les smileys et les GIF disponibles en quête d'une image qui rende justice à ma joie. Je les trouve tous débiles alors, sur un coup de tête, je fais un selfie. En toile de fond, on devine le tableau blanc où Maggie et moi étions censées noter nos idées pour la réécriture de *Barberousse* mais où nous avons fini par disputer une centaine de parties de pendu, une étagère garnie de livres, de vieux Rubik's Cube poussiéreux, des peluches encore plus poussiéreuses, de petites boîtes et de menus coffrets, une enceinte Bluetooth et mon lit défait.

Et, au milieu de ce décor, il y a moi, bouche bée, les yeux écarquillés, comme si je venais de gagner une navette spatiale avec chauffeur. Je n'ai pas l'air crispé que j'arbore normalement quand on me prend en photo (ça me stresse qu'on immortalise ma posture et mon accoutrement). Je rayonne. Tout simplement. On est dimanche, il est sept heures six et j'ai la tête et la coiffure de circonstance, mais la photo retranscrit à la perfection mon état d'esprit. J'aimerais ressembler à ça tout le temps. Sans réfléchir, sous peine de me dégonfler, j'appuie sur « Envoyer ».

Quelques secondes s'écoulent et Jackson me renvoie un cœur. Je n'aimerais pas qu'on me photographie en cet instant précis. Je dois ressembler à un cerf affolé sur le point de se faire écraser par un camping-car. Ou alors, à une biche tombée par hasard sur une clairière secrète bordée de saules et tapissée de myrtilles. Voilà, je suis un cervidé volleyeur en tutu, abasourdi et ravi, à la vessie pleine à craquer.

Chapitre 29

Les entraînements sont tuants, mais ça paie. On progresse. On gagne en puissance et la coordination de notre équipe s'améliore. On sait désormais qui se sacrifiera sans hésiter pour rattraper une balle impossible et qui préférera préserver ses rotules. En cas de réception ratée, on sait qui rejettera la faute sur la passeuse et qui s'accusera de maladresse. On sait quand filer une barre énergétique à une coéquipière, et accepter sans rechigner lorsqu'on nous en tend une. L'hypoglycémie, ça rend hargneux.

Je me refuse toujours à me changer devant les autres.

J'ai mis au point un système qui me permet d'enfiler et d'ôter mon Stabilizer, mais cela requiert pas mal de contorsions et l'assistance d'un mur complice contre lequel me plaquer. Je monte donc me harnacher dans les toilettes mixtes du troisième étage avant de redescendre au rez-de-chaussée pour le cours du soporifique M. Feiler. J'ai étoffé ma collection de T-shirts pour offrir un peu de répit à celui du zoo.

Mais aujourd'hui, c'est la distribution des maillots. On dispute notre premier match demain et la coach a dû passer la commande à l'arrache pour nous équiper dans les délais. Tout le monde stresse pour le match, parce qu'il y a beaucoup de nouvelles dans l'équipe. Kaia Beaumont, Nasrah et moi, on a toujours du mal avec les substitutions (je jurerais que les règles changent d'un jour à l'autre). Pourtant, chaque fois que quelqu'un se plaint qu'on n'est pas prêtes, Jessa rétorque : « On est nées prêtes ! » Puis elle nous rappelle au passage que l'équipe du lycée de Chatham est notoirement nulle et qu'on n'a pas à s'inquiéter.

Moi, ce n'est pas ça qui me préoccupe. C'est la tenue.

La coach est assise sur un énorme pot de peinture vide, un grand carton à ses pieds. Elle en extirpe des pochettes en plastique étiquetées aux noms des joueuses.

– Cappell ? Elle est où, Cappell ? Vérifie que c'est la bonne taille.

Elle lance la pochette à l'intéressée, qui se met simplement sur le côté pour enlever son T-shirt et essayer son haut. Il s'agit d'un top à manches longues décolleté en V. Quant à la couleur, rien à voir avec l'affreux lie-de-vin délavé des maillots de bain du lycée. Il est d'un rouge intense et éclatant, un rouge de luxe, et les manches sont couleur or des poignets jusqu'aux coudes, où les deux teintes fusionnent. Le numéro 11 et le nom du lycée s'étalent sur la poitrine en caractères dorés.

Il est à tomber.

– Waouh !

– Ça ne rigole plus !

– Meuf, t'es canon ! lancent les filles de l'autre équipe tandis que la coach continue la distribution.

– Patel ? Quelqu'un a vu Patel ? Bon… Vang-Ellis ? Tu m'essaies tout ça en vitesse. Suprenant… ah, tu es là.

Une joueuse à la fois, l'équipe disparate du lycée Kennedy se mue en une harmonieuse armée écarlate. Dès que les filles enfilent le maillot, les dos se redressent, les queues-de-cheval se resserrent et, au risque de souligner l'évidence, une équipe prend forme. Une équipe invincible.

C'est cool. Mais j'ai de plus en plus de mal à déglutir. Tandis que les autres échangent des compliments, équipées de pied en cap (elles retirent à présent leurs pantalons de jogging pour essayer leurs minishorts noirs), moi, je constate que le haut est encore plus moulant que je ne le craignais. Le tissu m'évoque celui des T-shirts de compression que Ty porte sous son maillot de hockey pour les matchs par temps frisquet, une matière élastique ultracollante.

J'ai demandé à la coach de me prendre la plus grande taille disponible, mais le problème, c'est la coupe. Même Mena Patel, qui est une brindille, du genre à flotter dans un body taille six mois, semble à l'étroit dans son maillot. Le carton de Reinhold est presque vide… J'espère à moitié que ma tenue n'a pas été livrée et que je vais être obligée de jouer dans mon T-shirt fétiche.

– Waouuuuuuh ! s'écrie soudain Jessa, attirant l'attention de tout le monde sur Nasrah.

On dirait une publicité pour Nike.

Nasrah ne dévoile jamais ses jambes ; au lieu du minishort, elle porte un legging noir qui allonge ses jambes interminables. Son maillot épouse et souligne la courbe de ses fesses et même les manches semblent taillées sur mesure pour ses avant-bras. Tout tombe à la perfection, à croire que les stylistes chez Team Gear l'ont prise pour modèle et ont utilisé ses mensurations comme référence pour toute leur gamme de produits. En plus, il se trouve que, par hasard, Nasrah porte aujourd'hui son hijab noir et pas le jaune et turquoise qu'elle met souvent ; on dirait qu'il fait partie de l'uniforme. Elle pourrait passer pour une athlète professionnelle.

Je suis bien contente d'être sa coéquipière. Si j'étais dans l'équipe adverse, je déclarerais forfait rien qu'en la voyant débarquer sur le terrain.

– Walsh ! Attrape. Enfile-le, vérifie la taille.

Je saisis la pochette au vol et croise les doigts. Le maillot va tellement bien aux autres ! Elles font des selfies et postent des photos de groupe sur les réseaux sociaux tout en se répartissant les chaussettes (une discussion s'ensuit : faut-il porter les rouges ou les dorées au match de demain ?). J'en profite pour m'éclipser, direction le vestiaire. Pas question que je me dénude devant tout le monde.

En m'éloignant, j'entends la coach :

– Allez, les filles, on remballe ! Rangez vos maillots, qu'ils soient propres pour demain ! Allez, hop !

Une fois seule, je déplie mon maillot. Il porte le numéro 18 ! Il s'agit d'une coïncidence, mais je suis née le 18 mai. Le tissu est lisse comme le satin de ma vieille couverture et les chiffres dorés tranchent sur le fond rouge. Je suis fan. Les couleurs chatoient au niveau du coude comme une tache de pétrole ; on dirait qu'un ingénieur a étudié la viscosité des couleurs et reproduit l'effet d'une fusion entre les deux.

Hélas ! Le maillot m'a l'air minuscule. Encore plus que les fringues qui moisissent à la cave dans un carton étiqueté « HABITS TROP PETITS ». Plus petit que tout ce que j'ai porté depuis un bon bout de temps. Et beaucoup trop pour contenir un seul de mes nichons géants (alors deux, n'en parlons pas).

Mais ce T-shirt, je meurs d'envie de le porter. Je n'ai jamais autant désiré porter quoi que ce soit. Je retiens mon souffle, je passe la tête par le trou et j'enfile les manches.

C'est un fiasco. Le maillot plisse et bloque au niveau de mes aisselles. Je tire dessus dans l'espoir de m'en recouvrir la poitrine, mais il résiste. Ce tissu doit avoir des usages industriels. Il n'est pas du tout aussi extensible qu'il en a l'air.

Je comprime un sein et je fourre sous le maillot, puis je m'occupe du second. Tant bien que mal, j'arrive à faire franchir les bonnets au maillot mais, maintenant, le tissu est tellement distendu que le mot « Kennedy » en est tout déformé. Les *n* minuscules paraissent aussi gros que le *K* majuscule. Et l'ourlet du bas n'atteint même pas l'élastique de mon short. Je lève les bras. Le maillot remonte de trois centimètres et décide de rester là. Je me sens à deux doigts d'exploser. Si les créateurs de BD inventaient une Mme Hulk, c'est à moi qu'elle ressemblerait. Ce seraient ses seins et non ses muscles qui feraient craquer les coutures de ses vêtements.

Je m'observe dans le miroir.

Et merde.

Je ne peux pas porter ce truc.

Quand bien même je me moquerais du ridicule, ce maillot m'empêche de bouger ! Pour peu que je me penche vers l'avant, j'ai le nombril à l'air. Déjà que la coach me trouve distraite, rapport à mes problèmes de soutif, je doute qu'elle apprécie de me voir passer le match à me triturer le maillot pour ne pas finir à moitié nue. Autant offrir la victoire sur un plateau à nos adversaires. Elles n'auront même pas besoin de chercher une brèche dans notre défense, il leur suffira de viser la meuf dont le haut se fait la malle.

Non, je ne peux pas porter ce truc.

Pour comprendre à quel point je suis serrée, imaginez un adulte qui tenterait de se tasser dans un body pour nouveau-né. Un hippopotame comprimé dans un tricot pour caniche nain. Imaginez un vêtement tellement étriqué qu'il ferait mécaniquement jaillir les larmes de vos yeux.

Ce vêtement existe : c'est mon maillot.

Je ne peux pas le porter.

Or, pas de tenue, pas de match.

Je l'enlève rageusement. Ou, plus exactement, je me débats avec, parce qu'il se révèle encore plus fastidieux à ôter qu'à mettre. Puis je le fourre dans sa pochette plastique et me laisse lourdement tomber sur le banc.

J'ai envie de filer à l'anglaise pour ne plus jamais revenir. Malheureusement, pour sortir, il faut traverser le gymnase. En plus, le classeur de bons plans de maman ne mentionne qu'un seul lycée : le mien.

Je remets le T-shirt de course de papa. Au moins, j'ai intégré l'équipe. C'est déjà ça. Il me faudra m'en contenter. Je vais finir la séance avec les autres et, ce soir, j'enverrai un e-mail à Mme Reinhold pour lui dire que je regrette mais que je dois me concentrer sur mes cours et qu'il va falloir me dégoter une remplaçante. Je ferai don à l'équipe de mes cent trente dollars de frais d'inscription. Les autres me traiteront de lâcheuse et, si un jour je me retrouve à la rue, elles me jetteront un emballage de barre énergétique vide en me crachant : « Je te connais, toi ! Tu nous as plantées la veille de notre premier match ! » Je mourrai de faim. Mais, au moins, je mourrai dignement dans un sweat XXL qui ne sentira pas la transpi.

Et Jessa… Que va penser Jessa ?

De retour dans le gymnase, je cherche une partenaire pour le prochain exercice.

– Walsh ! me hèle Jessa.

Elle se tient dans un coin avec Reinhold. Je les rejoins au petit trot en me séchant les yeux du revers de la main.

– On te met attaquante en deux demain, Nasrah en quatre, m'informe la coach.

– Euh, ah… je…

Elles me dévisagent. Elles s'attendaient à ce que je m'écrie « génial ! » avant de regagner le terrain au pas de course. Ma réaction les déconcerte. Je deviens bordeaux tendance lie-de-vin, comme l'ancienne tenue de l'équipe de natation du lycée.

– Le deux, c'est le pointu, tu te souviens ? me rappelle Jessa.

– Ouais, je sais. Mais, euh, je ne suis pas sûre de pouvoir venir.

– QUOI ? éructe-t-elle.

– D'après mon planning, tu es disponible, intervient la coach en parcourant ses notes.

– Je sais. Désolée. Je ne sais pas si j'aurai le temps de jouer…

– DU TOUT ? Ne me dis pas que TU DÉMISSIONNES ? éclate Jessa.

– Non ! Enfin, je veux dire…

Je veux dire oui, mais je n'y arrive pas. J'adore cette équipe. Je n'ai pas envie de démissionner.

– Putain, Greer ! Pourquoi t'es venue aux entraînements, si tu t'en fous de l'équipe ?

Jessa est en colère. Et pas seulement. Je la soupçonne d'être blessée. Elle me soutient depuis le début. Elle s'est pliée en quatre pour m'aider. Elle m'a défendue quand les autres, la coach y compris, trouvaient que je manquais de concentration. Elle me considérait comme une coéquipière. Or, l'équipe de Jessa, c'est toute sa vie. Et voici que je la laisse tomber.

– T'as même pas mis ton maillot, maugrée-t-elle.

Il faut croire que mon expression en dit long parce que Mme Reinhold, qui a laissé Jessa me pourrir sans ciller, lève à présent la main pour la faire taire.

– Tu l'as essayé, Walsh ?

Elle me pose la question d'un ton neutre, comme si elle me demandait si j'avais vu le dernier *Mission : Impossible*. « Par curiosité, tu as réussi à loger tes monstrueuses mamelles dans ce tube de tissu large comme une Knacki ? »

J'acquiesce d'un borborygme. Je n'arrive pas à ouvrir la bouche pour articuler le mot « oui ». L'air s'engouffrerait dans ma gorge et n'irait pas plus loin.

– Alors ? La taille, ça allait ?

Je cligne des yeux à toute allure, très fort. Je fais non de la tête encore plus fort.

Jessa a l'air perplexe. Reinhold interpelle son assistante :

– Vallejo, tu me remplaces !

Puis elle se tourne vers moi.

– Fais voir.

Elle n'attend même pas que j'accepte, elle fonce droit vers le vestiaire. Je m'empresse de la rattraper, Jessa sur les talons.

Je trouve presque aussi gênant de m'enfermer dans les WC avec ma pochette en plastique que de me changer devant elles, parce que je dois passer pour la prude de service. Les autres filles de l'équipe sont très décomplexées. Mais je m'y résous, parce que ça vaut toujours mieux que de me contorsionner en grognant devant témoins pour rentrer dans ce machin.

Quand j'émerge de la cabine, Jessa et Mme Reinhold me fixent en silence. La coach plisse les yeux et se malaxe les commissures des lèvres d'une main, comme quand elle élabore une stratégie.

Le fait qu'aucune des deux ne s'exclame « Eh bien, où est le problème ? » me confirme qu'il y en a un. Je couine :

– Ça me serre trop.

D'un bras rouge et or satiné, j'essuie la goutte de transpiration que la honte a fait perler sous mon nez.

– Il n'y avait pas la taille au-dessus ? demande Jessa.

Ce qui constituerait une question pertinente si je n'avais pas déjà vécu la même situation un million de fois dans ma vie. Pour couvrir toute la circonférence de mon opulente poitrine, ce n'est pas un maillot qu'il me faudrait mais une tente quatre places. Sauf qu'alors, les manches m'arriveraient aux genoux et le V du décolleté me dévoilerait le nombril.

– Timms, va rejoindre les autres. Tu me lances les passe-et-suit.

C'est un de mes échauffements préférés. Je peux lui dire adieu.

– Walsh, tu viens avec moi.

J'ignore où la coach m'entraîne. Dans la rue, pour me jeter sous les roues d'un 4x4, peut-être ? Qu'importe, je lui emboîte le pas. C'est le pouvoir des bons entraîneurs. Quand ils vous ordonnent de les suivre, vous les suivez.

À la faveur de quelques contorsions, je m'extirpe de mon maillot et enfile mon T-shirt tout en trottant dans son sillage. Elle marche plus vite qu'un individu lambda ne court.

On atterrit dans le couloir réservé aux cours d'économie domestique et d'arts ménagers.

Mme Reinhold frappe à une porte ornée d'un tambour à broder. « Theresa Kershaw-Bend », peut-on y lire au point de croix. La porte s'ouvre et la coach lance :

– Salut, Tess ! T'as ta machine à coudre ?

Chapitre 30

Sous l'intitulé « économie domestique et arts ménagers » sont regroupés plusieurs cours : initiation à la cuisine, comptabilité élémentaire, handicap et société, puériculture, mode et design textile, mode et management, et, depuis cette année, les arts de vie à l'ère du blog. Theresa Kershaw-Bend assure tous les cours relatifs à la mode ainsi que le cours de compta. Une autre prof dispense ceux de cuisine et de puériculture, et notre prof de techno gère le cours sur les blogs « lifestyle » sous prétexte qu'elle a cent dix mille abonnés sur Pinterest.

La coach explique à Mme K-B qu'il nous faut une tenue à ma taille, et vite. Je m'étonne de l'entendre dire « nous », sachant qu'il y a dix minutes j'étais prête à lui fausser lâchement compagnie. Elle précise qu'on pourrait me commander un modèle plus grand, mais qu'il ne sera sans doute pas adapté à ma morphologie, que ça prendra des plombes et que, de toute façon, ça ne rentrerait pas dans le budget.

– Pas de panique, on va trouver une solution, nous assure Mme K-B en examinant mon maillot.

À l'en croire, ce sera un jeu d'enfant.

– D'autres requêtes ? demanda-t-elle à la coach.

– Dans la mesure du possible, il faut qu'il ressemble à l'original.

– Je ne peux pas te promettre qu'ils seront identiques, mais il doit me rester du rouge et du doré.

Mme K-B désigne ses étagères pleines de bacs transparents. À l'intérieur, je distingue des chutes de tissu soigneusement pliées.

La coach part rejoindre les filles dans le gymnase et, moi, je reste plantée là, mal à l'aise au possible dans mon T-shirt du zoo. J'ai toujours les joues en feu et je dois avoir les yeux rouges. Mme K-B vaque et s'affaire. Elle s'arme d'un crayon et d'un calepin puis se passe un mètre de couturier autour du cou. Je sais à quel usage elle le destine et je sais également ce qu'il nous apprendra. Je me braque. Radieuse, Mme K-B se place en face de moi.

– Tu rejoins l'équipe cette année ou tu as changé depuis l'an dernier ?

– Je rejoins l'équipe.

– Voyons ce que je peux faire pour toi.

Elle chausse la paire de lunettes que retient une chaînette agrémentée de perles.

– Tends les bras, s'il te plaît.

Je ne connais strictement rien au métier de Mme K-B mais, rien qu'à sa façon de m'examiner, on sent qu'elle sait ce qu'elle fait. On dirait qu'elle mesure des ados difformes à longueur de journée ! J'ai l'impression qu'elle me perçoit comme un problème à résoudre, mais pas un problème grave ou fâcheux. Un problème de maths, plutôt. Une énigme à élucider. Un assortiment de propriétés données à prendre en considération pour déterminer la solution. Je me détends un peu.

– Pour tout dire, j'ai aussi bien changé, ces dernières années, dis-je. Beaucoup, beaucoup changé, même !

Elle rit et je l'imite.

Pour commencer, elle coince l'extrémité de son mètre de couturier contre l'os de mon épaule avec la pulpe de son pouce et mesure la distance qui le sépare de la base de mon cou. Elle plaque le mètre à cet endroit avec son petit doigt et, de l'autre main, passe à l'épaule suivante. Ses mains froides à travers mon T-shirt me donnent la chair de poule quand elle m'effleure le cou. Ensuite, Mme K-B relève mes mensurations au niveau des omoplates et griffonne quelques chiffres dans son calepin. Elle me manipule avec douceur mais sans hésitation ni précautions particulières. Elle mesure, note, émet des commentaires à part soi.

– Soixante-seize virgule deux… vingt-cinq… Bon. Voyons si les deux bras sont symétriques.

Le tout en noircissant la page de son calepin.

Ça devrait me gêner de me faire palper, enrubanner et décortiquer par une illustre inconnue mais Mme K-B respire le naturel et son attitude déteint sur moi. Il faut dire que le pire reste à venir : le moment où elle mesurera mon tour de poitrine et où je verrai ses sourcils faire un bond. Le moment où je lirai de la pitié dans ses yeux, et où je serai mortifiée.

Voilà qu'elle vient se planter devant moi et noue les bras autour de mon buste, le mètre en mode lasso.

– Pas besoin de tomber le T-shirt, dit-elle comme en aparté, l'étoffe est fine.

Elle fait coulisser son ruban contre ma cage thoracique, juste en dessous de mes seins, et d'un petit coup sec, elle l'ajuste. Puis elle redonne du mou et entreprend de mesurer ma poitrine à son point le plus large. Le point le plus volumineux de toute mon anatomie.

– Ne retiens pas ta respiration, me dit-elle. Ça fausse les mesures.

Je ne m'étais même pas rendu compte que j'étais en apnée. Je souffle et sens tous mes membres se relâcher un peu. Mme K-B fait coïncider le bout métallique du mètre avec la partie graduée et reporte les chiffres sur la page de son calepin. Et voilà, c'est terminé. Ça a duré quelques minutes, même pas. Quelques secondes. Si mes mensurations l'ont choquée, elle n'a pas tiqué. Si elle a cru s'être trompée, avoir confondu les deux bouts du mètre, ou que sais-je, elle n'en a rien laissé paraître. Et, si elle doute de parvenir à agrandir mon maillot, elle le cache bien. Déjà, elle dégaine ses bacs et fourrage dedans en quête de la bonne chute de tissu.

– C'est tout bon ! m'annonce-t-elle. Ton match, c'est demain ?

– Oui, après la fin des cours, mais si ce n'est pas possible…

– Tu pourrais passer me voir à l'heure du déjeuner pour les derniers ajustements ?

– Pas de problème, mais vous croyez vraiment que ça va le faire ?

Elle consulte ses notes.

– J'ai tout ce qu'il me faut, déclare-t-elle en tapotant la page du bout de son crayon.

– Merci beaucoup. Si ça ne marche pas…

– Je gère, Greer.

Mme K-B s'est remise à fouiner dans ses beaux bacs bien ordonnés.

Chapitre 31

Dans le vestiaire, tout le monde se tresse les cheveux, ajuste ses chaussettes et planque l'élastique de sa culotte sous son microshort. Des filles ont apporté du papier d'emballage doré pour en rehausser nos bandeaux et tout le monde fait la queue pour se faire couronner. La mère de Nasrah a brodé son numéro, le 25, au fil doré dans un coin de son hijab. Jessa arpente le vestiaire avec ses genouillères de Stormtrooper tout en galvanisant les troupes.

Les autres sont trop occupées à se préparer pour remarquer mon maillot, mais je l'adore. Vraiment. Mme Kershaw-Bend mérite une rubrique « couturière de crise » rien qu'à elle dans le classeur de maman. Elle a défait les coutures latérales de mon maillot et retiré tout le dos. Avec ce surplus de tissu, elle a créé sur l'avant un truc qu'elle appelle des pinces (des sortes de plis qui permettent de créer du volume) pour que le plastron emboîte la poitrine. Comme ces pointes (au nombre de deux) qu'on trouve sur les robes, à l'inverse des T-shirts, qui semblent toujours taillés pour des corps au volume identique recto verso. Ensuite, avec des restes de résille bordeaux prélevés sur une vieille tenue de foot, elle a remplacé le tissu manquant à l'arrière et, pour qu'on ne voie pas mon soutien-gorge à travers, elle l'a doublée avec un tissu doré, vestige du déguisement de Glinda (la gentille sorcière dans *Le Magicien d'Oz*, la comédie musicale qu'a montée le lycée en 2004).

C'est un vrai patchwork. Un maillot de Frankenstein. Mais il me va à la perfection et je le trouve canon. Il est assez ample pour recouvrir ma poitrine et néanmoins resserré à la taille (contrairement à tant de modèles qui ont le mauvais goût de s'évaser avec un effet tutu). Il décrit un bel arrondi au niveau de mes fesses, comme le modèle de mes coéquipières, et je n'ai plus le nombril à l'air. Me voici libre de gigoter, de gesticuler et de smasher sans craindre de finir à poil. Si quoi que ce soit entrave mes mouvements aujourd'hui, ce ne sera pas mon maillot !

Est-ce qu'on remarque toujours mon énorme poitrine ? Oui, évidemment. Est-ce que je consentirais à porter un truc aussi osé au lycée ou en tête à tête (voire en buste à buste) avec Jackson, Max ou n'importe quel autre garçon ? Certainement pas ! Mais dans le miroir au-dessus du lavabo où je fais mine de me laver les mains pour mieux m'étudier, il me semble que ça va le faire. J'ai demandé à Mme K-B de revoir un peu la coupe pour qu'elle soit moins moulante. Mon maillot reste ajusté mais pas trop. Je me dis qu'avec un peu de chance, mon tour de poitrine ne sera pas la toute première chose que les gens remarqueront sur le terrain. Que, peut-être, j'arriverai à penser à autre chose.

On sort du vestiaire pour commencer l'échauffement et, dans les gradins, les spectateurs se mettent à taper des pieds et à proférer des encouragements. Il y a quelques années, une nouvelle prof de musique est arrivée au lycée. Quand elle a appris que la fanfare ne se déplaçait que pour les matchs de football américain et de basket masculins, ça l'a rendue folle de rage. Elle s'est mise à envoyer des délégations d'élèves pour soutenir les équipes de Kennedy dans leurs moindres rencontres sportives et même aux tournois d'éloquence et aux compétitions du club de robotique. Sa démarche a porté ses fruits. Elle a permis de mettre en lumière tout un tas d'activités méconnues de notre lycée. Résultat, il y a du monde dans les tribunes. La salle n'est pas comble, mais, pour moi qui n'ai jamais joué devant qui que ce soit hormis mes coéquipières, c'est déjà énorme.

Sur le bord du terrain, les filles scrutent les gradins à la recherche qui de ses potes, qui de ses parents. Quand elles les repèrent, on dirait que ça leur injecte un surplus d'énergie. Moi, je n'ai personne à repérer. Maggie est à sa répète, papa travaille et maman conduit Ty à son cours de violon. Les supporters ne sont pas là pour moi. Ce n'est pas plus mal, je suis un paquet de nerfs ! D'un autre côté, ça aurait pu être sympa d'avoir mon fan-club attitré. Je crois bien que je veux le beurre et l'argent du beurre. Être invisible et applaudie à la fois.

La minifanfare joue un medley de chansons de Beyoncé et Jessa nous empoigne, Sylvie et moi, nous entraînant dans la chorégraphie de *Single Ladies*. On en rit aux larmes. Soudain, fendant le vacarme, je l'entends :

– Walsh ! Numéro 18 !

Je scrute les gradins et j'agite la main. Jackson est là, assis auprès de Max Cleave et d'une poignée d'autres garçons. Max sort avec Emma Wood depuis quelques jours, ce qui explique leur présence. N'empêche. Je prends une profonde inspiration et résiste à la tentation de courir me cacher sous mon T-shirt du zoo parfum transpi, puis je suis Jessa jusqu'au terrain en imitant du mieux que je peux sa démarche assurée.

– Allez, Kennedy ! Allez, volleyeuse étoile !

Salut, Jackson. Je te présente Marthe et Maïté.

Maintenant, tu sais ce que je cache sous mon immense sweat.

Chapitre 32

Ce que j'ai préféré pendant mon tout premier match de volley, ça n'a pas été le point que j'ai marqué dès que j'ai touché la balle. C'était un moment cool, mais ça n'avait rien d'un exploit. Je me suis plutôt sentie soulagée. L'équipe de Chatham avait ouvert une brèche béante dans sa défense et j'ai fait le job. Personne ne m'a portée aux nues, parce qu'il n'était pas question que je laisse passer l'occasion.

Ça n'a pas non plus été l'avalanche d'accolades et de bourrades que toute l'équipe échange chaque fois qu'on marque un point, même si on n'y est personnellement pour rien. Ni le fait de constater, au bout de dix-sept points, que je m'étais habituée à ce rituel. Je ne tressaillais déjà plus en sentant une main amie s'abattre dans mon dos. Je rendais la pareille à mes coéquipières, même que ça nous boostait pour la suite.

Ce que j'ai préféré, ça n'a pas été la présence de Jackson Oates me braillant des bêtises et des encouragements en allemand. Ni le SMS de lui qui m'attendait à la fin du match et dans lequel il m'informait qu'il était temps pour moi de renoncer aux études pour me consacrer à ma carrière d'athlète de haut niveau. Je n'ai même pas été (trop) déçue qu'il ait dû partir avant la fin du match de l'équipe supérieure et qu'on n'ait pas pu se parler, parce qu'une fois de retour dans le vestiaire avec les filles, pour rien au monde je ne me serais téléportée ailleurs.

Même notre victoire (car on a gagné !) n'a pas été ce que j'ai préféré.

Ce que j'ai préféré, ça a été un instant précis du match où tout a basculé. L'espace d'une seconde, on a frôlé la catastrophe. Kate a réceptionné une balle *in extremis* et l'a renvoyée de travers – de notre côté du filet. Parfois, ça arrive et on n'y peut rien.

Mais, quand je l'ai vue dévier de sa trajectoire et fuser vers mon coin du terrain, j'ai eu comme un déclic. Je ne dirais pas que les pièces d'un puzzle se sont subitement assemblées. Au contraire, on aurait dit que tout ce qui m'encombrait l'esprit avait d'un seul coup disparu, ne laissant que le ballon et moi. Je n'ai pas pris le temps d'évaluer mes chances, d'estimer la direction du ballon relativement à ma position, je n'ai pensé ni à mon maillot ni à Jackson ni au risque de blessure ni au regard des autres ni au risque d'échec. J'ai foncé. J'ai vu la balle, cette balle impossible à réceptionner, et j'ai plongé. J'ai fendu l'air comme une fusée.

J'ai raté mon coup. Le ballon a rebondi sur mon avant-bras et filé dans les gradins, renversant le seau de pop-corn du père de Jessa. Et, quand j'ai enfin percuté le sol, la tête la première, j'ai dérapé et me suis fracassé le tibia contre la chaise de l'arbitre. L'impact l'a ébranlée si violemment qu'elle a dû se cramponner aux accoudoirs pour ne pas tomber de la plateforme.

Mais c'était génial.

Pas la collision, bien sûr. Je me suis fait super mal et j'ai un gros œuf de pigeon bleu foncé sur la jambe. Je ne suis pas maso !

Mais les secondes qui l'ont précédée. Mon corps coopérait, c'était lui qui menait la danse ! Chaque muscle, chaque tendon, chaque cellule de ma peau obéissait au même courant pour remplir sa mission première : bouger. Toucher. Tomber. Sentir. Voler. Ça a été comme une épiphanie. *Le corps humain est capable de ça !*

Voilà ce qui, de tout le match, a constitué mon moment préféré.

– Ça va ? m'a demandé Nasrah en m'aidant à me relever.

Elle grimaçait en voyant mon bleu se former.

– Oui, ai-je répondu en riant alors même que le moindre pas me faisait monter les larmes aux yeux.

– Tu vas douiller.

– Ouais.

J'ai baissé les yeux sur mon tibia déjà enflé et ajouté :

– C'était trop bien.

Chapitre 33

Le jour où Ben Oates est en ville et qu'aucun match, cours de violon, réunion professionnelle ou autre contrainte ne bloque les agendas respectifs de nos deux familles, maman et Melinda Oates décrètent que c'est un signe de l'univers. (En fait, maman triche un peu parce que Ty a hockey, mais elle décide de lui faire sécher l'entraînement pour nous permettre d'aller dîner chez ses clients. Le coach de mon frère a dû oublier d'envoyer le planning des séances à l'univers.)

– On va chez qui, déjà ? maugrée Tyler.

Il en est à sa troisième tenue en dix minutes. Maman, qui l'a prié d'aller se changer quand elle l'a vu descendre vêtu d'un vieux T-shirt sale des Chicago Blackhawks, n'était pas satisfaite lorsqu'il est revenu paré du même vieux T-shirt des Chicago Blackhawks mais en propre. Il a donc enfilé un pull bleu dépourvu de nom d'équipe (mais imprimé des mots « Under Armour », une marque de sport). Maman le toise avec agacement mais ne dit rien. À moins d'échanger mon frère contre un fan de chemises, il est inutile d'insister.

J'ai de la chance, il fait assez froid pour que je puisse porter mon grand pull gris à col bénitier, que maman juge présentable et qui constitue l'une de mes deux seules alternatives aux sweats.

– Chez les Oates, mes clients, répond-elle à Ty. Leur fils aîné va au même lycée que Greer.

– Tu les connais, dis-je. Enfin, sauf M. Oates.

Même maman n'a pas encore fait sa connaissance. Il paraît qu'on a plus de chances de croiser le yéti que le père de Jackson (il est en déplacement professionnel vingt-neuf jours par mois, y compris en février).

Ty enfile sa chaussure sans défaire les lacets. Je me rends compte que je ne l'ai jamais vu les nouer ni les dénouer et je me demande subitement s'il maîtrise cette compétence. Peut-être qu'il ne sait pas non plus boutonner une chemise. Il porte un bas de jogging resserré à la taille par un cordon. Mon frère serait-il également incapable d'actionner une fermeture Éclair ? Pour autant, fin prêt, il présente bien. L'ensemble lui sied parfaitement, comme s'il lui était destiné depuis le jour de sa naissance. C'est toujours comme ça, avec Ty. Je parie qu'il n'a jamais passé ne serait-ce que cinq secondes à se demander si son pantalon le moulait trop ou si son haut faisait ressortir sa poitrine.

– Pourquoi on va chez eux ? s'enquiert-il.

– Melinda tient à me remercier de l'avoir aidée à trouver ses marques lors de son arrivée à Kennedy, lui répond maman avec un sourire vaniteux, du genre « je n'y peux rien si je suis géniale ».

– Elle est au courant que tu es payée pour tes services ?

– Je vais au-delà de ce qui m'est demandé, et les gens apprécient mon zèle, me rétorque maman.

Chaque fois qu'elle va au-delà de ce qu'on lui demande, ça lui rapporte, puisqu'elle est dédommagée pour tout déplacement supplémentaire au taux de quarante cents par kilomètre, mais je garde ma réflexion pour moi. Ça ne la fera pas rire et j'ai la flemme d'expliquer ma plaisanterie à Ty. En plus, papa vient de rentrer du boulot.

– On a failli partir sans toi, lui reproche maman.

– On va où ?

Ma mère lève les yeux au ciel de façon particulièrement théâtrale parce qu'elle nous a répété à tous trente-six fois qu'on était invités à dîner chez les Oates. Perspective qui n'obnubile visiblement qu'elle et moi.

Maman, ça l'obnubile parce qu'elle adore les gens de manière générale, surtout les nouvelles têtes, et qu'elle ne raterait pour rien au monde l'occasion de reluquer leur intérieur et leur mobilier.

Moi, les gens, je n'en raffole pas spécialement, à l'exception d'une certaine personne qui ne me laisse pas de marbre. Mais je suis stressée.

C'est la première fois que je vais chez Jackson. Tout individu normalement constitué serait stressé à ma place. En semaine, on se parle six minutes par jour avant le début des cours et la sonnerie retentit avant qu'on ait épuisé nos sujets de conversation. Je doute d'arriver à rester intéressante plus de sept ou huit minutes d'affilée. Lui, par contre, il assure, j'en mettrais ma main à couper.

Pour ne rien arranger, je me rends chez Jackson en compagnie de trois boulets. Seule, j'arriverais peut-être à éviter de me ridiculiser ou de mettre les pieds dans le plat mais avec Ty et ma mère dans l'équation, Dieu sait ce qui peut arriver !

J'ai la ferme intention de récupérer Grincheux. Or, je n'ai aucune idée de la manière dont je vais m'y prendre.

Chapitre 34

Ben Oates ouvre la porte à la volée avant même qu'on ait le temps de frapper. Il porte un tablier sur une chemise rayée et un jean taille basse. Il a les cheveux bruns ondulés et les golfes frontaux légèrement dégarnis. Mon père et lui pourraient poser côte à côte pour une publicité pour Levi's. À croire que maman a composé leur garde-robe à tous les deux.

– Bienvenue ! nous lance-t-il. Entrez, entrez.

Il nous tient la porte, ce qui m'oblige à le frôler pour franchir le seuil de la maison. Physiquement, c'est Jackson version quinquagénaire. Olfactivement, c'est un délicieux restaurant indien.

– Moi, c'est Ben, dit-il à papa en lui serrant la main. Eric, c'est ça ?

– C'est ça, lui confirme papa.

– Et vous devez être Greer et… Tyler ?

Il fronce le nez comme s'il craignait de s'être trompé de prénoms. Ty grommelle « ouais » et M. Oates se déride aussitôt.

– Quant à vous, vous êtes la planche de salut de ma femme ! conclut-il en gratifiant ma mère d'une bise appuyée.

Elle rayonne.

Pas de Jackson en vue. J'ai un miniaccès de panique. Et s'il ne dînait pas avec nous ? Mais non. Ce matin, au lycée, il m'a dit :

– N'oublie pas ton appareil photo. On n'a pas tous les jours l'occasion d'observer Ben Oates…

– Dans son habitat naturel ? ai-je blagué.

Ce à quoi Jackson a répondu :

– L'habitat naturel de Ben Oates, c'est un terminal d'aéroport.

Pour quelqu'un qui nous fait l'honneur d'une rare apparition, il semble sociable et charmant. Jackson doit tenir de lui.

– Je vais vous servir à boire.

M. Oates s'enfonce dans la maison à grandes enjambées et nous le suivons, dociles, comme s'il était un gros aimant et nous de la ferraille.

– Jack et Mel sont sortis acheter du *kokum*, nous apprend-il.

Nous lui retournons un regard interdit.

– C'est une épice. Je doute qu'ils en trouvent. Je viens de rentrer de Bangalore et l'une de nos partenaires m'a offert un tas de recettes de sa mère. On a réussi à se procurer la plupart des ingrédients mais, pour le reste, il faudra que je fasse des stocks lors de mon prochain voyage en Inde.

Il nous entraîne dans la cuisine, où s'étale un assortiment de sauces, de pains, de tartinades et de fruits qui semblent tout droit sortis d'entre les pages d'un magazine. Une casserole mijote sur chaque plaque de cuisson et ça sent merveilleusement bon. On se croirait dans la cuisine de Padma Lakshmi. Ma mère dévore la scène des yeux, au comble du bonheur. Le père de Jackson tend un verre de vin à mes parents.

– Melinda voulait que je fasse un filet mignon, ou, je cite, « quelque chose de simple », nous révèle Ben Oates. Mais où est l'intérêt ? Le filet mignon, c'est à la portée de n'importe qui ! Moi, quand je reçois, je mets le paquet. Sinon, autant que chacun reste chez soi, pas vrai ?

Je jette un regard en coin au handicapé de la conversation, aussi appelé Ty. Il lorgne les plats comme s'il s'agissait de crottes de chien enrichies aux toxines. Si c'est ça, « mettre le paquet », Ty passe son tour. Il préférerait rentrer à la maison manger des nuggets de poulet.

– Les enfants, vous voulez un *lassi* à la banane ? propose M. Oates en brandissant le bol du mixeur.

– Je veux bien, dis-je.

Il me sourit et me sert un verre de liquide blanc mousseux. Au goût, on dirait un smoothie.

– Pas toi ?

Ty fait non de la tête. Il n'est même pas fichu de sortir un « Non, merci ». Il vit son pire cauchemar : un buffet à volonté et pas trace de biscuits apéro !

– J'ai failli aller en Inde, une fois, déclare maman.

Elle aussi est en plein cauchemar : ça fait bien dix minutes que nous sommes arrivés et notre hôte monopolise la parole. Alors que c'est son rôle attitré.

– Vraiment ? lui réplique Ben Oates. Vous devriez ! Tout le monde devrait…

– PAPA !

Quinlan vient de surgir de nulle part. C'est une vraie pelote de nerfs. Elle tire frénétiquement sur ses manches, trop courtes pour ses avant-bras.

– Ne m'interromps pas quand je suis en train de parler, ma puce.

M. Oates nous présente Quinlan, qui lui rétorque qu'elle nous connaît déjà.

– Il n'y a rien d'autre à manger ? Des biscuits apéro, par exemple ?

M. Oates soupire bruyamment par le nez.

– Je ne sais pas où ta mère les range.

Quinlan va ouvrir un placard en en faisant des caisses. Plantée devant une rangée de boîtes (digne, elle aussi, d'un magazine), elle se sert directement dans le paquet. Elle frotte l'une contre l'autre ses longues pattes de sauterelle et je crois que je comprends ce qu'elle ressent. Je sais ce que c'est de ne plus reconnaître son propre corps.

Tyler salive, mais elle ne lui propose pas de biscuits.

Chaque fois qu'une voiture passe dans la rue ou que Quinlan donne un coup de pied dans la porte du placard, Papillonne se met au garde-à-vous, persuadée que Jackson s'apprête à entrer dans la pièce. Je me domine tant bien que mal quand, voulant ramasser un biscuit que Quinlan a laissé tomber par terre, Tyler lâche son portable et *bim!* dame Papillonne refait un bond. Ty et elles sont incorrigibles.

M. Oates et papa parlent vin. Nouveau coup dur pour maman. Non qu'elle n'aime pas ça ! Seulement, les discours jargonneux sur le sujet, c'est le domaine de papa. Elle sourit et ponctue l'échange de hochements de tête, mais elle n'a guère de contribution à apporter à la conversation, qui dérive vers les cépages et le pH des sols des vignobles.

Je m'aventure dans la salle à manger, mon *lassi* à la main, et Tyler m'emboîte le pas. J'inspecte les rayons de la bibliothèque. Je reconnais plusieurs recommandations du blog de Reese Witherspoon et des ouvrages de vulgarisation scientifique. Ty a trouvé une collection de jeux pour Xbox. Il émet un grognement critique.

– Vous voulez voir ma chambre ? pépie une voix derrière nous.

Même en grignotant des biscuits apéro, Quinlan est plus furtive que Spider-Man.

Tyler et moi la suivons à l'étage et pénétrons dans l'antre du glam. Quinlan est visiblement sortie de la phase « princesse à paillettes » pour entrer dans la phase « fausse fourrure flashy et boules à facettes ». Sur sa couette turquoise effet écailles de sirène s'entasse une débauche de coussins. Il y en a en forme de lèvres, de cœur, de chaussure à talon, d'oiseau, plus un pour chaque lettre du mot « LOL ». Les étagères débordent de figurines japonaises, de poupées Popcultcha, d'espèces de fruits personnifiés en résine, et Quin possède apparemment une peluche miniature à l'effigie de toutes les espèces du règne animal présent et passé. Il n'y pas un seul espace de libre.

Acquérir autant de trucs en à peine neuf ans, c'est impressionnant. Et consternant. Comment vais-je retrouver Grincheux dans ce fourbi préadolescent ? Mon pauvre petit nain doit mourir de peur, le pauvre. Ce qui le rend sans doute plus grincheux que jamais. Si je remettais la main dessus, Quinlan ne s'apercevrait jamais de sa disparition. Hélas ! Il me faudrait une semaine de fouilles pour le localiser dans ce chantier.

– On va dans la chambre de Jackson, décrète-t-elle.

Je m'apprête à lui suggérer de l'attendre, mais elle se fiche de mon opinion et m'entraîne déjà à sa suite, dans le couloir. On entend Jackson gravir les marches quatre à quatre et Quin éructe :

– C'est Greer qui a insisté !

Papillonne, qui fait les cent pas dans mon ventre depuis que nous sommes arrivés, frise la crise de tachycardie ; de son aile, elle s'efforce de désigner Quin.

– Mais bien sûr, maugrée Jackson, je suis sûr que Greer t'a suppliée à genoux.

Il décoche à sa sœur un regard appuyé : il n'est pas dupe.

– Entrez, nous dit-il, à Ty et à moi. Ma chambre est sans intérêt, mais je vous en prie.

Si Ben Oates sent bon, Jackson sent encore meilleur. Un mélange de shampooing, de pomme et de verdure.

Quant à sa chambre… On dirait une cellule monacale de luxe.

Il y a un lit, une commode, un bureau et une étagère en bois, qui semblent tout droit taillés dans le tronc d'un arbre à billets de banque. Une couette blanche à rayures bleues recouvre le matelas. Deux grandes photos ornent les murs : l'une représente les étals d'un marché aux couleurs éclatantes et l'autre un lac brumeux. Si j'en crois la signature griffonnée au crayon, il s'agit d'œuvres de Ben Oates. Il y en a plein la maison. Je me demande si sa famille le soupçonne de s'inventer des déplacements professionnels pour aller étoffer son portfolio de photographe.

Sur le bureau, des manuels scolaires et un ordinateur portable mais très peu d'objets personnels. Au sommet de l'étagère, toutefois, une rangée de bibelots détonne avec le ton neutre de la pièce.

Je m'en approche pour l'inspecter de plus près. Il y a là un bateau en LEGO multicolore conduit par Batman. Un petit iguane en peluche (assez sale). Un mug de l'aquarium de Monterey Bay. Une photo souvenir d'enfants sur des montagnes russes dans son cadre en carton, et d'autres objets du même acabit. C'est un drôle de pêle-mêle. Il s'agit de toute évidence d'une collection. En comparaison, le reste de la chambre semble né de l'esprit d'un décorateur d'intérieur ascétique et dénué d'imagination. Je me dresse sur la pointe des pieds pour déchiffrer l'inscription sur la plaque d'une coupe de tennis : « Open d'automne d'Austin – 2e place – doubles garçons – moins de 12 ans ».

– Jackson, il a plein de coupes, m'informe Quinlan, mais il ne les expose pas toutes.

Elle s'est juchée sur le bureau et, appuyée d'une main à l'étagère dont elle fait tanguer tout le contenu, elle tente en vain d'atteindre le petit iguane en peluche. Jackson se lève sans se presser, le décale d'un centimètre, hors de portée, et repose sa sœur par terre sans autre forme de procès. Je me demande si c'était l'iguane qu'elle lui réclamait le jour de l'attaque à l'ouvre-boîte. Si oui, pourquoi il ne le lui cède pas ?

– Va demander à papa quand est-ce qu'on mange, lui ordonne-t-il.

– PAPA, QUAND EST-CE QU'ON MANGE ? hurle-t-elle depuis le palier.

– Descends, Quin !

Une main sur la hanche, elle le défie du regard.

– Maman t'a acheté le jus pétillant que tu aimes, lui lance Jackson pour l'appâter.

– Quel parfum ?

– Tu verras bien.

Elle se mordille la lèvre. Nous torturer ou déguster sa boisson préférée, le choix semble cornélien.

– Si c'est celui à la mûre, tu m'en gardes un peu ? je lui chuchote.

Ses yeux s'arrondissent et elle hoche la tête.

– OK. Mûre, c'est le meilleur parfum.

Nous voici complices. Elle détale, alléchée par le soda.

L'espace d'une seconde je me demande où est passé Ty, mais je ne veux pas gâcher ce moment à cause de lui. Il a dû redescendre chercher des miettes de biscuits apéro.

On reste donc tous les deux, Jackson et moi. Et pas dans un couloir plein d'élèves à la bourre. Ni à une table du self entourée de midinettes. Ni au *Starbucks* en présence de nos mères respectives. La vue du lit à l'arrière-plan, follement horizontal, me file le vertige. Les mains de Jackson me paraissent immenses. Sa bouche est ravissante et ses lèvres pas du tout gercées. Elles doivent être douces comme du velours. Dame Papillonne entame un numéro de pole dance et je lui ordonne de se calmer. Ce dîner est juste une obligation familiale.

– J'imagine que tu aurais préféré passer ton vendredi soir autrement, me dit Jackson (prouvant qu'il n'est pas télépathe).

– Ton père a l'air de bien se débrouiller en cuisine, je réponds simplement.

– Encore faut-il qu'il daigne se mettre aux fourneaux, comme dirait ma mère. Ça le prend environ deux fois par an, mais alors il y passe la journée entière et il lui faut trente-six mille ingrédients. Par contre, je parie qu'il ne saurait pas faire des pancakes ou un steak haché, ou ce genre de trucs.

– Dommage pour Tyler… Il ne mange que des pancakes au steak haché à la sauce genre de trucs.

Jackson hausse les épaules.

– Au pire, on a du pain de mie et des Frosties. Pour les soirs où Quinlan fait la grève de la faim.

Il s'assied sur son lit, tout au bout du matelas, si bien qu'il reste de la place pour moi. Je me contente de poser une fesse sur le coin de son bureau. Je sirote mon *lassi*.

– T'aimes bien ?

– Ouais. On dirait un smoothie.

On parle des plats les plus étonnants qu'on a jamais goûtés, ce qui nous conduit à parler des endroits qu'on a visités (moi : New York, la Toscane et la Floride. Jackson : le monde entier). La conversation coule plus facilement, désormais. Je redeviens la Greer désinvolte d'avant le premier cours du matin (*vs* la Greer prête à perdre le contrôle qui a failli sauter sur Jackson il y a cinq minutes).

– Alors, ces autres coupes, tu les stockes où ? je demande en désignant l'étagère du menton.

– Je ne sais pas pourquoi Quin a dit ça…

– Tu en as une vitrine pleine, quelque part ? À moins qu'il n'existe pas de vitrine assez grande.

Jackson esquisse un sourire et me tire la langue. Je continue sur ma lancée :

– Attends, laisse-moi deviner. Je parie que vous avez une salle des trophées !

– Eh bien, puisque tu en parles... En fait, on a consacré toute une aile de la maison à nos coupes et médailles. Je m'étonne que Quin ne te l'ait pas fait visiter. Il y en a tellement ! On m'a même décerné une coupe pour me récompenser d'en posséder autant.

– Vraiment ? Et cette coupe est ornée d'une minicoupe, j'imagine ?

– En fait, j'étais deuxième *ex æquo* dans cette catégorie, mais la coupe que j'ai gagnée m'a propulsé en haut du palmarès, *ex æquo* avec le premier.

– Hum, j'en doute. Le premier aussi a reçu une coupe pour sa collection de coupes, ce qui fait qu'il en aurait toujours une de plus que toi.

– Je rêve ou tu réfléchis en équations, là ?

– $n+1$, où n est le nombre maximal de coupes. Tu étais à $n-1$, tu as gagné une coupe de plus, ce qui nous fait un total de n. Mais le mec qui t'a battu, il en avait $n+1$!

– Tu te trompes.

– Hum, je ne crois pas. Si on remettait des coupes aux championnes de maths, j'en posséderais n au carré.

– Si, tu te trompes, parce que le premier remportait un diplôme et non une coupe. Donc, on arrivait tous les deux à un total de n coupes. Et tu te trompes même doublement parce que le premier n'était pas un mec mais une fille.

– Vraiment ? Le propriétaire du plus grand nombre de coupes...

– Propriétaire *ex æquo.*

– Pardon, le propriétaire *ex æquo* du plus grand nombre de coupes est une fille ? Et maintenant, elle a plus de diplômes que toi ?

– Ah, pas du tout. Les diplômes, c'est toute une histoire…

Je ris et j'en recrache mon *lassi*. Les gouttes atterrissent, comme toujours, au beau milieu d'un de mes nichons. Je m'essuie avec ma manche et m'efforce de le recouvrir avec mon col bénitier. Une chance que le *lassi* soit à la banane et pas à la mangue, à la fraise ou à quelque chose de voyant. Mon but dans l'existence, c'est de faire oublier Marthe et Maïté, pas de les surligner au Stabilo fluo.

Melinda crie à Jackson de descendre mettre la table et je n'ai pas le temps de l'interroger à propos des objets exposés au sommet de son étagère, hors de portée de sa sœur. Je m'éclipse, direction les toilettes.

Tout en tamponnant mon décolleté avec du papier hygiénique, mon regard s'égare en direction de la cabine de douche. Sur le panier s'alignent, en haut, des bouteilles de shampooing et de gel douche bio et, en bas, une douzaine de flacons parfum cookie et pastèque-kiwi ainsi qu'une lotion antipoux. Je me penche pour humer le flacon de shampooing de Jackson quand Tyler fait irruption dans la salle de bains.

– Regarde ! me lance-t-il.

Il me présente une paire d'écouteurs à l'effigie de Mario et Luigi. Il les a reçus l'an dernier le premier soir de Hanoukka, comme un avant-goût de ses cadeaux à venir, en quelque sorte, puisqu'ils étaient tous en rapport avec les jeux vidéo (y compris le roman *Ready Player One*, dont j'avais espéré à raison que le titre lui ferait enfin plonger le nez dans un bouquin).

– Si tu les mets pendant le dîner, tu vas te faire tuer par maman.

– C'est les miens ! me siffle-t-il à mi-voix.

– Je sais, andouille. J'étais avec maman quand elle te les a achetés !

– Non, je veux dire : elle me les a volés !

– Hein ? Qui ?

Je ferme la porte de la salle de bains et attire Ty au fond de la pièce. Je chuchote, moi aussi.

– La fille ! Quincy, ou je ne sais pas quoi.

– Quinlan ?

– Quand on est arrivés, je les ai mis dans une de mes chaussures…

– Dégueu.

– Et je les ai laissées dans l'entrée. Tu te souviens qu'elle était bizarre quand elle a déboulé dans la cuisine ? Plus tard, dans sa chambre, je l'ai vue fourrer un truc dans son tiroir…

– Tu as fouillé ses tiroirs ?

– Je voulais juste savoir ce qu'elle planquait !

– Ty, il doit s'agir de ses écouteurs. Elle a les mêmes que toi, c'est tout. Tu es allé vérifier dans tes chaussures ?

– Non, mais ceux-là, c'est les miens. Je le sais.

– Comment tu peux en être sûr ?

– Parce que j'ai trouvé ça avec.

Il déplie les doigts de sa main gauche. Dans le creux de sa paume, il tient mon petit Grincheux. Je le soulève par son chapeau de verre et l'ausculte doucement. Il a l'air indemne. Le lutin cleptomane ne lui a pas fait de mal. Elle ne lui a pas scarifié le front à l'ouvre-boîte. Je fixe la frimousse brillante de mon nain. Dans mon imagination, il m'adresse un petit sourire reconnaissant avant de reprendre son éternelle moue revêche. Dieu seul sait à quelles horreurs il a assisté durant sa captivité.

Au fond, je n'étais pas sûre à cent pour cent de la culpabilité de Quin. Je m'en rends compte, à présent : j'espérais à moitié que Ty s'était fait un coton-tige de son bonnet pointu et qu'il avait omis de le remettre à sa place. Mais je sais à présent, sans l'ombre d'un doute, que Quin est une voleuse en puissance.

Je me demande si je suis dans l'obligation morale de prévenir sa famille. Quoi qu'il en soit, je tiendrai ma langue jusqu'à la fin du repas. Toute la maison embaume le curry et je n'ai rien avalé depuis l'entraînement, à part une barre énergétique. Avec un peu de chance, je pourrai aussi manger la part de Ty.

Quand j'arrive à table, un gobelet en plastique *Adventure Time* rempli de soda pétillant m'attend. Quinlan frétille d'impatience.

– C'est pas à la mûre, m'annonce-t-elle. C'est goût clémentine.

Elle a choisi la chaise voisine de la mienne et se colle pratiquement à moi.

– T'aimes bien celui à la clémentine ?

J'ai l'impression que c'est important pour elle que je réponde « oui », plus important que toutes les fringues, les jouets, les coussins et les bibelots qu'elle entrepose dans sa chambre.

Alors, je décide de garder pour moi les mésaventures de Grincheux, Mario et Luigi. Quin me paraît si menue et si seule, et sa façon de se tendre vers moi, de contorsionner son corps dégingandé à la recherche d'une position adéquate m'attendrit. Grincheux est en sécurité, à présent. Plus de peur que de mal. Cette gamine possède tout ce dont on puisse rêver à son âge, mais il n'est sans doute pas facile d'être Quinlan Oates. À seulement neuf ans, elle en est déjà à sa troisième école primaire et à son troisième État. Pour Jackson, s'intégrer dans une classe, une bande ou une équipe, c'est à peu près aussi compliqué que de changer de chemise, mais Quinlan est une drôle de petite. Elle est maligne, mais elle a un sacré caractère. « On ne peut pas plaire à tout le monde », dirait mon père à son sujet. Je sirote le soda goût clémentine que Quin m'a servi et me pourlèche les babines. Elle irradie de bonheur.

Comme je me retrouve assise entre elle et papa, Jackson et moi, on ne peut plus trop discuter. Il grimace à mon intention quand son père essaie de parler comme un jeune ; je lui rends la pareille chaque fois que maman frime. Ben Oates et Kathryn Walsh assurent l'essentiel de la conversation. Pendant tout le dîner, ils se relaient, étalant leur science à tour de rôle comme s'ils avaient conclu un pacte avant de passer à table. Maman gratifie nos hôtes d'une comparaison entre les systèmes scolaires scandinave et américain, d'une apologie des librairies indépendantes, d'explications concernant les bar et les bat-mitzva (bien qu'elle ne soit pas juive, contrairement à papa) et, enfin, d'une tirade sur les *tamales*. M. Oates nous régale d'une description des marchés aux poissons thaïlandais, d'informations concernant les bourses universitaires pour les athlètes de première division, d'une digression sur les programmes de fidélité des grandes compagnies aériennes et d'un topo sur les progrès de la médecine dans le traitement des hernies. Manifestement, maman et M. Oates passent tous deux beaucoup de temps à disséquer les articles du *New Yorker*. Les autres glissent une remarque çà et là, à l'exception de Quin, qui passe le repas à jouer à des jeux sur le portable de sa mère et ne s'interrompt que pour m'adresser des commentaires sans rapport avec la conversation. « Dans ma classe, il n'y a que deux élèves qui sont déjà allés en France. Moi, j'y suis allée deux fois. » Ou encore : « Ma maîtresse, elle aime bien ma façon d'écrire les Q majuscules, mais les autres, ils disent qu'on dirait des deux. » Elle est plutôt marrante. Le repas tient toutes ses promesses (et, comme j'ai la chance d'être assise à côté de papa, à nous deux, on règle son compte au poulet au curry sans que maman s'en aperçoive). Ma tache de *lassi* a séché sans laisser une cible apparente au milieu de mon décolleté et, côté Walsh, personne ne fait rien d'atrocement gênant (du moins, pas plus que d'habitude).

Ce n'est pas la soirée parfaite, mais c'est chouette. Comme un dîner chez des voisins sympas (dont l'un en particulier aurait pu se pointer torse nu sans qu'on y trouve à redire). En plus, grâce à Tyler, la mission de sauvetage de mon nain est un succès !

Alors qu'on s'apprête à partir, j'attire Quin à l'écart et je le lui montre.

Ses joues d'un blanc laiteux se teintent de rose. Elle est à deux doigts de pleurer.

– Tyler t'a vue prendre ses écouteurs, et il a retrouvé ça, aussi. Arrête de nous piquer nos affaires, OK ? Si tu veux quelque chose, tu nous demandes.

Elle opine du menton en se frottant les yeux du revers de la main.

– D'ailleurs, ne pique plus rien à personne, je précise. Ça fait de la peine aux gens.

Elle lève sur moi un regard empreint de tristesse et de gratitude. L'espace d'une seconde, j'ai l'impression qu'elle a envie que je la câline comme une toute petite fille. J'ai la conviction qu'elle se sent infiniment seule.

Jackson nous épie du coin de l'œil, intrigué, mais, pour une fois, je ne me préoccupe pas de lui.

Je plaque mon index contre ma bouche pour faire comprendre à Quin que je ne vais pas la balancer. Malheureusement, ça veut dire que je vais également devoir couvrir Tyler, mais il finira bien par refaire une bêtise ; ce n'est qu'une question de temps.

D'ailleurs…

– Tyler Owen Walsh ! s'indigne maman en lui arrachant Luigi de l'oreille. Retire immédiatement ces écouteurs. C'est malpoli !

Si seulement il lâchait un gros rot maintenant, cette soirée serait un triomphe.

Chapitre 35

Avant le début du match, je fouille les gradins du regard en espérant y voir Jackson, ce qui est idiot puisque je sais qu'il traîne avec Max. Pas grave, j'ai d'autres fans : maman et Tyler.

Je leur fais coucou. Ma mère me rend mon signe, tout sourire, et replonge le nez dans son ordinateur. Tyler dévisage Nasrah la bave aux lèvres.

Après l'échauffement, on a cinq minutes de pause avant le coup d'envoi et j'en profite pour aller les voir.

– T'es stressée ? me demande maman.

– Non. Juste sous adrénaline.

Elle m'étudie d'un œil critique et fronce les sourcils.

– Ton maillot n'est pas le même que celui des autres filles, ou je rêve ?

Je baisse les yeux, gênée.

– Il est un peu différent. Mme Kershaw-Bend l'a un peu modifié pour qu'il m'aille mieux.

– Ah…

J'ignore s'il s'agit d'un « ah » élogieux ou critique.

– Eh bien, c'est réussi, ajoute-t-elle. Tu parais…

Une longue pause s'étire et je jurerais qu'elle mate mes nichons.

– Plus fine.

Je me sens rougir. Je me demande ce qu'elle entend, au juste, par « plus fine ». Une chance que Tyler n'écoute rien.

– Je n'ai pas minci. Je pèse exactement le même poids qu'avant.

De fait, je mange comme quatre, ces derniers temps, mais, vu que je me démène sur le terrain tous les soirs après les cours, ça compense, et rien ne bouge sur la balance.

Maman hausse les épaules.

– C'est sans doute parce que ça fait un moment que je ne t'ai pas vue porter de vêtements moulants. Ça te va bien, précise-t-elle.

Tout s'explique. À force de me voir en sweat informe, elle ne s'est pas rendu compte que c'étaient mes seins qui occupaient tout l'espace sous le tissu. Elle croyait que j'avais grossi de partout. Mortifiée, je me tasse de cinq bons centimètres.

Sur le terrain, Jessa arpente la ligne des joueuses et nous tape dans la main. Est-ce que ma silhouette affinée les étonne, elles aussi ? J'essaie de chasser cette pensée. Je vire parano.

Le match commence. Je joue au filet. Kate réceptionne et passe impeccablement à Sylvie, et Nasrah smashe. La balle s'écrase dans le terrain de nos adversaires. Set suivant. Après quelques allers-retours, on se mange un boulet de canon et, sur la réception, Sylvie fait sortir le ballon. Pendant que quelqu'un court le récupérer, je vois deux gars dans les tribunes de l'équipe adverse me mater, chuchoter et pouffer derrière leurs mains. Quand ils remarquent mon regard, ils se détournent, hilares.

Le match reprend mais je ne suis plus qu'à cinquante pour cent. L'autre moitié de moi surveille les mecs dans les gradins. L'un d'eux a les mains écartées comme pour décrire un objet lourd et volumineux. Sur ce, un tir que je n'ai pas vu venir me fouette subitement l'épaule.

– Walsh ! C'était pour toi ! me crie Jessa.

Je me recentre aussitôt et les passes suivantes sont correctes. Les yeux rivés sur la balle pour éviter les bourdes, je ne vois pas Nasrah approcher et la percute de plein fouet. Reinhold ne dit rien mais elle me fait remplacer avant mon premier service.

Depuis le banc, j'ai vue sur les gradins d'en face.

Les garçons se font passer un téléphone et reluquent l'écran en se marrant. J'étudie l'équipe adverse en cherchant qui ils sont venus soutenir. Une blonde à cheveux courts se lève pour remplacer l'une de ses coéquipières et l'un des mecs donne un petit coup de coude à l'autre.

– Allez, Cally !

Je me suis peut-être fait des films. Peut-être que j'ai été victime de mes complexes et de ma paranoïa. Je finis par regagner le terrain, mais pour quelques rotations seulement.

De notre côté des gradins, maman suit assidûment la partie, les poings serrés, et agite les bras dès que mon équipe marque. J'espère qu'elle m'a vue quand je jouais bien et pas uniquement quand j'ai heurté Nasrah et raté la passe. Mon équipe perd les deux premiers sets sur trois. Le match est vite fini.

La coach nous gratifie d'un débrief austère et décrète que personne n'était au mieux de sa forme, aujourd'hui. Elle n'entre pas dans les détails parce que, de son point de vue, nous l'avons collectivement déçue. N'empêche que certaines d'entre nous se sentent plus coupables que d'autres.

Je vais informer maman que je descends me changer et que j'en ai pour une minute. Elle me sort un « bravo, chérie » machinal. Quant à Tyler, il me demande : « Vous avez gagné ? »

Je me dirige vers le vestiaire quand je tombe sur les deux mecs de l'autre lycée. Dès qu'ils m'aperçoivent, ils se mettent à ricaner. Le supporter de Cally me lance :

– Mon pote kiffe ton maillot.

Il rigole et l'autre lui flanque un coup en disant :

– Putain, t'es con !

Il est mort de rire, lui aussi.

Je suis totalement prise au dépourvu. Ils ne s'en doutent pas, mais leur timing est parfait, vu la remarque que maman m'a faite avant le match. Je me sauve vers le vestiaire, la tête enfoncée dans les épaules. À force de me rapetisser, je dois mesurer un mètre de haut à tout casser.

Dans le vestiaire, l'ambiance est morose. Rien à voir avec la dernière fois, après notre victoire, quand tout le monde piaillait de joie. On se change en silence. Je gagne mon casier en tapant des pieds, je l'ouvre d'un coup sec et en extirpe mon sac. J'en retourne tout le contenu, j'attrape mon sweat et, bien que je sue à grosses gouttes, je l'enfile par-dessus mon maillot. Voilà. Je suis de nouveau à l'abri dans ma forteresse en laine polaire.

Je suis tellement furax que je pourrais déchiqueter mes genouillères avec mes dents. J'en veux à ces merdeux, mais pas autant qu'à moi. Je n'aurais pas dû me laisser atteindre. Je devrais être au-dessus de ça ! Je parie qu'ils sont partis depuis longtemps. Ils sont probablement en train de s'acheter un sundae chez *McDo* et moi, comme une débile, je continue à ressasser l'épisode.

Pas touche au volley. Le volley, c'est sacré.

Je n'ai qu'une envie : rejoindre maman et Ty et rentrer chez moi. Mais Jessa m'interpelle avant que je regagne la sortie :

– Walsh ? Ça va ?

– Hein ? Ouais, très bien. Ma mère m'attend.

– C'est qu'un match. On ne peut pas gagner à tous les coups. Il y en aura d'autres…

– Je sais. Ça va, je te dis.

Mais il est évident que ça ne va pas. Sinon, pourquoi Jessa me barrerait-elle la route afin de me remonter le moral ? Dans son dos, il y a un poster de prévention contre le harcèlement scolaire et j'aperçois un fragment de mon reflet dans le cadre en métal argenté. J'ai les joues aussi écarlates que mon maillot. Putain, qu'est-ce que je suis fatiguée… Et je crève de chaud.

– La coach t'a sortie pour donner une chance aux autres joueuses. C'est important en début de saison…

– Je sais, Jessa. C'était pas un super match, mais ce n'est pas très grave.

– Bon, tant mieux. Parce que t'es douée, tu sais.

– Merci.

Elle se donne du mal et, même si je n'ai pas envie de parler, là, tout de suite, je lui en suis très reconnaissante. Du coup, j'avoue :

– Ce n'est pas le match, le problème. Un mec m'a fait une remarque qui ne m'a pas plu. Mais c'est rien. Ça va.

– Il t'a dit quoi ?

– Un truc à propos de mon maillot.

Jessa me regarde sans comprendre. Visiblement, elle ne conçoit pas qu'on puisse se vexer pour si peu. Je précise :

– Il a dit que son pote le kiffait.

– C'est vrai qu'il est canon, cette année ! s'emballe-t-elle en palpant amoureusement ses manches gainées de doré.

– Ce n'est pas ce qu'il a voulu dire.

Jessa me décoche un sourire.

– Tu crois qu'il te draguait ?

– Non.

Elle a vraiment besoin d'une traduction ?

– Non, je crois qu'il parlait de ce qu'il y a sous mon maillot. De ma poitrine.

Le sourire de Jessa disparaît.

– Il se foutait de ta gueule ?

– Je ne sais pas. Mais ce n'était pas un compliment. Je crois qu'il essayait de me mettre la honte.

Jessa fronce les sourcils. Je conclus :

– Et ça a marché.

Les sourcils de ma coéquipière se rejoignent au-dessus de son nez et ses épaules se soulèvent de quelques millimètres. Comme quand on tourne le dos au filet pendant qu'elle sert ou qu'une nana de l'équipe supérieure critique l'une de ses joueuses.

– Tu crois qu'il est encore là ? Tu veux que je monte lui dire deux mots ? On peut y aller ensemble, si tu veux.

– À mon avis, ils sont partis. C'est pas grave, Jessa. Oublie.

Me planquer derrière elle pendant qu'elle explique aux mecs de nos adversaires qu'on ne chambre pas une nana sur son tour de poitrine, ça ne me dit trop rien. Mais me le proposer, c'est Jessa tout craché !

– OK, si toi aussi, t'oublies, me rétorque-t-elle. C'est des petits cons.

Et peut-être bien que pour Jessa, c'est aussi simple que ça. Peut-être qu'à ma place, elle enfouirait dans sa mémoire le souvenir de ces deux gars et retournerait illico faire des prouesses sur le terrain. Peut-être qu'elle n'éprouverait pas le besoin de se replier sur elle-même ni de s'enterrer sous un sweat XXL. Elle ferait ce que je fais quand un prof nous file un contrôle surprise ou une dissert de cinq pages sur les inspirations britanniques de la Déclaration des droits et son rôle de protection des libertés individuelles ou qu'il glisse par inadvertance des problèmes d'un niveau trop avancé dans le DM de maths. Je râlerais pour la forme puis je ferais un carton.

Sur le plan intellectuel, je crois en moi. Avec la même ferveur, Jessa croit en son corps et en ses compétences.

Et ça, ça me dépasse.

Chapitre 36

J'ai découvert Kelsey Tambor et Angry Abby après l'épisode du glacier. Maggie, Tahlia et moi, on venait de s'acheter des glaces quand un mec m'a crié : « Comment t'es boooonne » par la vitre de sa voiture. Maggie est partie dans une diatribe sur le comportement des hommes qui se sentent menacés dans leur virilité par la montée du féminisme. Tahlia a répliqué : « Trop bonne pour toi, pauvre mec ! » Et moi, je suis rentrée chez moi taper « look pour paraître moins forte », « quel top pour poitrine généreuse » et « comprimer seins » dans Google.

Mes recherches m'ont fourni un tas de résultats sans intérêt, appris quelques trucs vaguement utiles (éviter les cols roulés, privilégier les couleurs sombres) et, surtout, fait découvrir deux youtubeuses au quotidien proche du mien.

Angry Abby est anglaise et je comprends qu'elle ait pris un pseudo parce qu'elle n'y va pas de main morte dans ses vidéos ! Une fois par semaine, elle poste un coup de gueule contre sa bête noire du moment, et sa carrière n'est pas près de s'arrêter parce que des bêtes noires, elle en a plein : les touristes allemands, le réchauffement climatique, les Américains qui imitent l'accent britannique, la bise, les au revoir qui s'éternisent, les Crocs, les mecs qui veulent qu'elle s'épile, les meufs qui veulent qu'elle s'épile, les manipulations génétiques, les lunettes en tant qu'accessoire de mode pour les gens qui ne sont pas myopes, les fautes de grammaire (et de ponctuation), et sa copieuse paire de boobs.

Elle me fait un peu penser à Maggie (à cause de sa tendance à monter au créneau pour un oui ou pour un non) et aussi un peu à moi (je vous laisse deviner pourquoi).

Sauf que, contrairement à Maggie, Angry Abby est un peu snob et, contrairement à moi, je crois qu'elle aime bien ses seins. Elle ne les dénigre jamais. Elle les défend. Contre la boutique de lingerie fine qui ne propose rien à sa taille. Contre les internautes qui lui demandent tous les jours en commentaire si « c'est des vrais ». Contre la masseuse qui n'a pas trouvé de solution quand elle lui a expliqué qu'elle ne pouvait pas se coucher à plat ventre. (« *Mummy* m'a offert une carte cadeau mais je ne peux pas m'en servir parce que cette *bloody* table n'est pas faite pour les *ladies* de mon gabarit ! La masseuse a eu le culot de me suggérer d'utiliser la table pour femmes enceintes, celle qui a un trou au milieu pour le ventre. *Unbelievable !* Je ne suis pas en cloque, merci ! Je suis repartie encore plus stressée que je n'étais arrivée. »)

L'injustice avec laquelle le monde traite ses seins est un sujet récurrent de ses billets d'humeur. Si vous cherchez des conseils vestimentaires pour camoufler vos nibards ou des tuyaux pour les faire paraître moins gros, passez votre chemin, vous n'êtes pas à la bonne adresse ! Je parie que ce genre de question lui inspirerait un nouveau coup de gueule. Une fois, elle s'est plainte d'avoir failli mourir étouffée par les harnais de sécurité des attractions de Disneyland Paris. Quelqu'un lui a demandé en commentaire si elle avait envisagé la réduction mammaire. Angry Abby a répondu : « Mes seins sont très bien comme ils sont, merci ! C'est le monde qu'il faut refaire ! »

Cette réaction lui a valu une salve de nouveaux commentaires, certains sympas, d'autres odieux (Angry Abby efface tous les messages contenant des menaces mais elle laisse les insultes pour pouvoir y faire référence dans ses futures vidéos). C'est là que je suis tombée sur le nom de vlogueuses spécialisées dans ce genre d'opération, dont Kelsey Tambor. Pour ses dix-huit ans, Kelsey s'est offert une réduction mammaire et y a consacré une minisérie de quatre vidéos avant de se remettre à poster des tutos maquillage hyper compliqués.

Concernant la partie technique, les explications de Kelsey Tambor sont à côté de la plaque (je le sais parce que j'ai vérifié sur des sites de cliniques et d'informations médicales). Ce n'est pas ça l'intérêt de ses vidéos. Dans sa minisérie, Kelsey parle de ses motivations (maux de dos, douleurs dans la poitrine, apparence, complexes), de ses sensations pendant et après l'opération (vertiges, nausées, impression de s'être fait piétiner les seins par un alpiniste en crampons, suivie de douleurs de type mégahématome, puis grosse ecchymose, puis petit bleu et, enfin, bizarrement, impression de se retrouver) et, aussi, de la modification de sa silhouette (il y a des photos bien gore prises juste après l'intervention chirurgicale et une série de portraits d'elle en bikini et en robe bustier quelques mois plus tard). Kelsey fait régulièrement le ménage sur sa page. On n'y lit que des commentaires de fans admiratifs qui la complimentent sur son courage et sa beauté.

Sa minisérie fait un tabac. Elle comptabilise des centaines de milliers de vues, soit bien plus que ses tutoriels maquillage. Je me doute qu'il doit y avoir un paquet de pervers et de voyeurs dans le lot, mais quand même. Je m'interroge. Parmi tous les gens qui ont visionné ce reportage, combien y a-t-il de filles comme moi ?

Les autres vidéos de Kelsey Tambor, je ne les regarde pas (je ne vois pas ce que je ferais d'un « tuto smoky eyes pour un regard qui tue ! »). Mais je me suis tout de même abonnée à sa chaîne, au cas où elle posterait des retours d'expérience avec plus de recul sur son opération. Angry Abby, je la suis même quand elle ne parle pas de sa poitrine. Parce qu'elle me fait rire et qu'elle pense que le problème ne vient pas d'elle mais de la société.

Je me situe quelque part entre mes deux sœurs de seins virtuelles. J'ai envie de me dresser fièrement aux côtés d'Abby et de revendiquer ma place en ce monde (ainsi qu'une gamme de soutiens-gorge, de ceintures de sécurité et de sacs à bandoulière à mes dimensions). Mais j'ai mal. Aux nichons, et ailleurs. Là où ça ne surprendrait personne de l'apprendre, mais pas que. Et une partie de moi a envie de se réveiller à la clinique à côté de Kelsey, d'avaler quelques comprimés contre la douleur et d'être débarrassée du problème une bonne fois pour toutes. Une partie de moi n'a pas la patience d'attendre que la société daigne reconnaître mon existence.

J'ai honte d'avoir honte d'avoir honte. C'est le truc que personne ne comprend.

Chapitre 37

M. Coles a rejeté presque toutes les modifications que Maggie lui a suggéré d'apporter au scénario de *Barberousse.*

Maggie : Et si on disait que l'un des frères était gay et qu'on remplaçait l'une des fiancées par un fiancé ?

M. Coles : Impossible. Les auditions sont terminées.

Maggie : Et si les sept nanas faisaient en réalité partie d'une association humanitaire qui, découvrant que les frères vivaient dans des conditions sordides, venaient traiter leur tuberculose et leur agoraphobie ?

M. Coles : Non. Il s'agit d'une histoire d'amour. Tout le monde aime les histoires d'amour !

Maggie : Est-ce qu'au moins on peut remplacer toutes les occurrences du mot « fille » par le mot « femme » pour éviter de suggérer qu'elles sont mineures ? Parce que la grossesse de Milly, sinon, c'est un viol.

M. Coles : Non. Il y a trop de répliques qui riment avec le mot « filles ». Il faudrait tout réécrire.

Maggie : Et si, au lieu de jouer les bonniches, les sept femmes offraient aux péquenauds *La Magie du rangement* par Marie Kondo ?

M. Coles : *(silence consterné)*
Maggie : Bon, laissez tomber, c'était une idée de Greer.

M. Coles admet qu'il vaut mieux remplacer la scène de l'enlèvement par une décision consentie de la part des sept femmes de suivre les frères jusqu'à leur cabane au fond des bois.

Il n'y a pas de petite victoire.

Je me dirige vers l'auditorium où Maggie termine sa répétition. Aujourd'hui, à l'entraînement, on a travaillé nos plongeons. J'ai tous les membres en feu et un besoin urgent de me doucher.

Je me glisse dans le fond de la salle. Les élèves sortent au compte-gouttes. La répète est finie.

Maggie est encore sur scène avec Rafael Ramos-Sikes, un élève de seconde très réservé qui fait partie de l'orchestre. Il est au piano et Maggie, debout à côté de lui, déchiffre une partition. Entre-temps, toute la troupe est partie.

Maggie, elle, chante.

Je serai avec toi,
Envers et contre tous,
Je défendrai tes choix
Quel que soit ton combat.

C'est la première fois que j'entends cette chanson ; elle ne fait pas partie du spectacle. Quand Maggie se trompe dans le rythme ou la mélodie, Rafa fredonne pour elle le couplet et elle le reprend sans faute. C'est beau. La chanson, et leur coopération.

Même si tu te fourvoies,
Je serai toujours dans ton camp

Et jamais contre toi
Ou alors tout contre toi.

– C'est trop répétitif ? lui demande Rafa sans cesser de jouer.

– Non, c'est chouette. C'est circulaire.

– Justement, j'envisageais d'en faire un canon...

Il mêle sa voix à la sienne, les notes et les mots se superposent. Je comprends à présent pourquoi cette chanson ne me disait rien : c'est Rafa qui l'a composée. Sa voix est à peine plus grave que celle de Maggie, et les deux vont très bien ensemble.

Il fixe Maggie à travers les verres de ses grosses lunettes à la Clark Kent, sans un regard pour son clavier ni pour sa partition. Je le soupçonne d'avoir écrit cette chanson pour elle.

– La prochaine partie, c'est le pont ? demande Maggie. Chante-le, toi.

Tu peux déclarer des guerres
Peu m'importe si tu les perds
Je te suivrai.

La dernière note est trop aiguë. Sa voix se brise, mais je trouve ça parfait. C'était tellement sincère et spontané ! J'ai envie d'applaudir. Maggie et Rafa se mettent à rire, cependant, et le piano s'arrête.

– Trop aigu, dit-il. Il va falloir que je retravaille ce passage.

– On pourrait baisser d'une tierce, approuve Maggie. Mais sinon, c'est super. Vraiment.

Un silence de plomb s'abat sur l'auditorium. La nervosité m'envahit. Je suis stressée pour eux. Je les envie un peu. Et puis non, à la réflexion, je préfère rester en retrait. Ce dilemme, c'est mon drame. Pour vivre heureux, vivons cachés ? Mouais.

Rafa se lance :

– Ça te dirait qu'on…

Ils ignorent qu'ils ont un témoin. Je parie que Rafa, s'il savait, serait mortifié. J'essaie de m'accroupir par terre mais l'assise de mon fauteuil se relève avec un grincement.

– Greer ? me hèle Maggie.

Rafa est tout rouge sous les feux de la rampe. Le pauvre. Je lui ai cassé son coup. Lui qui est si timide quand il ne chante pas !

– Je t'attends dehors ! je lance à Maggie un peu trop fort.

Sur ce, je trébuche sur mon sac à dos.

– Super, votre duo ! j'ajoute en gagnant la sortie.

Maggie me rejoint une seconde plus tard, ce qui veut dire que Rafa n'a pas eu le temps de lui parler. Elle se met aussitôt à râler : Lizzie Barnes *alias* Milly exige que toutes les filles portent des tresses le jour du spectacle.

– On dirait qu'elle n'a que ça à foutre : imposer des coiffures aux nanas !

– Elle veut que tout le monde se fasse des tresses ?

– Tout le monde sauf elle ! Pas de tresses pour la star du show. Lizzie, il faut qu'elle se démarque. Elle a même suggéré que toutes les filles soient habillées pareil. Et elle, elle aurait une robe différente, rouge ou blanche ou n'importe, pourvu que ça tranche !

– T'es sérieuse ?

– Ouais. Heureusement, Mme K-B lui a répondu qu'elle n'avait pas assez de vichy identique pour habiller toute la troupe, donc son plan diabolique tombe à l'eau, ouf ! Par contre, elle a réussi son putsch capillaire. Elle a persuadé M. Coles et son assistant, pour les tresses.

– Pour info, Mena Patel fait des tresses de folie. Et je suis sûre qu'elle est antiputsch.

– J'ai dit à Lizzie : « Des tresses comme celles que vous portiez l'an dernier après les vacances de Pâques ? » Tu te souviens ? Elles étaient parties à Playa del Carmen, Machine, Trucmuche et elle, et à leur retour elles avaient toutes un tas de mininattes africaines…

Je me souviens surtout qu'à leur retour, elle arboraient toutes de petits bustiers moulants vraisemblablement interdits par le règlement qui me fascinaient. « Mais comment ça tient, bon sang ? »

– Et Lizzie, elle me fait : « MAIS NON, MAGGIE, tu vois très bien ce que je veux dire ! Une ou deux nattes par personne, maxi. »

Maggie a pris une voix de crécelle pour imiter Lizzie. Elle réfléchit une seconde et, de sa voix normale, elle reprend :

– Tu crois que Mena saurait me faire des mininattes africaines ?

Je ne comprends pas où Maggie veut en venir, mais je flaire une embrouille et je ne veux pas mêler ma coéquipière à ça.

– Je retire ce que j'ai dit. Oublie Mena. Changeons de sujet. C'est Rafa qui a écrit cette chanson ?

– Ouais, il est en train de composer toute une comédie musicale. Il est doué, hein ?

– Grave ! Et donc, il te kiffe ?

Elle soupire.

– Possible. Mais il est tellement timide ! Autant que toi.

– Je ne suis pas timide !

– Tu vois ce que je veux dire. Tu perds tous tes moyens. Le prends pas mal ! ajoute-t-elle, étouffant dans l'œuf ma furieuse envie de me vexer. Il a dû être soulagé quand tu t'es pris les pieds dans ton fauteuil…

– Premièrement, c'était mon sac, pas mon fauteuil. Et deuxièmement, s'il est trop timide pour te demander de sortir avec lui, tu n'as qu'à le faire, toi ! Un peu de solidarité !

– Je ne sais pas… C'est vrai qu'il est mignon. Et intelligent. C'est un musicien de génie ! Et une copine à moi l'a croisé à une manif pour les droits des femmes. Mais je n'arrive pas à le faire parler !

– C'est parfait, ça ! Tu feras toutes les répliques.

Elle me donne un claque sur le bras.

– Je ne rigole pas. L'autre jour, à la répète, on est restés assis à se tourner les pouces pendant une demi-heure, le temps que M. Coles enseigne un pas à Aidan Neal. Rafael ne m'a rien dit. Ah, si, un truc : « T'as des allergies ? » Puis il m'a donné une PowerBar au beurre de cacahuète.

– C'est ton parfum préféré. Non ?

– Si, mais ce n'est pas la question ! Ce mec, c'est une souris. Tu nous verrais ensemble ? Moi…

– Tu l'écraserais.

Maggie soupire sans me contredire.

Arrivées à la voiture, on monte toutes les deux à l'arrière sans réfléchir.

– Vous me prenez pour un Uber ? grommelle Max derrière le volant.

– Passe devant, me lance Maggie.

Elle a déjà étalé ses affaires sur la banquette comme en prévision d'un vol transatlantique.

Max s'engage dans la file pour gagner la sortie. Je glisse une jambe entre les sièges avant et tente de rejoindre ma place. *Bim !* J'assène un coup de genou à notre chauffeur.

– Pardon !

J'ai une fesse à la place du mort et j'essaie de dégager ma seconde jambe quand la file s'immobilise. Max écrase la pédale de frein pour ne pas percuter la voiture de devant. Je bascule et lui tombe dessus la tête la première.

– Pardon ! nous exclamons-nous d'une même voix.

Derrière nous, ça klaxonne ; Max sort le bras par la vitre pour faire un doigt d'honneur aux râleurs et je me jette sur mon siège avec la grâce d'un poulpe enfourchant un vélo de course.

Voilà, la ceinture est bien calée entre mes seins comme un forfait de ski à l'ancienne. Max n'a pas l'air gêné par le fait qu'il y a une seconde à peine, j'étais affalée sur ses genoux, mais moi, je suis dans tous mes états. Je croise les bras sur ma poitrine et me recroqueville contre mon dossier.

– C'est bon, t'es attachée ? me demande-t-il en me jetant un regard oblique. On peut y aller ?

– Oui. Merci.

Je pense que je serai encore cramoisie de honte en me couchant ce soir.

Chapitre 38

– Ma mère paierait cher pour savoir où vous avez acheté vos épices indiennes, l'autre soir. Elle aimerait ajouter l'adresse à son classeur de bienvenue.

– Son quoi ?

– Son classeur de bienvenue. Un gros classeur à levier où elle archive un tas de bons plans et de recommandations pour ses clients : déchetterie la plus proche, meilleurs orthodontistes de la région…

– Elle n'a qu'à demander à ma mère.

– Tu plaisantes ? Cela reviendrait à admettre que ta mère, qui est nouvelle ici, sait un truc qu'elle ignore ! Ça la décrédibiliserait.

– Alors, elle t'a chargée de faire la sale besogne ?

– Non. Elle écume les boutiques orientales et toutes les épiceries fines de la ville et des environs dans un rayon de vingt-cinq kilomètres. Elle ne sait pas que je t'en parle.

Jackson affiche un rictus malicieux.

– Un tel secret, ça se monnaie. T'es prête à mettre combien ?

– Si tu essaies de me faire chanter, sache que je possède très exactement deux dollars.

– Parfait ! Ça te coûtera soixante-quinze cents. Sur présentation de ta carte de lycéenne.

– Quoi donc ?

– Le ticket de bus. Je t'emmène au temple des épices secret après les cours. Si ça te dit.

Papillonne enfile illico l'uniforme des transports publics de Kennedy et fait le tour de mon système gastro-intestinal en minibus. Je lui rappelle qu'on est prises :

– J'ai volley.

– Tu ne peux pas sauter l'entraînement ? Il s'agit du classeur de ta mère, quand même ! Tu peux sécher si tu as une urgence familiale.

– Une urgence ?

– Ben ouais, le classeur !

– On a match.

– Aujourd'hui ?

– Ouais. Au lycée Saint Matt.

– Oh… OK.

Je me fais des films ou il a l'air déçu ?

– Klaus ! Klaus ! *Guuuuuuten Morgen !*

La rouquine hystéro déboule en mode pilote de Formule 1. La prof d'allemand attribue un prénom typique à chacun de ses élèves ; apparemment Jackson a écopé de « Kla-ousse ! Kla-ousse ! ». La rouquine s'est incrustée entre nous, le corps orienté vers Jackson selon un angle de quarante-cinq degrés, histoire de bien me faire comprendre que ce n'est pas à moi qu'elle s'adresse.

– On va bosser la vidéo en groupe au CDI après les cours. Je passe te chercher à ton casier, si tu veux ? On ira ensemble.

Elle lève vers Jackson ses grands yeux de princesse Disney et pose nonchalamment la main sur son bras, tel un cordon de sécurité jeté entre nous deux.

Est-ce qu'elle souffre d'un besoin maladif de tout régenter, y compris les déplacements de Jackson, ou est-ce qu'elle a peur qu'il se perde sans l'aide d'un guide dévoué, six semaines après son arrivée au lycée ? Mystère. Ce qui est sûr, c'est qu'elle maîtrise l'art du flirt. Sur moi, en tout cas, ça marcherait. Les manœuvres de la rouquine seraient fascinantes à observer si ce n'était pas Jackson qu'elle tentait de prendre dans ses filets.

C'est alors qu'il fait quelques pas de côté. Je ne rêve pas : il la contourne pour qu'elle ne fasse plus barrage entre nous.

– Greer, puisque tu as un match ce soir et que je dois bosser sur *mein Gruppenprojekt*, on se voit samedi ? Pour notre excursion ?

Ma mâchoire se décroche.

– Samedi matin ? insiste Jackson.

– Euh, oui ! j'articule. Samedi, pourquoi pas. Ça peut le faire.

La rouquine se rembrunit. Je crois qu'elle ne m'imaginait pas douée de parole. Moi-même, je reste un peu surprise.

– Super ! Bon match, alors, conclut Jackson avant de laisser la *Fräulein* envieuse l'entraîner à l'autre bout du couloir.

– Toi aussi, je réponds sans réfléchir. Enfin, je veux dire : merci ! *Danke.*

Ils sont déjà partis, ils ne m'entendent pas.

Je flotte sur un nuage jusqu'à ma place en me demandant dans quoi je m'embarque. Derrière moi, Kurtis et Omar comparent leurs devoirs.

– Greer ! T'as trouvé quoi au problème n° 14 ? me lance Kurtis.

– Hein ?

– T'as fait les exos ?

Kurtis et Omar me connaissent depuis dix ans. S'il y avait un club de matheux à Kennedy, nous en serions les trois membres. Je fais *toujours* les exos.

Je leur tends mon cahier tout en me demandant ce que Jackson me réserve. Peut-être qu'il m'accompagne par politesse dans une boutique indienne de je ne sais quelle banlieue paumée parce qu'il s'en voudrait si je me perdais ? Ou alors ma mère a balancé à la sienne que je n'avais pas de vie et il me sort par pitié ? Ou est-ce qu'il n'a pas encore beaucoup d'amis dans le coin et qu'il se rabat sur moi quand Max Cleave et les gars du base-ball sont occupés ? Ou a-t-il réellement envie de passer du temps avec moi ?

Non. C'est purement amical. Je suis son assistante de mutation junior ! Je ne suis pas menaçante. Je suis sympa, comme une frangine. Une frangine pas clepto.

N'empêche qu'une fois, il m'a apporté un muffin.

Derrière moi, Kurtis et Omar sont en plein débat. Ils n'ont pas répondu pareil au problème n° 14. Chaque fois que ça se produit, ils comparent avec moi pour voir qui est tombé sur le même résultat. Un petit « Hé, Greer ! », et la question est réglée.

L'ennui, c'est que, cette fois, on a trois réponses différentes. Pas de majorité absolue à laquelle se fier.

Je récupère mon cahier et refais la démonstration pour les garçons. Kurtis s'est planté d'entrée de jeu. Pour Omar, ça partait bien, mais il s'est trompé dans ses calculs, ce qui fausse toute la suite. (Omar écrit comme un cochon, du coup, la plupart de ses fautes sont liées au fait qu'il s'est relu de travers.) Ils me font confiance, tous les deux. Je suis un peu leur Jessa.

La prof nous débite le discours qu'elle nous sert chaque fois qu'elle s'apprête à nous rendre des copies. Elle sait qu'elle a affaire à un groupe d'intellos fragiles. Dans une classe où cent pour cent des élèves a vingt de moyenne en maths depuis le CP, quand on relève le niveau d'un coup et que ça fait chuter les notes à quatorze ou quinze voire moins pour soixante-dix pour cent d'entre eux, ça crée une vague de panique chez quatre-vingt-dix pour cent de la classe. Pour la centième fois du trimestre, la prof s'appesantit donc lourdement sur les barèmes et les rattrapages. En règle générale, plus son speech s'éternise, plus les notes sont mauvaises. Vu la tirade interminable dont elle nous gratifie aujourd'hui, il va y avoir des larmes.

Asher Moonpie et Anitha Das, pourtant abonnés aux vingt sur vingt, semblent sur le point de dégobiller. Moi, les remises de copies, ça ne m'angoisse pas. En maths, j'assure. Et je le sais.

Je n'angoisse que pour des trucs objectivement flippants, comme une course chez le marchand d'épices avec un camarade très poli et vraisemblablement pas psychopathe.

La distribution commence. Dans les rangs, certains élèves poussent des soupirs de soulagement ou étouffent de petits cris gênés. Anitha, qui avait les larmes aux yeux jusqu'au moment où elle a arraché sa copie des mains de Mme Tanner, se déride instantanément. Elle a assuré, comme toujours, et, comme toujours, elle tombe des nues. Asher a l'air vaguement malade. Il décortique le verso de sa copie en se grattant vigoureusement le crâne. Il a dû faire une faute. Kurtis et Omar s'échangent leurs devoirs, ce qui signifie qu'ils ont eu une bonne note. Je n'ai pas entendu le gémissement caractéristique que pousse Kurtis quand il se rétame, et lorsque c'est Omar qui se plante, Kurtis se plie en quatre pour lui remonter le moral.

J'ai vingt-deux sur vingt. Il ne s'agit pas d'une erreur, j'ai simplement répondu correctement aux questions bonus. Mme Tanner nous accorde à tous une minute pour calmer notre joie ou nous remettre de nos émotions, puis on passe à la correction.

On s'immerge dans la série de problèmes, ce qui me laisse le restant du cours pour spéculer sur mon énigmatique rencard épicé. Jusqu'à ce que…

– Hé, Greer ! m'interpelle Kyle Tuck à l'instant où la sonnerie retentit. Tu peux m'aider à résoudre cette équation ?

Attroupés derrière lui, ses copains débiles ricanent en renâclant comme des gorets. Kyle me tend une demi-page de cahier arrachée.

[arctg (1) x 1,290]-2(4!)

Je laisse mes cheveux retomber en voile sur mon visage afin de dissimuler mes joues cramoisies. Je devine où il veut en venir. Plus qu'à eux, c'est à moi que j'en veux. Je m'étais promis de rester de marbre face à leurs gamineries, mais chaque fois, c'est pareil : je flanche. En une seconde chrono, je passe du statut de première de la classe aux nerfs d'acier à celui d'ado timorée à gros lolos.

Je pose mon sac à dos pour corriger son gribouillis.

– Attends, euh, tu ne préfères pas utiliser ta calculatrice ? me suggère Kyle, déçu, parce que, si je résous l'équation à la main, sa blague va tomber à plat.

Enfin, non, pas à plat.

Rien n'est plat, chez moi.

Sauf que sa blague ne marchera pas non plus si je me sers de ma calculette. Il s'est trompé. Le résultat, c'est 58 002, soit ZOOBS.

Je remplace 2(4!) par 7(4!) et lui rends l'équation corrigée. Comme ça, il obtiendra le résultat souhaité. Je ne peux pas faire comprendre à ces tocards à quel point ils me blessent, mais je peux leur prouver que je suis plus maligne qu'eux.

– Je crois que c'est ça que tu voulais écrire. Et il faut convertir tes radians en degrés.

En quittant la salle, j'ajoute :

– Sérieux, Kyle, c'est à se demander comment t'as intégré ce cours.

Je ne m'attarde pas pour le regarder taper l'équation rectifiée et voir enfin apparaître les 80085 tant convoités.

Chapitre 39

– Prends option chorale. C'est facile.

Kate Wood, à genoux, se contorsionne pour papoter avec Jessa et moi depuis le siège devant nous.

– Je chante faux, réplique notre capitaine.

– Pas grave ! Pour la note, c'est la participation qui compte.

Jessa se demande quelle option choisir l'an prochain pour valider l'UE enseignements artistiques. Elle a le choix entre tous les arts du spectacle et tous les arts plastiques ainsi que (pour une raison qui m'échappe) la robotique. L'an dernier, j'ai pris poterie. Cette année, Maggie voudrait qu'on s'inscrive ensemble en sérigraphie au second semestre. J'hésite à lui faire une contre-proposition : débuter la couture avec Mme K-B. L'ennui, c'est qu'officiellement, la discipline s'appelle « mode et design textile » et que Maggie juge que « l'industrie de la mode se fait du blé en entretenant les complexes des femmes ». Elle a sans doute raison, mais ce serait cool d'apprendre à me coudre des T-shirts à ma taille. Je pourrais peut-être même faire un pantalon assez long pour les pattes de sauterelle de Quin.

– Tu crois qu'il faut savoir dessiner pour faire option arts plastiques ?

– Non, mais sérieux, Jess, la chorale, c'est les vacances ! Tu te pointes, tu chantes, c'est tout. Tu vas kiffer.

Tout en parlant, Kate se fait une tresse, appuyée sur un coude pour amortir les chocs. Le car bringuebale le long de la route cabossée ; la moindre ornière semble un fossé. Je ressens toutes les vibrations dans mes seins. J'ai deux espèces de contusions à la place des tétons.

D'après l'appli que j'utilise, je vais avoir mes règles demain, ce qui explique que Marthe et Maïté tirent la tronche. Ce matin, j'ai dû porter mon sac à dos à la main parce qu'elles n'en supportaient pas les bretelles. Je regarde ma montre : trois heures et trente-neuf minutes se sont écoulées depuis ma dernière dose d'ibuprofène. J'arrondis à quatre. Il faut que les médicaments fassent effet avant qu'on arrive à Saint Matt, parce que la coach va lancer l'échauffement à la seconde précise où on pénétrera dans le gymnase. Je repêche mon flacon d'Advil au fond de mon sac et je prends deux comprimés puis, après une hésitation, j'en rajoute un troisième. Des lésions au foie ne peuvent pas faire plus mal que mon syndrome prémenstruel.

– Qu'est-ce qui ne va pas ? me demande Jessa.

« Ce qui ne va pas ? Je me trimballe six kilos de glandes mammaires brûlantes et boursouflées sur un squelette bâti pour porter environ quatre boules de coton et mes machins bloblotent depuis une heure à cause de cette fichue chaussée digne d'une route forestière d'Amazonie profonde, le tout en assimilant de violentes décharges d'œstrogène pur. En résumé : aïe. »

– C'est ton épaule ? hasarde Jessa.

– Ouais, je réponds en me frottant la droite.

Ce n'est pas un mensonge. Accessoirement, j'ai les épaules en feu. Hier, on a travaillé nos tirs et nos services pendant tout l'entraînement et l'équipe entière a des courbatures. Je pourrais avouer ce qu'il en est à Jessa mais, en présence de Kate, je ne préfère pas. De toute manière, elles ne peuvent rien pour moi, alors à quoi bon attirer l'attention ?

– Assieds-toi devant moi, m'ordonne Jessa en me poussant dans l'allée.

Je me glisse à côté de Kate. Jess se penche, bras tendus, par-dessus mon dossier, enfonce ses pouces dans ma chair et masse mes muscles noués de la base de ma nuque jusqu'au coin de mes aisselles. Au début, je me raidis encore plus, je n'ai pas l'habitude qu'on me touche. Même les claques dans les mains et les accolades qu'on échange pendant les matchs, il m'a fallu un peu de temps pour m'y faire. Mais Jessa localise mes pires contractures, celles dont je n'avais même pas conscience, les malaxe et les fait rouler. J'en ai le souffle coupé.

– Faudrait qu'on la strappe, déclare Kate, qui arbore désormais deux nattes parfaitement asymétriques.

Elle doit avoir au moins trois couleurs différentes de bandes adhésives dans son sac. Les sœurs Wood sont les reines du strapping. Si on laissait faire Kate, elle nous affublerait toutes de genoux de momie et de mains-toiles d'araignée. Personnellement, je ne lui ai encore jamais permis de m'approcher avec ses rouleaux mais, aujourd'hui, je vais peut-être lui confier mon dos. Si ça me soulage, la prochaine fois, je lui demanderai de me faire les nichons.

– À mon tour ! Pas de favoritisme, capitaine ! proteste Sylvie Suprenant.

– J'arrive, Sup. Une minute.

Je remercie Jess et l'envoie masser Sylvie, qui sort un bras de son pull pour lui faciliter la tâche. S'il ne faisait pas si froid dans ce car pourri, je parie qu'elle se foutrait en soutif.

J'ai encore plus mal aux épaules qu'avant l'intervention de Jess, mais ce n'est plus la même douleur. Elle pulse. Elle vit. On dirait qu'une partie de mon corps s'est réveillée. Au moins, je ne pense plus à mes seins.

– Ça t'a fait du bien ?

– Grave.

Je le pense sincèrement. Je ne sais pas pourquoi ni comment, mais je me sens mieux.

Chapitre 40

Quand le bus arrive à notre arrêt, Jackson se tient prêt, une poignée de pièces à la main. Il n'y a que quelques passagers à bord et je choisis un siège vers le milieu du véhicule. Jackson s'installe en face de moi. C'est facile de discuter quelques minutes par jour dans un couloir bondé ou même chez lui, avec nos familles pas loin pouvant surgir à chaque instant. Mais, dans les transports publics, où on se trouve seuls par un acte sciemment consenti, ça se révèle plus compliqué.

Le silence maussade de nos compagnons de voyage n'aide pas. Si seulement on était entourés de volleyeuses volubiles ! On causerait nattes, strapping, bourses sportives…

– T'as fait un truc sympa, hier soir ? me demande enfin Jackson.

– Bof. J'ai regardé quelques vidéos puis je me suis endormie en lisant des articles sur mon portable.

C'est une version censurée de ma soirée, mais je ne tiens pas à entrer dans les détails. Pour de vrai, après le match, j'ai pris une douche interminable, je me suis rasé les jambes, j'ai essayé quelques hauts puisés dans le bac à rebuts au cas où mes seins auraient miraculeusement fondu sous l'eau chaude (raté), j'ai enfilé mon pyjama, je me suis souvenue que maman a un foulard sympa qui pouvait rendre l'un des hauts présentables (encore raté), j'ai dîné, regardé des émissions de cuisine sur Food Network avec papa, je suis montée dans ma chambre, j'ai visionné une vidéo sur la chirurgie mammaire, puis quelques sketchs d'Amy Schumer pour chasser les images de l'opération et j'ai fini par m'endormir en lisant un article sur Maryam Mirzakhani.

– Et toi ?

Une femme remonte l'allée en maniant une poussette d'une main tout en tirant de l'autre un enfant de quelques années. Jackson se lève, leur cède sa place. Et s'assied à côté de moi.

– Merci, lui dit la maman fatiguée en me gratifiant d'un sourire, comme si le civisme de Jackson était tout à mon honneur.

Le bus redémarre. Il y a un peu plus de brouhaha. Le gamin regarde une vidéo sur le portable de sa mère, alors je dois me pencher pour entendre la réponse de Jackson. Il sent bon l'orange.

– J'ai emmené Quin à la patinoire.

– Laquelle ? Ice Castle ?

– Celle du classeur de ta mère.

– C'était bien ?

Je trouve ça attendrissant mais un peu étrange qu'il ait accepté. Il devait s'ennuyer encore plus que moi.

– Pas vraiment.

Il met quelques instants à reprendre la parole. Le bus poursuit sa route cahin-caha.

– En fait, c'était un fiasco.

– Qu'est-ce qu'il s'est passé ?

Je m'attends à une anecdote marrante. Peut-être que Quin a attaqué le mec de la surfaceuse. Peut-être que la patinoire était réservée par l'équipe de Disney on Ice pour cause de répétition générale. Peut-être que Jackson a tenté de réaliser un triple lutz mais a un peu raté le piqué.

– On est tombés sur une gamine qui fêtait son anniversaire. Une camarade de Quin. Apparemment, ma sœur savait que des filles de sa classe avaient rendez-vous à la patinoire hier soir. C'est pour ça qu'elle tenait à y aller. Mais elle ignorait qu'il s'agissait d'un anniversaire. Quand elle les a vues, toutes réunies, elle s'est enfuie.

Zut. L'histoire n'a rien de marrant. Elle me fend le cœur. Pauvre gamine. C'est déjà dur de ne pas avoir de copains. Mais voir les autres s'éclater ensemble, c'est encore pire.

– Je lui ai dit d'arrêter de faire sa timide et d'aller leur dire bonjour, m'explique Jackson. Elles mangeaient du gâteau. Je suis sûr qu'elles lui en auraient donné une part.

Je le fixe, incrédule.

– T'es sérieux ?

– Ben quoi ? Qu'est-ce qu'elle risquait ?

– Les autres auraient pu la rejeter. Se moquer d'elle. L'enfoncer, quoi !

Jackson campe sur ses positions :

– Elle se plaint de ne pas avoir d'amies, mais si personne ne fait le premier pas…

Je secoue la tête, atterrée.

– Tu ne te rends pas compte. Quin, elle n'est pas comme toi. La plupart des gens ne sont pas comme toi. C'est dur pour elle de déménager sans arrêt, tu sais !

Il cligne des yeux et plisse le front, perplexe.

– Qui a dit que c'était facile ?

Il me fixe intensément, mais seulement l'espace d'une seconde parce que, dans une embardée, le bus s'immobilise.

– *Scheisse !* On descend ici.

Chapitre 41

– *Schnucks* ? Comme un vieux schnock ? C'est quoi, ce truc ?

– C'est toi, le vieux schnock ! Pour ta gouverne, *Schnucks* est une chaîne de supermarchés.

Je vois ça. Le bus s'éloigne dans un nuage de gaz d'échappement et les passagers investissent la gigantesque aire de stationnement. Des 4 x 4 colossaux, des minivans et des voiturettes électriques quadrillent le parking en un flux continu et frôlent la collision toutes les deux secondes environ. On dirait des poissons, et pas de ceux qui nagent en banc. Les gens entrent dans le *Schnucks* les mains vides et en ressortent les bras chargés de sacs imprimés, ô surprise, du mot « SNCHUCKS », en rouge et en italique (la typo conviendrait davantage aux patins de hockey de Tyler qu'à un hypermarché de banlieue).

Je tends l'index.

– T'as vu ? On dirait que c'était un *Family Food Mart*, avant.

On discerne encore le logo FFM sur la brique de l'édifice.

– Peut-être bien, mais maintenant c'est un *Schnucks*.

– Et c'est mieux ?

– J'en doute. Toutes les grandes surfaces se valent, non ?

– Attends. T'es en train de me dire qu'il n'y a pas de marchand d'épices exotiques ?

– Il y en a un dans le classeur de ta mère ? Non ? Alors, c'est que ça n'existe pas.

– Qu'est-ce qu'il a de plus que les autres, alors, ce magasin ?

– Un immense rayon de produits mexicains.

– Mais c'étaient des épices indiennes qu'il vous fallait.

– Ouais, mais on n'en trouve pas par ici. Mon père a utilisé de la pâte de tamarin à la place. On en trouve dans la gastronomie mexicaine.

J'en reste sans voix. Moi qui pensais que nous allions visiter une petite échoppe pittoresque truffée de grandes jarres d'ingrédients rares aux parfums envoûtants, de cagettes pleines à craquer d'intrigants fruits séchés, avec en prime un vieux vendeur buriné qui nous aurait offert des loukoums à la caisse ! Jackson m'aurait fait croquer dans le sien, une influenceuse nous aurait tiré le portrait et son cliché lui aurait valu des milliers de *likes* sur son Instagram. Mais, pour une raison obscure, il m'a emmenée dans un hypermarché, ce qui n'a rien d'adorable ni d'instagrammable.

– C'était bon quand même, non ? Tu as senti le goût du tamarin ? Tu as flairé quelque chose de louche ?

Jackson fait mine de se décomposer.

– Tyler nous a grillés, c'est ça ?

Il baisse les yeux, en mode chien penaud que son maître vient de surprendre la truffe dans le pot de pâte de tamarin.

J'ai envie de lui donner un coup de poing. Tendrement. Sans serrer le poing. Bon, j'avoue, j'ai juste envie de le toucher.

– Tu sais qu'il y a au moins dix supermarchés plus près de chez toi que celui-ci ? Et des magasins mexicains ? Je suis sûre que ma mère les a répertoriés dans le classeur…

Jackson hausse les épaules.

– Ma mère, elle vient de Saint-Louis. Les *Schnucks*, là-bas, c'est une sorte de monument national. Elle était toute contente d'en trouver un ici. Tu sais comment s'appellent les coupons de réduction, chez *Schnucks* ? Des Schnupons.

– Mais non ! Ils ont osé ?

On admire le Schnupermarché et je commence à me demander si notre petite virée n'est pas une grosse farce. Si oui... ma foi, je suis quand même contente que Jackson ait choisi de consacrer son samedi matin à se payer ma tête. C'est mieux que rien !

N'empêche, c'est bizarre. J'avais espéré que Jackson aurait prévu quelque chose de plus... Je ne sais pas.

– On y va ? je finis par lui demander.

– Où ? Chez *Schnucks* ?

– Ben, oui. Ce n'est pas pour ça qu'on est venus ?

– Ah, non ! Désolé. Enfin, sauf si t'as une course à faire. Moi, c'est là que je voulais t'emmener.

Il me prend par les épaules et me fait pivoter sur mes talons. De l'autre côté de la route, je découvre un petit café aux grandes baies vitrées et à la façade ornée d'une reproduction peinte à la main du système solaire.

Copernicus Café. Des boissons chaudes *et* une référence à un grand astronome.

– J'ai pensé que ça te plairait.

Il me prend la main (!) et me fait traverser la rue.

– Tu vas voir, ils font un délicieux roulé au caramel. Tu viens ?

Schnucks alors...

Chapitre 42

Nous sommes assis face à face, les jambes tendues chacun sur sa banquette comme sur deux canapés jumeaux, une table entre nous. On se fait passer un roulé au caramel qu'on picore chacun à son tour. Jackson boit un chai, moi un chocolat chaud. Les mugs sont énormes, de vrais bols à soupe, et estampillés du logo du café : une petite tasse fumante avec plein d'icônes en orbite (voiture, chien, attaché-case). La serveuse au comptoir a le même logo sur son T-shirt, ainsi que le slogan « Cafécentriste assumé.e ! ».

Le thé de Jackson dégage des senteurs épicées qui m'évoquent Noël. Il me parle de Max Cleave et de son obsession pour le base-ball. Apparemment, Max ne connaît pas le mode « off », même hors saison. Or, comme il est capitaine, ça vaut pour tous ses coéquipiers.

Je le sais déjà en partie par Maggie, mais c'est drôle d'entendre la version de Jackson. Les autres joueurs l'ont pour ainsi dire adopté. Il les retrouve régulièrement sur le terrain pour s'entraîner, mais je n'ai pas l'impression qu'ils se voient en dehors. Quant à Jackson, à mon avis, il endosse ce rôle parce que, ici, il y avait une place à prendre dans l'équipe de base-ball. Ailleurs, peut-être qu'il ferait du hockey. Voire des joutes oratoires.

Max Cleave, rien à voir. Il vivrait sa passion même si on le larguait au beau milieu d'un océan ou d'un coin du monde où personne ne joue au base-ball. Il a bâti toute son identité autour d'un seul truc. (Moi aussi, en un sens, mais c'était pour éviter qu'on me résume à mes deux entités.)

– Il s'imagine qu'il va se faire repérer par l'entraîneur des Yankees, ou quoi ?

– Je rêve. T'as pas dit ça.

– Quoi ?

– Les Yankees.

– T'aimes pas les Yankees ?

– Mon père est de Boston.

Je fixe Jackson sans comprendre.

– Les Boston Red Sox sont les ennemis jurés des Yankees, m'explique-t-il.

– Mon père a grandi à New York et je ne crois pas qu'il déteste les Red Sox...

– Il devrait. C'est la loi !

– Ah... Je l'en informerai. Il y a d'autres équipes qu'il est censé détester ?

– Ben, idéalement, il faudrait qu'il renie les Yankees...

– Je vais faire de mon mieux, mais mon père est plutôt sympa. Quelle équipe on peut soutenir, alors ?

– Les Chicago Cubs !

Il me dit ça comme si c'était l'évidence même.

– Tu es arrivé dans la région il y a dix secondes et demie et t'es déjà fan des Cubs ?

Jackson hausse les épaules.

– Max ambitionne de jouer pour eux ? je demande. Ou pour une autre équipe officiellement non détestable ? Tu crois qu'il espère passer pro ?

– Non. Max est bon, mais pas à ce point. En revanche, il va lui falloir un boulot dans lequel il pourra se dépenser.

– Comme prof d'EPS ?

– Ou coach sportif.

– Ou pompier.

– Ou officier de marine.

– Sinon, il pourra toujours devenir mannequin.

Jackson hausse les sourcils et je regrette aussitôt ce que je viens de dire. Max est beau gosse ; je ne faisais qu'énoncer un fait. Une vérité universellement reconnue. Je ne serais pas surprise que la moitié de nos profs aient son portrait dans leur casier. Mais maintenant, Jackson va s'imaginer que j'en pince pour le grand frère de Maggie !

– Quoi ? C'est vrai, dis-je. Tout le monde craque pour Max.

Jackson hoche la tête.

– Je vois.

– Non, mais pas moi ! C'est le frère de Maggie, quand même.

– Bien sûr.

Il n'en croit pas un mot.

– Écoute, je le connais depuis le CM1, quand ses parents ont décidé de les sortir du privé, sa sœur et lui. Max nous lançait des pommes de pin et, Maggie et moi, on se défendait à coups de Barbie. Il est comme un frère pour moi.

Ce n'est pas tout à fait vrai. Si je basculais sur Tyler en voiture, un soir après le volley, je n'en ferais pas une attaque. Je m'efforcerais de lui péter dessus.

– Je comprends, dit Jackson. Le fantasme du grand frère. Classique.

Je lève les yeux au ciel et je picore les noix de pécan qui sont tombées de notre roulé.

– Bon, puisque Max Cleave n'est pas ton genre, dis-moi, il y a quelqu'un d'autre qui te plaît ? me demande Jackson.

Il me regarde droit dans les yeux, sans ciller. Peut-être sans respirer. C'est à ça qu'il ressemble quand il est nerveux ? (Jackson Oates est-il seulement perméable à la nervosité ?)

Dame Papillonne frise la syncope. « Maintenant ! me lance-t-elle. Dis quelque chose ! *Carpe* le putain de *diem* ! »

Voici la réplique qu'elle attend de moi :

« Oui, Jackson, bien sûr : toi. Toi et personne d'autre. Le matin, il me tarde d'arriver au lycée pour voir si tu m'attends devant ma salle de maths. Je te cherche des yeux tous les midis à la cantine juste pour m'assurer que tu ne t'es pas volatilisé. Quand tu m'as pris la main, tout à l'heure, j'en ai eu des fourmis jusque dans les doigts de pied. Je sais que si je t'embrassais, là, tout de suite, tu aurais un goût de chai et de caramel.

« Mais je sais aussi que si je t'embrassais, là, tout de suite, le jour viendrait bientôt où tu me prendrais par les hanches. Tu caresserais mes cheveux, tu glisserais ta main sous mon pull et tu découvrirais les quatre grosses agrafes qui ferment mon soutif. Tu resterais poli comme tu sais si bien l'être puis tu ferais une blague à propos d'une forteresse et je rirais, mais Marthe et Maïté (car je les ai baptisées, eh oui) seraient déjà en nage et je mourrais plutôt que de te laisser les approcher. Je serais mortifiée et tu aurais beau me soutenir le contraire, tu aurais honte, toi aussi. Et après ça, on ne pourrait plus blaguer tranquillement dans le couloir, tous les deux, ou parler de Quinlan, de collection de trophées ou de poètes torturés, parce que la gêne serait désormais là, entre nous, et je tiens trop aux six précieuses minutes qu'on partage tous les matins pour risquer de les compromettre. »

– En ce moment, j'essaie de me concentrer sur le lycée, dis-je.

– Ah… Je comprends.

Jackson pique du nez dans son chai.

Je sais, ou du moins je devine, et ce, bien malgré moi, que j'ai fait fausse route. Face à l'embranchement, je me suis trompée. Seulement, j'ignore où l'autre voie m'aurait menée et j'ai eu peur de ne plus réussir à faire demi-tour.

Papillonne est consternée. Tellement qu'elle n'arrive plus à me regarder.

Jackson non plus, apparemment.

Je finis par rompre le silence :

– Il faut que je t'avoue un truc. Tu sais ce que j'ai fait hier soir, pour de vrai ?

Je marque une pause. Juste de quoi titiller un peu sa curiosité avant de me jeter sous les roues du bus.

– J'ai regardé des émissions de cuisine pendant trois heures avec mon père.

Il se redresse, ébahi.

– Vraiment ?

– Eric Walsh adore les émissions culinaires. La pâtisserie, il déteste… sauf à la télé.

– Je ne m'en serais jamais douté.

– Il ne le crie pas sur les toits ! Mais, en cette saison, il est comme un dingue. Il y a une compétition de petits gâteaux de Noël, une émission spéciale maison en pain d'épices…

– Je croyais que ton père était juif ?

– Pas quand il est question de concours de pâtisserie.

On s'éloigne doucement du bord du gouffre et on retrouve la sécurité d'une conversation fluide, du genre qu'on peut avoir entre potes et pas avec un *crush*. Car c'est ce que nous sommes : des potes. Et on va le rester. Je viens de m'en assurer.

On parle de l'âge qu'on avait quand on a lu *Harry Potter* pour la première fois, des règles que nous imposent nos parents par rapport aux téléphones portables, d'un échantillon des milliers d'endroits où Jackson a vécu et de leurs particularités (dans le Tennessee, un État du Sud, un de ses profs appelait la guerre de Sécession « l'agression des infâmes nordistes »).

Il me confie que Quin s'est calmée mais qu'il la trouve presque trop tranquille. Elle boude dans son coin. Je m'apprête à suggérer qu'elle fomente peut-être un attentat terroriste, mais je me ravise juste à temps. Heureusement, parce que Jackson me demande de but en blanc :

– Tu crois qu'on peut faire une dépression en CE2 ?

Je me rends compte qu'il s'inquiète réellement pour elle. Et pour info, oui, je crois qu'on peut faire une dépression en CE2.

J'ignore si j'ai raté le coche, ou si je me faisais des films et qu'il n'y a jamais eu de coche à louper mais, quand bien même notre relation en resterait là où elle est, ça me suffit. En tout cas, j'ai bon espoir d'arriver à m'en persuader.

Chapitre 43

Maggie n'est pas venue en cours ce matin. Il s'est passé un truc à la répète hier soir. Je l'ai su par Amara et Keely, deux de ses cofiancées dans *Barberousse.*

Apparemment, tout se passait bien (dans la mesure du possible, sachant que cinq frères sur sept ne savent pas danser et que quatre chantent faux). Tout le monde était en costume pour la première fois et ça gommait les petits défauts.

Bref, tout roulait… jusqu'à ce que les fiancées entrent en scène. Elles sont apparues en file indienne, tout de vichy vêtues, des tresses signées Lizzie sur la tête. Même Keely, qui a trois poils sur le caillou, avait réussi à se bidouiller deux petites nattes africaines en vidant sur son cuir chevelu toute une bombe de laque. Quant à Lizzie, ses boucles avaient miraculeusement poussé de vingt centimètres pendant la nuit et s'étaient éclaircies de trois teintes grâce à quelques centaines de dollars d'extensions capillaires (selon les deux filles). C'est alors que Maggie a débarqué côté cour, une queue-de-cheval insolemment perchée au sommet de son crâne tel un panache d'eau jaillissant de l'évent d'une baleine.

– Coupez ! a rugi Lizzie. COUPEEEEEEEZ !

Les chanteurs se sont tus, perplexes, et l'orchestre a joué quelques mesures de plus avant de s'en rendre compte.

Quelques garçons ont trouvé ça marrant mais, dans l'ensemble, la troupe était furax. Tout le monde était fatigué et avait envie d'avancer.

M. Coles a convoqué Maggie et Lizzie à une réunion de crise avec ses assistants. Maggie est partie en tapant des pieds et est revenue quelques minutes plus tard au milieu d'une scène coiffée de deux tresses approximatives. Elle s'est éclipsée sitôt la répète achevée sans adresser un mot à qui que ce soit.

Ce soir, c'est la première et Maggie manque à l'appel. Amara, Keely et les autres sont en stress.

– Qu'est-ce qu'on va faire si elle ne revient pas ? se désole Amara. Ça va être la cata si Lizzie récupère toutes ses répliques !

Si elle est inquiète (et je la comprends), Keely, pour sa part, ne décolère pas.

– C'est vrai que Lizzie est pénible mais cette fois, Maggie s'est surpassée !

Je rigole. Si elle croit ça, c'est qu'elle ne la connaît pas. Un Noël, les parents de Maggie ayant eu le toupet d'acheter un pin sylvestre au lieu d'un Douglas vert, elle a retiré les décorations du sapin tous les soirs en guise de représailles. Et elle n'avait que six ans ! Troquer les tresses réglementaires contre un palmier, ce n'est rien par rapport à ce qu'elle est capable de faire.

Je lui envoie un SMS et elle me répond aussitôt :

J'arrivz
Pups
*J'arrive
*Oups

– Elle est en chemin, dis-je à Keely et Amara. Son réveil n'a pas dû sonner.

Le déjeuner est presque terminé quand elle fait enfin son apparition. Elle fend la mer d'élèves à grandes enjambées, des livres plein les bras et un sourire effronté aux lèvres. Elle porte, comme demandé, des tresses.

Deux belles tresses vert fluo.

Chapitre 44

Toutes les couleurs de l'arc-en-ciel ont défilé sur les têtes des élèves du lycée de Kennedy, parfois même en dégradé sur une seule chevelure ; ce n'est donc pas la nuance choisie par Maggie qui fait tourner les têtes. Ce sont les cris d'effroi des membres de la troupe qui ameutent tout le réfectoire.

– Elle va vraiment jouer comme ça ?

Jackson vient de surgir derrière moi. Je suis trop fascinée par la vue de mon amie qui fend la foule (que j'estime admirative à cinquante pour cent et hostile à cinquante pour cent) pour songer qu'il se tient tellement proche de moi qu'en m'inclinant vers l'arrière ne serait-ce que de cinq degrés, je sentirais ses pectoraux.

(Bon, en fait, je suis parfaitement capable de m'en rendre compte tout en fixant Maggie.)

– Je crois bien que oui. Ce n'est pas le genre de coloration qui s'estompe en quelques shampooings. Pour obtenir un vert aussi pétant sur ses cheveux foncés, elle a dû commencer par les décolorer.

Jackson lâche un sifflement.

– Elle est drôlement investie !

– Maggie ? Toujours.

Je n'ai pas l'occasion de l'aborder pour lui dire ce que j'en pense (à savoir : « Tu cherches la merde et tu le sais très bien »), parce que la sonnerie retentit. Les élèves se dispersent.

– À plus ! dis-je, mais Jackson me retient.

– Tu vas voir la pièce, ce soir ?

– Oui, bien sûr.

– T'y vas avec quelqu'un ?

Officiellement, la réponse est : oui, ma mère, Tyler et le fauteuil vide qu'occuperait mon père s'il n'avait pas été appelé à San Francisco à la dernière minute pour le boulot.

– Euh, j'y vais avec ma famille, mais on a une place en rab. Tu veux venir ? Enfin, si t'y vas pas déjà avec des potes ou je ne sais qui. C'est probablement le cas.

J'ai déjà vu Jackson sourire. Cent fois en vrai et mille fois dans mes rêves. Mais là, son sourire me paraît sincère et spontané comme jamais auparavant. Et, accessoirement, magnifique. Jackson devait avoir un orthodontiste de génie, à Cleveland. Du genre qui mériterait sa propre page dans le classeur de ma mère.

– Avec plaisir, me répond-il.

Papillonne rayonne et m'applaudit mais je lui ordonne de calmer sa joie. Elle tire des plans sur la comète. Je lui rappelle qu'il s'agit de la pièce du lycée et d'un billet en rab, pas d'un rencard. Mais dame Papillonne ne s'arrête pas à ce genre de détail.

Chapitre 45

En général, quand Maggie défend une cause, je suis d'accord avec elle sur le fond, mais je trouve parfois qu'elle monte au créneau pour pas grand-chose. Maggie, elle, est de tous les combats. Ce n'est pas que je redoute le conflit (je me dispute sans arrêt avec Tyler), seulement, dans la mesure du possible, j'essaie d'éviter de me retrouver dans des situations embarrassantes. Socialement, physiquement et mentalement. Marthe, Maïté et moi, on fuit les feux des projecteurs.

Alors, les gens ont beau me harceler de questions aujourd'hui (« Et maintenant, il se passe quoi ? », « Pourquoi ta copine cherche toujours les embrouilles ? »), je m'efforce de rester en dehors de tout ça. Sans doute qu'en se pointant le matin de la première avec une tignasse vert pomme dans le seul but d'emmerder le premier rôle, Maggie pousse le bouchon un peu loin, mais c'est ma Maggie et je l'aime, un point, c'est tout ! N'empêche, je refuse d'être mêlée à l'affaire.

Après les cours, je me dirige vers le gymnase quand je vois Lizzie et ses parents pénétrer dans l'établissement d'un pas martial. Pat Moss, la proviseure, les accueille avec une mine solidaire et indignée. Tous les quatre s'éloignent tels des justiciers de série télé s'apprêtant à faire mordre la poussière aux méchants.

Maggie est coriace, mais ses adversaires sont trop nombreux. Je cherche le numéro de sa mère dans mon répertoire.

– Allô, madame Cleave ? C'est Greer.

– Salut, Greer. Tout va bien ?

– Bof. Vous êtes au courant, pour les cheveux de Maggie ?

– Et comment ! Cette teinture, ça a été la croix et la bannière...

– Je crois qu'elle va lui valoir des ennuis.

– Ça, je m'en doute. J'imagine que c'était le but de Maggie, non ?

– Il paraît qu'elle risque de se faire virer de la troupe...

– Je ne m'en fais pas. Elle est tout à fait capable de tenir tête à M. Coles.

– À Coles, oui. Mais à la proviseure et aux Barnes ?

– Quoi ? Les Barnes sont au lycée ?

– Ouais. Et ils n'ont pas l'air contents.

– Ces gens sont odieux, grogne la mère de Maggie, mi-fâchée mi-exaltée.

Je croirais entendre mon amie. Mme Cleave dirige une association de protection des lacs et rivières. Pour faire ce genre de boulot, il faut aimer se battre. Elle crie un truc à ses collègues et reprend son portable.

– J'arrive. Merci, Greer.

Elle raccroche et Jessa me dépasse au pas de course.

– Magne-toi, Walsh ! La séance commence dans quatre minutes.

Je reste plantée comme un piquet. Je sais que je vais être en retard au volley, mais je n'ai pas envie d'abandonner Maggie aux griffes de la lie de l'asso des parents d'élèves.

Jessa pile net.

– Walsh ? Tu viens ?

– Ouais, mais... Maggie a des soucis.

– À cause de ses cheveux ?

– T'es au courant ?

– Tout le monde est au courant !

– Je crois qu'ils vont la virer de la troupe.

Je m'attends à ce que Jessa me rétorque que ce n'est pas mon problème, qu'il ne s'agit que d'une comédie musicale amateur, pas d'un truc important comme, au hasard, le volley, et que j'ai intérêt à me grouiller. Mais je me trompe.

– Hein ? Ils n'ont pas le droit de faire ça ! Elle s'est entraînée tous les soirs avec les autres !

(Je ne signale pas à Jessa que, dans le milieu du théâtre, on dit « répéter » et pas « s'entraîner ». Car sur le fond, elle a raison.)

– Lizzie Barnes vient de rappliquer avec ses parents.

Elle fait la grimace.

– Je les connais. On fréquente la même église. Ils sont infects.

Voilà qui ne me rassure guère.

– Suprenant ! SUUUUUP ! braille Jessa dans le hall.

Sylvie nous rejoint au petit trot.

– Dis à la coach qu'on sera en retard à l'entraînement, Walsh et moi. On a une urgence.

Sylvie détale sans poser de questions et Jessa pivote vers moi.

– Alors ? On y va ? me lance-t-elle comme si elle m'attendait depuis l'aube.

– Où ça ?

– À ton avis ? Voir Maggie, bien sûr !

Déjà, elle fonce vers l'auditorium, où la troupe procède à la générale.

– C'est ta meilleure amie, non ? On ne peut pas la laisser en pâture aux Barnes.

Je sais que c'est cucul, mais ça me fait chaud au cœur. Comme si on était liées, Jessa et moi et Maggie et peut-être même Nasrah,

Amara et Sylvie Suprenant… et d'autres aussi, qui sait ? L'idée me plaît. Comme si on faisait toutes partie d'une vaste équipe (sans composition officielle).

Je me redresse imperceptiblement et m'élance sur les talons de Jessa. Marthe et Maïté nous accompagnent en tressautant d'impatience. Elles ont foiré les qualifs mais elles veulent faire partie de la grande équipe, elles aussi.

Chapitre 46

L'été dernier, par une journée torride, maman a proposé de nous déposer à l'Art Institute, Maggie et moi, pour qu'on visite une expo sur les bidonvilles de Lagos pendant son rendez-vous avec une entreprise partenaire. Maggie a râlé parce que l'artiste était encensé alors que les pauvres modèles n'avaient reçu en contrepartie que des appareils photo numériques obsolètes impossibles à recharger. En d'autres circonstances, on aurait boycotté l'expo, mais ça faisait des semaines qu'on s'ennuyait ferme et c'était l'occasion de faire un saut à Chicago.

Manque de chance, le rendez-vous de ma mère a été annulé et, bizarrement, elle n'a pas jugé utile de faire la route jusqu'à Chicago juste pour nous permettre de dédaigner une expo.

Bref, on est là, suantes, frustrées et désœuvrées, à suçoter des Esquimau sur les marches du perron en épluchant distraitement le classeur de bons plans de maman.

– Comment ta mère peut-elle recommander *Cold Stone* ?

– Euh, parce que les glaces y sont délicieuses ? On peut même y ajouter des éclats de barres chocolatées…

– Mais c'est une chaîne ! Ta mère ferait mieux de soutenir les petits commerces indépendants.

– Maggie, on est allées chez *Cold Stone* ensemble pas plus tard que jeudi dernier, et t'as adoré.

– J'ai accepté uniquement parce qu'il n'y avait rien d'autre près du ciné !

On passe à la rubrique « spas et instituts de beauté ». J'y lis le nom de toutes les coiffeuses m'ayant coupé les cheveux depuis que je suis née. Mais aussi des adresses d'ongleries, de centres de massage, d'experts en soins du visage, de salons d'épilation et même de cliniques d'épilation définitive. (Pour une raison mystérieuse, la clinique de chirurgie des yeux au laser figure également dans cette liste.)

– Moi, je ne m'épilerai jamais, proclame Maggie en léchant à grand bruit sa main dégoulinante de sorbet fondu.

– Sans blague. Tu ne te les rases même pas !

– De quoi tu parles ?

– Ben, de tes jambes !

Elle étend ses guiboles option « nature et fière de l'être » à côté des miennes option « papier de verre ».

– Je ne faisais pas allusion à mes jambes. Comme si j'allais me raser les pattes ! Je parlais de mon minou.

On pouffe de rire. Maggie change sans arrêt de terminologie pour désigner l'appareil génital féminin depuis que son frère s'est plaint qu'elle a prononcé le mot « vagin » trente et une fois en une seule journée. « Minou », venant de Maggie, ça ne colle pas. Je le lui fais remarquer.

– Chatte ? suggère-t-elle. Con ?

– On ne peut pas dire le maillot, tout simplement ?

– *Pff...* Si tu veux. Je ne laisserai jamais personne attenter de la sorte à mon maillot.

Sur ce, elle tend le bras et m'arrache un peu de duvet à la base du cou.

– Aïe !

– Imagine ça, mais au niveau du pubis. Avec de la cire chaude. Et une inconnue.

Je n'ai pas particulièrement envie de me représenter la scène mais, pour Maggie, je fais un effort.

– Chaude comment, la cire ?

Si elle est à trente-huit degrés, comme un bon bain, il y a pire.

– Oublie la température de la cire ! Pense au moment où l'esthéticienne t'arrache la bande. Je parie qu'il y a des vidéos…

En l'espace de quelques secondes, Maggie nous déniche une vidéo d'épilation intégrale du maillot. Quand la nana arrache la première bande, Maggie et moi, on bondit.

– Tu vois, je te l'avais dit ! C'est pour ça que je le fais au rasoir.

– Attends, tu te rases le maillot ?

Je n'ai jamais prêté la moindre attention à mes poils pubiens. Ils vivent leur vie dans leur petite jungle tel un minibichon frisé. Quand on part du principe que nul ne nous verra jamais sans sweat à capuche XXL, on ne se préoccupe pas tellement de son apparence en tenue d'Ève.

– Mais enfin, Maggie, t'es super fière de tes poils ! Je croyais que tu refusais de te plier aux diktats misogynes de la beauté moderne, ou je ne sais pas quoi ?

– Pour les jambes, ouais. Là, on parle de mes poils de chatte. Pas question que je me promène en bikini avec une grosse touffe qui dépasse !

Des deux mains, elle mime une explosion de poils. Sous-entendu, sans la débroussailleuse, son « minou » virerait au blob poilu incontrôlable.

Sur mon bureau, j'ai une photo de Maggie et moi en CM2 sur Oak Street Beach. Malgré moi, je visualise mon amie vêtue aujourd'hui du même maillot une pièce rouge et blanc imprimé de petites ancres bleues qu'elle arborait alors, mais avec une forêt vierge entre les jambes. J'éclate de rire.

– On n'a qu'à appeler Tahlia ! s'exclame alors Maggie, frappée d'une illumination. Il y a une piscine immense dans sa résidence ! T'as pas envie de te baigner ?

Mon rire s'étrangle dans ma gorge et je déglutis bruyamment.

Me baigner ?

« Non, Maggie, je n'ai pas envie de me baigner, parce que, si je m'aventurais au bord de la piscine, la moitié des témoins glisseraient une plaisanterie vaseuse à leur voisin à propos de mes flotteurs surgonflés.

« Je n'ai pas envie de me baigner parce que j'aurais beau marcher à tout petits pas, mes seins trembloteraient néanmoins façon Godzilla dans un magasin de porcelaine.

« Parce que je ne peux pas me retourner pour faire bronzer mon dos, étant donné que mes nichons m'empêchent de m'allonger sur le ventre (et parce qu'il faudrait que je débroussaille ma propre touffe indomptable, maintenant que tu m'y as fait penser).

« Je n'ai pas envie de me baigner parce que, si énorme que soit Marthe, Maïté est un petit peu plus grosse.

« Je n'ai aucune envie de me baigner. Parce que je ne supporte pas que les gens prennent mon corps pour une source de divertissement. Parce qu'ils se moquent de savoir que mes pieds sont d'une taille parfaitement standard, que j'adore les devoirs sur table, que je me passe souvent les nerfs sur mon petit frère, que mes parents m'ont donné un prénom juif traditionnel alors qu'ils sont athées (quoique fervents adorateurs de soupe aux boulettes matzo) et que oui, j'ai chaud, je transpire et je m'ennuie et j'aimerais bien piquer une tête tranquille, comme tout le monde, et que, sous ces monceaux de chair qui, soit dit en passant, ne flottent que moyennement bien, il y a un cœur humain qui bat.

« Non, Maggie, je n'ai pas envie de me baigner parce qu'il y a longtemps que je ne possède même plus de maillot de bain. »

– Je peux pas, dis-je. J'ai mes règles.

Mensonge…

Maggie grogne, déçue. J'ignore si elle se rappelle que j'ai toujours mes règles quelques jours après elle. J'ignore si elle remarque que je me mordille la lèvre.

J'ignore si elle se doute que, même propriétaire d'une piscine privée, je ne me baignerais jamais, parce que je me sens tellement moche et ridicule que ça me coupe l'envie de nager.

Mais quelque chose me dit que oui. Et je crois qu'elle sent que je ne suis pas prête à en parler.

On transpire un moment dans un silence gêné. Soudain, Maggie s'écrie :

– Oh ! Tu sais ce qu'on devrait faire ? T'as entendu parler de *Moi, sociopathe* ? C'est une série sur les tueurs en série et les psychopathes. On essaie de la choper en streaming ?

Du bras, elle essuie les taches d'Esquimau qui maculent la couverture du classeur et c'est parti pour mater trois saisons en soixante-douze heures avec l'air conditionné. Pour la millième fois, je remercie la vie d'avoir mis Maggie Cleave sur ma route.

Chapitre 47

Sur la scène, une douzaine d'élèves piétinent tandis que l'équipe technique tapisse les planches de bouts d'adhésif de couleur. Tous font mine d'ignorer les messes basses de Maggie, Lizzie, M. Coles, Mme Moss et les Barnes, plantés en cercle dans l'allée centrale. Avec ses cheveux flashy, on dirait que Maggie sort tout droit d'un des bouquins du Dr Seuss.

L'assistant de M. Coles, un jeune prof de français, dit :

– On reprend ! Juste les quatre dernières mesures. Et laissez respirer Aidan. Je ne veux plus le voir vous marcher sur les pieds !

Pas facile de deviner où en sont les conciliabules de Pat Moss et consorts avec tout ce qu'il se passe sur la scène, mais une chose est sûre : personne ne laisse Maggie en placer une. Mme Barnes secoue frénétiquement la tête, visiblement en proie à un fou rire nerveux ; on dirait une figurine à ressort pour tableau de bord. Maggie commence à avoir les joues rouges.

- Suis-moi, m'ordonne Jessa, et elle s'engage dans l'allée d'un pas déterminé.

Les bras croisés, elle s'incruste derrière la petite assemblée.

Maggie nous décoche un minisourire plein de reconnaissance.

Je repense à toutes les fois où je suis restée en retrait pendant qu'elle se défendait contre ses détracteurs avec plus ou moins de succès. Je comprends aujourd'hui seulement que c'était important pour elle que je sois présente à ses côtés.

Mme Moss lui explique qu'il est égoïste d'essayer d'attirer l'attention sur soi au détriment des autres membres de la troupe, qui ont travaillé dur. Là, Maggie craque et éructe :

– C'est bien mon avis !

– Tu reconnais que tu essaies de voler la vedette à tes camarades ? s'étonne M. Barnes, qui n'en croit pas sa chance : l'accusée vient d'avouer son crime devant le juge.

– Je reconnais que dalle ! Mais on monte *Barberousse,* pas le *Lizzie Barnes Show*, alors pourquoi tout le monde la laisse jouer les divas ?

– Bien dit ! C'est une équipe, faut pas jouer perso ! s'en mêle Jessa.

Tous les regards convergent vers nous. Je croyais qu'on n'était là qu'en qualité de figurantes, mais Jess est à fond.

– Jessa, qu'est-ce que tu fais ici ? lui demande la proviseure, une main sur la hanche.

– On est venues soutenir Cleave. Cinq contre un, c'est pas du jeu.

– Oh ! Moi, je suis neutre, se défend aussitôt M. Coles en agitant les mains, affolé.

Minable… Je parie que les sept frères de la pièce l'auraient taxé de couardise ou de veulerie.

Sur scène, la répétition de danse part en vrille parce que les comédiens suivent du coin de l'œil le procès de Maggie. Le prof de français interrompt la répète et l'orchestre s'arrête de jouer pile au bon moment pour que tout le monde entende Mme Barnes décréter :

– Il est normal que Lizzie soit le centre de l'attention, c'est elle la star de la pièce !

– Pardon ? glapit Aidan Neal.

M. Coles frappe dans ses mains et se précipite au-devant de lui et des autres danseurs.

– Bravo, joli travail ! Bon, ce soir, c'est le grand soir. On se retrouve tous en coulisse à dix-huit heures trente tapantes.

La troupe se sauve, ravie d'être libérée, bien que, dans l'allée, le spectacle ne fasse que commencer.

Deux copines de Lizzie nous frôlent en passant, Jessa et moi. L'une persifle :

– T'as vu ? Les lesbiennes se soutiennent entre elles.

Sans se démonter, Jessa lui rétorque :

– L'AGH se réunit un jeudi sur deux avant les cours et tout le monde y est le bienvenu.

J'ignore si elle fait partie des H (hétéros) ou des G (gays), mais elle transpire le A d'« Alliance » par tous les pores de sa peau. Je me rapproche un peu d'elle.

La proviseure est prête à rendre son verdict. :

– Maggie, quels que soient tes griefs, tu aurais dû en parler aux metteurs en scène de façon mûre et…

– C'est ce que j'ai fait !

– Ne me coupe pas la parole. Je ne te permettrai pas de piétiner les efforts de tes camarades. On ne peut pas tous être la vedette et la plupart des élèves se contentent de leur rôle. Puisque tu n'es pas à même d'en faire autant, je te retire de la pièce.

– Vous êtes folle ou quoi ?

Oups. Tout le monde, moi y compris, est sidéré par mon intervention.

Pat Moss me toise. À ses yeux, je suis une souris qui vient de défier un lynx pour une lutte à mort.

Dans l'auditorium, l'assemblée retient son souffle. C'est sûr, la souris va se faire dévorer toute crue. Moi qui me flatte de savoir rester dans l'ombre ! Pour le coup, c'est raté.

– Sans Maggie, vous n'avez pas de pièce, j'ajoute cependant.

Toute la salle me dévisage. C'est on ne peut plus gênant. Mais Maggie me contemple comme si elle venait de découvrir que sa meilleure amie se transformait en Spider-Woman à ses heures perdues. Alors, je continue :

– Elle a récupéré la moitié des répliques de Milly parce que Lizzie n'est pas fichue de descendre en dessous du *sol*. Si vous la retirez de la pièce, ça sera un fiasco. Y compris pour Lizzie.

– Ta gueule, Greta ! crache l'intéressée.

Maggie et Jessa éclatent de rire, ce qui énerve encore plus la proviseure et les Barnes.

Mme Moss déclare :

– Greer, Jessa, cette affaire ne vous concerne pas. Sortez immédiatement ou je dis à Mme Reinhold de vous faire passer toute la saison de volley sur le banc des remplaçantes. Allez, OUSTE !

On ne bouge pas. On attend l'aval de Maggie. Elle opine du chef et nous souffle un « merci » muet.

– Allez, bye, on a entraînement, lance Jessa à la cantonade tandis qu'on s'éloigne dans l'allée. Vous devriez venir assister à un match, à l'occasion, madame Moss !

Mon portable se met à vibrer. Je viens de recevoir un SMS de Mme Cleave.

– Maggie, ta mère est en train de se garer. Elle sera là d'une seconde à l'autre.

– Ouais, ne parle qu'en présence de ton avocate ! renchérit Jessa.

– Bridget Cleave est ici ? couine Mme Moss.

À son tour de trembler. Je paierais cher pour assister à l'échange qui va suivre, mais on doit aller s'échauffer.

Rafael Ramos-Sikes observe la scène du fond de la salle. Il est si discret qu'on ne l'avait pas remarqué jusqu'à ce qu'il nous tape dans la main pour nous féliciter, Jessa et moi.

On écopera d'allers-retours supplémentaires pour notre retard, mais je ne regrette rien. Pour Maggie, je ferais sans hésiter dix pyramides de l'enfer. Pour Jess aussi.

Chapitre 48

Maggie a réintégré la troupe !

Elle m'a laissé un long message vidéo que je découvre dans le vestiaire après l'entraînement. Sa mère a débarqué pile après notre départ. Voici les morceaux de bravoure de son discours, tels que me les a racontés Maggie.

Mme Cleave *(s'adressant à M. Coles)* : Vous vous prétendez metteur en scène mais vous n'avez d'avis sur rien ! Je croyais que c'était votre job !

Mme Cleave *(à Mme Barnes, qui lui faisait remarquer que la couleur de cheveux de Maggie n'existait pas en 1850)* : Tandis que l'*Ombré Hair* de Lizzie, ça courait les rues, peut-être ?

(Sylvie, qui regardait la vidéo par-dessus mon épaule, a dû nous expliquer qu'il s'agissait d'une sorte de balayage dégradé très en vogue. Jessa et moi, on n'en avait jamais entendu parler.)

Mme Cleave *(à la cantonade)* : Voilà pourquoi j'ai toujours refusé de faire du théâtre au lycée. Le moindre petit pépin, ça vire au drame !

À ce moment-là du débat, il avait été convenu que Maggie pouvait rester à la condition qu'elle porte une coiffe par-dessus ses tresses fluo. Même Maggie savait qu'elle s'en tirait à bon compte, mais sa mère n'avait pas fini.

Mme Cleave *(à la proviseure)* : Et, à l'avenir, en cas de différend avec ma fille, je vous prierais de vous adresser directement à moi et non à d'autres parents d'élèves. La loi sur le respect de la vie privée et familiale, ça vous dit quelque chose ?

Il n'y a que Mme Cleave pour terroriser Mme Moss de la sorte.

Bref, Maggie est sauvée. En plus, en apprenant le motif de notre retard – à savoir qu'on tenait tête à la proviseure –, la coach a allégé notre punition. Bref ! C'était une bonne journée. Dans l'équipe, les filles ont trouvé que mon service commençait à moins faire pitié. J'ai été dispensée du prochain exposé d'histoire parce que j'ai déjà vingt de moyenne.

De retour à la maison, j'ai repêché mon grand gilet bleu dans mon carton d'affaires d'hiver, ce qui m'épargnera les commentaires de maman sur mon éternel sweat. Et quoi d'autre, déjà ? Hum, voyons voir… Il me semblait que j'avais une autre raison de me réjouir…

Ah, oui. Je n'aurai pas Tyler pour voisin au spectacle, ce soir.

Parce que je serai assise à côté de Jackson.

C'est Noël avant l'heure !

Dans la voiture, je glisse l'air de rien dans la conversation :

– Au fait, j'ai dit à Jackson Oates que je me mettrais à côté de lui, ce soir. Tu sais, le fils de ta cliente ? Il prévoyait d'aller voir la pièce tout seul.

L'idée, c'est que maman s'imagine que je me dévoue pour aider le petit nouveau à s'intégrer. En digne fille de ma mère.

– C'est gentil à toi, me répond-elle, soupçonneuse. Il peut prendre le billet de ton père.

Je l'attends au tournant :

– Oui, je me suis dit la même chose. Mais c'est peut-être mieux qu'on aille s'asseoir avec des gens de notre âge. Pour son intégration.

Elle me décoche un regard oblique.

– Hum, OK. Bonne idée.

Ce qu'elle pense, je m'en fiche ! Tant qu'on n'en parle pas.

– Pourquoi je suis obligé de venir ?

Sur la banquette arrière, Tyler s'applique à fabriquer une balle en bouts de Scotch. D'après lui, il faut qu'elle soit bien lisse, et surtout très serrée, sinon « ça ne marchera pas » (ne me demandez pas comment est censée marcher une balle en Scotch).

– Pour soutenir la communauté artistique de Kennedy, l'informe maman.

Traduction : « Pour que je puisse comparer mes enfants à ceux des autres. »

Il semblerait que Melinda Oates et Quinlan aient également décidé de soutenir la communauté artistique de Kennedy. Surprenant mon regard, Jackson hausse les épaules. Maman repère quelqu'un qu'elle juge essentiel de présenter à Melinda. Jackson et moi, on en profite pour aller nous asseoir de l'autre côté de l'allée, là où sont installés la plupart des élèves de première.

– Jackson va passer la soirée avec ses nouveaux amis, explique Melinda à Quin.

– Mais Greer, elle peut rester avec nous ! proteste la fillette.

On file à l'anglaise avant que ça ne dégénère. Tyler me regarde m'éloigner comme si je l'abandonnais aux ours, et c'est vrai qu'entre Quinlan et ma mère, il n'est pas loin du compte. Mais Mme Oates a l'air sympa.

On repère deux fauteuils libres au premier rang et on fait cap dessus quand soudain on entend :

– Klaus ! KLAUS !

La rousse du cours d'allemand gesticule à s'en déboîter l'épaule. Je suis Jackson telle une brebis son berger.

Assise en bout de rangée, la fille tapote le fauteuil voisin.

– Je t'ai gardé une place.

Jackson semble mal à l'aise.

– J'allais m'asseoir avec Greer.

– Ah ? Je croyais qu'on s'était donné rendez-vous ?

Jackson grimace comme s'il venait de marcher sur un scorpion.

– On ne s'est pas compris. On s'est juste dit : « À ce soir ! »

– En tout cas, j'ai une place pour toi !

C'est un ordre, pas une simple déclaration. Rouquine croise les jambes, ce qui fait remonter sa minijupe. Sa peau est lisse, garantie zéro effet papier de verre, et immaculée : pas un bleu, pas une griffure, pas une veine apparente ni même un grain de beauté. Si ça se trouve, c'est du plastique. Rouquine dépose sur son genou un poignet cerclé de bracelets et c'est à ce moment-là que je remarque le reste de son accoutrement. Chemisier noir transparent sur un débardeur en dentelle, cheveux lâchés et lissés, assez de mascara pour transformer ses yeux en duo d'araignées (très en beauté) et une telle quantité de gloss que ses lèvres pourraient servir de bandes réfléchissantes pour faire du vélo la nuit.

Et tout ça pour assister à la pièce du lycée.

Pour ma part, je porte un gilet taille Hagrid dont je m'aperçois présentement qu'il est troué au coude, le jean que j'ai mis en cours toute la journée, et des baskets orange délavées (je les ai empruntées à maman au moment de sortir parce que les miennes étaient humides).

Je vois le genre. Les filles comme la *Fräulein*, elles vous sortent le grand jeu avant que les nanas comme moi réalisent qu'il y a une partie en cours. Je comprends mieux pourquoi Jackson a l'air dans ses petits souliers.

S'ensuit une conversation bien gênante au cours de laquelle je propose de me sacrifier et de retourner m'asseoir auprès de ma mère (devinez qui adore l'idée?). Finalement, les autres spectateurs de la rangée acceptent de se décaler et nous voici assis ensemble, tous les trois. Moi, Jackson et Rouquine. Elliana, de son vrai prénom, et Monika en cours d'allemand, mais je la rebaptise Krétina, parce qu'elle m'a fait répéter « Greer » trois fois et pense toujours que je m'appelle Keira.

Incroyable mais vrai, le spectacle est super. L'histoire est ridicule (encore plus, je crois, depuis que Maggie a fait censurer le passage sur l'enlèvement des femmes). Mais l'interprétation est excellente.

Peut-être que ça vient de l'éclairage, du maquillage ou de l'acoustique, mais même les sept frères se débrouillent bien. Et, sur scène, rien ne transparaît de la haine que se vouent Maggie et Lizzie. Dans le décor Oregon du XIXe siècle, on jurerait qu'elles sont les meilleures amies du monde.

De petites boucles vertes s'échappent de la coiffe blanche de Maggie, tel un secret qu'elle laisserait s'ébruiter à dessein, mais elle chante comme la finaliste d'une émission de télé et, lors des duos, son talent est tel qu'il semble déteindre sur Lizzie.

Pendant l'entracte, Anitha Das et sa petite sœur me parlent de leur stage de programmation informatique pour filles pendant que Jackson et Krétina se partagent un paquet d'oursons. Ma mère m'espionne du coin de l'œil. Elle a l'air déçue. Et moi donc ! Je savais que ce *date* était bidon, mais c'était *mon date* bidon. Maintenant, je suis la meuf qui tient la chandelle au *date* bidon de la

Fräulein. Peut-être que Jackson a tout manigancé pour ne pas que je me retrouve assise toute seule. Il n'a clairement pas de mal à se faire des amis.

Le dernier acte se conclut. Keely a sauté une réplique et entamé une chanson trop tôt et Aidan a marché sur les pieds de ses frères à une ou deux reprises mais, à ces détails près, c'est un sans-faute.

Et c'est là que ça devient intéressant. À la fin du salut, quelqu'un tend à Milly/Lizzie un bouquet de supermarché. Elle croise ses mains sur sa poitrine comme si elle n'avait jamais été aussi touchée de sa vie, bien que ce soit la tradition d'offrir des fleurs au premier rôle féminin. Puis toute la troupe désigne l'orchestre (un geste longuement répété) pour que les musiciens sachent qu'ils sont applaudis, eux aussi.

En revanche, ce qui se passe ensuite n'a pas été répété et ne correspond à aucune tradition. Dans la fosse, quelques musiciens se perchent soudain sur leur chaise, de sorte qu'on les aperçoit pour la première fois. Du moins, on aperçoit leur tête. Ils portent tous des coiffes, des bandanas, voire des foulards roulés en turban. Le public, qui dans l'ensemble ignore tout de la crise capillaire qui s'est jouée en coulisse, rit complaisamment, attendri par le tableau. Il ignore que ces coiffes sont un signe de dissensions sociales.

Coiffé d'un bob à fleurs mou, Rafa Ramos-Sikes se hisse sur scène. Il marche droit sur Maggie, s'incline profondément devant elle et lui remet une gigantesque gerbe de roses à longues tiges, du genre qu'on offre à la gagnante de l'élection de Miss America. Ou de Miss Féminisme, puisqu'elles sont pour Maggie, qui méprise les concours de beauté. En attendant, elle ne se montre pas méprisante. Elle rayonne. Et Rafa, qui n'est pas si timide qu'il en a l'air, tout compte fait, rayonne, lui aussi.

Lizzie les dévisage, bouche bée, pas franchement à son avantage. La photo souvenir de notre futur album de promo ne sera guère flatteuse pour elle ! Explications : si son bouquet était un caniche nain, hirsute et joueur, celui de Maggie serait un cheval de course, un pur-sang aux muscles luisants et au cou ceint d'une couronne de laurier, une superbe bête capable de broyer le chien sous ses sabots sans même s'en rendre compte. Maggie enlace Rafa de son bras libre et tout le monde salue le public une fois de plus. Lizzie Barnes les foudroie du regard comme si elle préméditait un double assassinat à coups de bouquet bon marché.

Quand les lumières se rallument dans la salle, le public continue de lancer des vivats – même Elliana-Monika-Krétina-à-la-Gélatine, qui ne connaît pas Maggie et ne peut donc pas savoir pourquoi Rafa a mis dans le mille.

Chapitre 49

Maman et moi allons chercher Tyler au collège. J'attends dans la voiture le temps qu'elle aille distribuer des cartes de vœux aux profs. Pour peu qu'elle croise une connaissance, elle en a pour au moins une demi-heure. Or, ma mère connaît tout le monde. Et passer une demi-heure dans mon ancien collège, comment dire ? Très peu pour moi. J'incline mon dossier en position semi-allongée, j'ouvre la vitre et m'arme de patience.

Tyler fait le zouave avec sa bande de potes. Ils sont dignes d'une pub, avec leurs fringues flashy, leurs mèches au vent et leurs sourires éclatants. Il n'y en a pas un qui tire la tronche. Je les reconnais presque tous. Certains font du sport avec Ty, d'autres sont dans sa classe depuis l'école primaire. C'est marrant, un élève de cinquième. C'est petit et grand à la fois. Pour leurs profs, pour leurs proches, ils restent des enfants tandis qu'eux-mêmes se considèrent déjà adultes. Parfois, en vieillissant, on ressent exactement le contraire.

Est-ce que j'étais comme eux à leur âge ? J'imagine que oui. J'aurais pu figurer dans la même publicité.

J'aurais été Emily. Pas Maya, qui n'arrête pas de piquer leurs crosses aux garçons. Ni celle que je ne connais pas : une fille bouclée avachie sur l'un des deux Sam. Emily termine le paquet de chips collectif en parlant d'une statue de chef indien tandis que tous les autres espèrent en secret être la prochaine victime de Maya.

– Si la statue voit le jour, elle sera plus grande que le mont Rushmore. Rien que la tête de Crazy Horse est plus grande que Lincoln !

Maya court entre-temps après Tyler. Elle réussit à lui piquer sa crosse, celle qu'il vient d'enrubanner d'adhésif antidérapant rose, et la brandit crânement. Il fait chaud pour un mois de décembre et tous les manteaux sont entassés dans un coin. Le T-shirt de Maya lui remonte jusqu'au-dessus du nombril et je la plains presque, mais je me ravise. Elle sait très bien ce qu'elle fait. Son T-shirt est court et moulant exprès. Contrairement à certaines, qui privilégient les sweats destinés aux hommes en surcharge pondérale, Maya a opté pour un top qui siérait à un écureuil anorexique. Elle agite la crosse au-dessus de sa tête et nargue Tyler, ce qui est parfaitement idiot, puisque mon frère mesure dix bons centimètres de plus qu'elle. La pauvre, elle est peut-être atteinte d'un trouble cognitif qui altère sa perception des tailles et des distances.

Mais Ty connaît les règles de ce petit jeu. Au lieu de reprendre sa crosse, il feinte, tend la main vers la poche arrière de Maya et lui chipe son portable. Elle fond sur lui mais il le lance à son voisin. Les poings sur les hanches, Maya se compose une jolie moue boudeuse. En réalité, elle ne se fait aucun souci pour son portable. Elle contrôle parfaitement la situation.

Je reporte mon attention sur Emily, qui est restée toute seule dans son coin. Il me semble de prime abord que le sens de la scène lui échappe totalement, mais je me trompe : sa place lui convient. Elle se sent en sécurité, assise à l'écart sur le râtelier à vélos. Elle observe les autres comme le font les flâneurs du dimanche au parc. Qu'aurait-elle à gagner à s'en mêler, à part quelques traces de doigt sur son iPhone ? Et puis, elle a les chips ! J'ai envie de la prévenir.

Bientôt, très bientôt, quand elle ne voudra plus se contenter d'être la plus calée de la bande en monuments amérindiens, quand elle aura envie que Sam 1, Sam 2, voire Tyler la regardent comme ils regardent actuellement Maya, il ne lui suffira pas de sauter de son perchoir et d'aller leur piquer leur crosse. Ce sera nettement plus compliqué que ça. Mais je m'abstiens. Pour le moment, elle semble heureuse comme ça. D'ailleurs, en ce qui concerne la suite, je suis bien mal placée pour lui donner des conseils.

Chapitre 50

– Tu ne m'aurais pas piqué mes lunettes de soleil, par hasard ?

– Celles à grosse monture incrustée de fausses pierres précieuses ? À ton avis ?

– Ça va, Greer. Pas la peine d'être désagréable.

Je contemple le contenu du frigo en m'interrogeant : qu'est-ce qu'on mange, à onze heures quinze ? Le petit déj ou le déjeuner ?

– Elles doivent être dans la voiture, dis-je à maman.

L'option petit déj l'emporte et je me choisis un yaourt. J'hésite à me réchauffer une gaufre surgelée. Voire deux. Aujourd'hui est le premier jour des vacances de Noël. Deux longues semaines sans école et donc sans Jackson. Ouais, ouais, je sais : pas de cours, des cadeaux, Hanoukka, tout ça, tout ça. N'empêche que j'ai besoin de gaufres.

Maman est plantée devant l'îlot de la cuisine, les mains sur les hanches. Si elle tenait ses lunettes, je crois qu'elle leur passerait un savon pour avoir osé disparaître.

– Non, je les avais encore sur le nez quand on est entrées, me détrompe-t-elle. Je le sais parce que Melinda m'a demandé où je les avais achetées.

Dame Papillonne sort illico de son hibernation. « Je croyais qu'ils étaient partis au ski ? » me questionne-t-elle, pressante.

– Mme Oates est venue ici ?

Maman ouvre et referme les portes de placard, comme si quelqu'un avait pu confondre une paire de lunettes de soleil avec un verre à eau.

– Oui, elle est passée récupérer quelque chose…

– Seule ?

– Jackson n'était pas avec elle, si c'est ce que tu veux savoir, réplique maman avec un sourire en coin.

Apparemment, elle croit que je me préoccupe de Jackson et de sa présence hypothétique sous mon toit et elle trouve ça hilarant. Alors que c'est faux. Une semaine s'est écoulée depuis la pièce de Maggie et, entre nous, rien n'a changé. En plus, aujourd'hui, les Oates partent pour Banff. Ils passent toujours Noël au ski. Papillonne se rendort, non sans m'avoir rappelé au passage qu'un autre membre de la famille Oates trempe peut-être dans la disparition des lunettes de ma mère.

– Quin était là ?

– Oui. Elles ne sont pas restées longtemps. Peut-être que je les ai oubliées à la cave ?

Je descends les marches avec maman. Je suis prête à parier que ses lunettes se trouvent actuellement bien au chaud dans les petits poings cupides de Quinlan Oates, à bord d'un avion à destination du Canada. On avait pourtant conclu un marché, elle et moi. Elle arrêtait de nous piquer nos affaires et, en échange, je la couvrais pour ses menus larcins. Il faut croire qu'elle n'a pas su résister aux sirènes des gemmes en plastique.

– Au fait, elle est venue chercher quoi, Mme Oates ?

Je doute qu'elle ait fait un détour avant son vol pour du rab de bons d'achat ou de dosettes de lessive dont maman garnit son panier d'accueil pour nouveaux arrivants.

L'intervalle entre ma question et sa réponse s'étire un peu trop longtemps. De toute évidence, elle n'avait pas prévu de m'en parler.

– Des vieilleries. Des choses dont tu ne te sers plus.

– Des affaires à moi ? Pour Quinlan Oates ? Mais quoi ? Elle a tout !

– Si je ne t'avais rien dit, tu n'aurais même pas remarqué leur absence.

– Maman…

Elle fait semblant de chercher ses lunettes mais, en réalité, elle esquive. J'insiste :

– Maman !

Toujours pas de réponse.

– C'était des jouets ? Des habits ?

Je rêve… Elle vient de déplacer le flacon d'assouplissant pour voir si ses lunettes se cacheraient derrière. Comme si elle faisait la lessive avec ses lunettes de soleil sur le nez et qu'elle les retirait entre deux machines. Elle fait la sourde oreille mais je n'en démords pas :

– Mes vieilles chaussures de ski ?

Pitié, faites que ce soit ça ! Mais non. Mes chaussures de ski n'encombrent pas les précieux rayons de sa bibliothèque où maman brûle de disposer de petits écriteaux en bois gravés des mots « LIVE LAUGH LOVE » (sans ponctuation). Non, non, non. Ce qui encombre ses étagères, ce sont…

– Mes livres ? T'as donné mes LIVRES à Quinlan ?

Elle se tourne enfin vers moi.

– Le voyage est long jusqu'à Banff.

– Tu lui as donné mes livres ?

– En plus, il y a une escale.

– Cette gamine a deux iPad ! Un pour les jeux et un pour les films !

– Mel dit que Quinlan est très renfermée, ces derniers temps. Elle passe sa vie à bouder dans sa chambre. Pour la rassurer, je lui ai dit que tu faisais pareil, et ce depuis toujours. Enfin, toi, tu ne boudes pas mais…

– J'AIME LIRE ! C'est pour ça que je reste dans ma chambre. Et que je tiens à mes LIVRES !

– On a pensé que Quin s'intéressera plus facilement à un livre si elle sait qu'il vient de toi.

– Tu lui as donné lesquels ?

– Je ne sais plus ! *Là où la montagne rejoint la lune… Le Roi des casse-pieds.* L'histoire de la famille souris et du labo de recherche. Je ne pensais pas que tu en ferais tout un plat ! Ce sont des livres pour enfants, Greer. Tu les as lus il y a des siècles.

Je la fusille du regard.

– Là n'est pas la question. Ils n'étaient pas à toi. Tu n'avais pas le droit.

– Greer, cette petite va mal. Elle a besoin d'aide.

– Pourquoi il faut toujours que t'aides les autres et pas moi ?

Sans doute parce que je ne peux pas laisser de commentaire cinq étoiles sur sa page Internet.

Maman pousse un soupir.

– Ce sont vraiment ces bouquins qui te contrarient à ce point ? Tu es sûre qu'il n'y a pas autre chose ?

Non !

Si.

Je suis déçue que Jackson n'ait pas inventé une excuse pour accompagner sa mère et sa sœur quand elles sont passées tout à l'heure. OK, je dormais encore, et alors ? Je suis stressée parce que je ne sais pas ce que je veux. Je change d'avis sans arrêt et je n'arrive pas à déterminer si, en désamorçant les choses entre nous, j'ai loupé la chance de ma vie ou bien sauvé ma peau. J'ai peur qu'après Noël, entre Jackson et moi, tout recommence comme avant, et encore plus peur que ce ne soit pas le cas. Je crains qu'après être allée fêter Noël en famille dans l'Iowa, Maggie me délaisse pour aider Rafa à composer sa comédie musicale. Et, pour finir, je suis contrariée, parce que je vais me retrouver coincée avec Marthe, Maïté et une mère aux rétines trop abîmées par le soleil pour qu'elle puisse me conduire à la bibliothèque, sans même mon vieil exemplaire mâchouillé de *Frisby et le secret de Nimh* pour me consoler.

– C'était *mes* livres, dis-je sans conviction.

Quand je remonte, je trouve Tyler en train de faire un selfie. En plus de porter les lunettes de soleil de maman et mon Stabilizer, il mange mes gaufres.

Chapitre 51

Chaque année, papa, Tyler et moi, on choisit une série de films à revoir pendant les vacances. L'an dernier, on a regardé tous les *Harry Potter*. Cette année, on voulait se faire un marathon Marvel, mais maman a décrété que Tyler était trop jeune pour voir *Deadpool*, alors on s'est rabattus sur *Le Seigneur des Anneaux* et *Le Hobbit*. Papa voulait nous infliger son best-of des films des années 1990 mais, Ty et moi, on s'est mutinés.

Hier, on a regardé les deux premiers *Hobbit* et on vient de finir le troisième. Il est trop tard pour commencer la deuxième trilogie alors, pour le moment, on végète devant la télé. Ty squatte le pouf géant qu'on a reçu pour Noël et, papa et moi, on occupe chacun une extrémité du canapé.

Ty zappe et tombe sur l'interview d'une actrice. Elle vient de tourner dans un film d'action. La chaîne en diffuse un extrait d'une minute dans lequel on la voit moulée dans une espèce de combi de plongée noir brillant zippée sur un décolleté vertigineux. Elle enchaîne les coups de pied circulaires et dégomme les méchants sans que sa poitrine frémisse, ce qui constitue une infraction aux lois de la physique. Pour finir, elle étouffe un ennemi avec ses seins tout en lui tordant le cou à mains nues.

Retour sur le plateau de l'émission. Le public est en délire. On dirait qu'il perçoit l'extrait comme une ode à la puissance des femmes. Que la nana, c'est une dure à cuire, une femme forte dans toute sa splendeur.

– Félicitations pour ce beau rôle ! roucoule l'animateur. Il paraît que le film connaît un énorme succès ?

Assis en face de la starlette, un comique plus âgé (le premier invité du jour, sans doute) fait de l'humour :

– Ah ça, pour être énorme…

L'actrice bat des cils (qu'elle a longs comme des pattes de tarentule) et rit poliment, manifestement flattée par toute cette attention, bien qu'elle la doive à ses nichons. Est-ce que, derrière son sourire, elle se crispe et regrette de ne pas avoir enfilé un sweat par-dessus le haut qu'elle porte pour l'émission, afin qu'on l'interviewe sur les centaines d'heures d'entraînement physique auxquelles elle s'est astreinte pour le rôle, et non sur sa plastique ?

– Hum, on pourrait peut-être changer de chaîne, suggère mon père.

Le prétendu comique reprend la parole :

– Je peux vous poser une question ? La dernière scène, vous avez dû la recommencer combien de fois ? Je parie que le gars qui joue le méchant en a profité : « Attendez, j'étais pas dans le rôle, on la refait ! »

– Ty, mets Food Network, insiste papa.

Vautré sur le pouf, mon frère est absorbé par son téléphone. Il ne l'écoute pas.

Je scrute l'expression de l'actrice à l'affût d'un indice d'exaspération. Rien. Elle n'est pas comme moi. Après tout, elle avait lu le scénario avant de signer. Elle savait dans quoi elle s'engageait. Peut-être même qu'elle a fait appel à des chirurgiens et payé pour s'assurer que son corps soit toujours au centre de l'attention. Ses seins pigeonnent avec panache, tout bombés dans son décolleté. Ils ne semblent pas faits de la même matière que les miens.

L'animateur lance un diaporama de photos de l'actrice dans d'autres films et à des cérémonies de remise de prix. Sur toutes, sans exception, elle arbore un haut moulant ou plongeant. Sur une photo de promo, elle porte même une toque en fourrure avec… un débardeur. Où fait-il assez froid pour qu'on sorte la toque mais suffisamment chaud pour qu'on tombe le pull ? Ce film a tout l'air d'un navet. Sur le plateau de l'émission, les biceps de l'actrice sont plus gros que ceux d'un boxeur pro, mais ça, les photos de promo ne le montrent pas.

– Et vous voici l'année dernière avec votre fiancé aux MTV Awards, poursuit l'animateur.

La photo la représente vêtue d'une robe scintillante qui fait ressembler ses seins à deux carpes géantes dans un filet de pêche à paillettes. Son fiancé porte un smoking noir on ne peut plus classique.

– Les MTV Awards ? Vous êtes sûr ? Ce n'était pas plutôt les Golden Globes ? ricane le comique.

L'animateur lève les yeux au ciel, indulgent, l'air de dire : « Ah, c'est fin ! Mais que voulez-vous… »

Peut-être que l'actrice a estimé que c'était la seule façon pour elle de décrocher la carrière de ses rêves, ou ce qui s'en approche le plus. Mais peut-on vraiment avoir envie de ça ? De faire l'objet des blagues salaces de vieux obsédés et de les encaisser sans rien dire, et avec le sourire par-dessus le marché ? Il faut croire que oui. Peut-être que c'était ça, son rêve d'enfant. Peut-être qu'elle a envisagé de révolutionner le monde de la physique mais qu'elle s'est ravisée. « Bof, triturer des atomes, c'est compliqué. » Est-ce qu'elle a pensé au coup qu'elle porte à notre image à toutes ? D'un autre côté, qui suis-je pour lui en attribuer la responsabilité ? Je jette un œil à mon petit frère qui absorbe passivement le dialogue sans se poser la moindre question.

– Allez, on change de chaîne, décrète mon père. Ty, tu nous trouves autre chose ?

Il est trop à l'ouest, trop bien sur son pouf pour réagir. Mon père, par contre, paraît sur le point de vomir.

– Tyler ! Ty ! Change de chaîne.

À l'écran, Miss Pare-chocs continue de répondre à l'animateur et papa n'en peut plus. Je remarque qu'il évite consciencieusement mon regard et le jour se fait dans mon esprit. Il a honte. Honte de regarder des gars charrier une nana à cause de ses gros seins. Parce que je suis dans la pièce. Parce qu'il imagine un mec en train de me parler sur le même ton.

Sa honte me gagne. Et je me sens d'un coup infiniment lasse.

– Je vais me coucher.

Je laisse les garçons à leurs écrans.

Chapitre 52

– Non, pas du tout. Tu te trompes !

Maman et moi, on vient de réexpédier tous les cadeaux que mes grands-parents nous ont envoyés pour Hanoukka et on se requinque dans un café (qui ne doit pas son nom à Copernic mais à un certain M. Starbucks). À la table voisine, deux préados arborent des tenues savamment étudiées, avec une tonne de colliers de longueurs différentes et des boots à gros talons (le look top model en congé dans l'imaginaire des fillettes de onze ans). Je viens d'affirmer qu'il doit me manquer le gène des fringues, mais maman n'est pas d'accord.

– Comment ça ? je lui demande.

– Petite, tu adorais te déguiser, comme toutes les gamines de ton âge, ou la plupart d'entre elles, en tout cas. Il t'arrivait de changer de tenue trois fois par jour.

Voilà qui ne colle pas avec l'image que j'ai de moi. Idéalement, je me change zéro fois par jour. Si je pouvais, je dormirais en sweat et en legging, comme ça, je n'aurais même pas à m'habiller le matin.

– Petite comment ?

– Jusqu'à tes quatre ans. Quatre ans et demi, pour être exacte.

Elle déplie et replie les branches de ses nouvelles lunettes de soleil (Tyler lui a dit que les autres faisaient mamie, alors elle les a jetées).

– Pourquoi j'ai arrêté ?

– Un jour, on est allées ensemble au centre commercial. Tu avais composé ta propre tenue : un mélange de tous tes habits préférés. Tu portais le haut de ton déguisement d'Aurore de *La Belle au bois dormant*, un truc en satin rose fluo fermé dans le dos par des épingles à nourrice parce que j'avais décousu les bandes de Velcro qui te grattaient trop…

– Et tu me laissais sortir habillée comme ça ?

– Si je te laissais ? Je n'avais pas le choix ! Tu avais des goûts vestimentaires très affirmés.

– Et en bas ? Quel pantalon on met avec un haut de costume de *La Belle au bois dormant* ?

– Pas de pantalon. Mais pas la jupe assortie non plus ! Tu avais à l'époque une jupe folklorique ravissante. De toute ta garde-robe, je crois bien que c'était ce que je préférais. Tu la portes sur plein de photos…

– Celle avec les froufrous de toutes les couleurs ?

– C'est ça. Orange, rouge, bleu, avec des fleurs et un tas de fanfreluches. J'ai dû ruser et te faire croire que je la détestais, sinon tu aurais refusé de la porter. Je me rappelle qu'on disait qu'elle avait une bonne « tournabilité ».

– Et elle allait bien avec mon haut de princesse fluo ?

– En tout cas, tu en étais convaincue ! Mais cette jupe, tu l'avais depuis tes deux ans. Elle t'arrivait au ras des fesses. Je t'ai dit que si tu ne mettais rien en dessous, tout le monde verrait ta culotte. Ce qui ne t'aurait pas dérangée, sauf qu'on était vendredi et que ta culotte du vendredi était au sale. Tu portais donc ta culotte du mardi et tu craignais qu'en la voyant les gens en déduisent que tu ne savais pas lire.

– Qu'on voie ma culotte, je m'en fichais, mais j'avais peur qu'on me prenne pour une illettrée ? À quatre ans ?

Ça, en revanche, c'est tout moi.

– Bon, admettons, dis-je. Et donc, j'ai mis des collants ?

– Non. Un bas de bikini à imprimé flamants roses.

– Bien sûr. Et comme chaussures ? Des escarpins à talons aiguilles ? Des Moon Boots ?

Je soupçonne encore ma mère d'inventer l'anecdote, parce que tout ça ne me ressemble pas mais, maintenant que j'y pense, c'est vrai que je suis toujours très apprêtée sur mes photos de maternelle. J'y voyais l'œuvre de maman.

– Des tennis. Pour ce qui est des chaussures, tu as toujours eu le sens pratique.

Je pouffe. J'ai officiellement adopté ses baskets-charentaises orange, parce qu'elles sont divinement confortables et, entre-temps, faites à mon pied. Maman m'a convaincue : son anecdote est authentique.

– Et alors, il s'est passé quoi ? Pourquoi ai-je tourné le dos à la mode, ce jour-là ? J'ai vu mon reflet dans la glace ?

– Pas vraiment, non.

Ça fait plaisir à maman de me confier ce souvenir. Sans doute parce que je lui témoigne de l'intérêt. C'est rare qu'on papote toutes les deux comme ça. En général, on ne se parle que pour se demander un service, aborder un point de logistique ou encore se faire des reproches quand on est fâchées/contrariées/déçues. On a profité des vacances pour se rattraper un peu mais j'avoue que cette conversation est particulièrement sympa. Cependant, maman change subitement de ton. Elle sourit en se remémorant la scène, mais je n'arrive pas à déterminer si elle est triste ou gaie.

– On a fait un détour par le magasin LEGO, reprend-elle. Il y avait de grands bacs de briques et un circuit pour que les enfants construisent des voitures et leur fassent faire la course…

– Je m'en souviens ! Après, tu me tartinais les mains de gel antibactérien.

– Tu t'es mise au travail. Il y avait quelques petits garçons en train de construire des bolides. Ils fabriquaient tous des machins massifs pleins de roues, de fenêtres et de mitraillettes, d'échelles et que sais-je encore. Leurs voitures finissaient toutes par se casser sous leur propre poids. Alors, ils les réparaient et en remettaient une couche. Tandis que ta voiture à toi, elle était super aérodynamique. Après chaque tour de circuit, tu la peaufinais. Tu rajoutais un peu de masse ici, tu éliminais les sources de frottement, tu testais des roues plus grosses, tu rééquilibrais la charge… Enfin, tu n'employais pas ces termes-là, bien sûr, mais on sentait que tu avais pigé le truc. Et, assez vite, ta voiture – je crois que tu l'appelais ton auto-fusée – non, ton bateau-fusée. Bref ! Tu as battu tous tes adversaires à plate couture. Il y en a qui ont essayé de tricher en poussant leurs véhicules, en soufflant dessus ou en jetant des obstacles en travers de ta voie, mais tu as gagné haut la main. Ta voiture est restée en un seul morceau.

Je suis trop fière de mini-Greer.

– C'est alors que les vendeurs sont intervenus. Ils ont assisté à quelques tours de circuit, constaté que ton bateau-fusée avait dix tours d'avance sur le peloton. Et tu sais tout ce qu'ils ont trouvé à dire ?

J'ai l'impression que maman tourne et retourne quelque chose dans sa bouche. Quelque chose d'amer qu'elle a envie de cracher. L'anecdote n'a plus rien de marrant.

– Quoi ?

– « Quelle belle petite princesse ! Tu l'as choisie toute seule, ta tenue ? »

La question résonne entre nous durant quelques instants et, pour une fois, Kathryn Walsh m'épargne son analyse détaillée de la remarque du vendeur. Nous savons l'une comme l'autre ce qu'elle signifie. Quand bien même j'aurais bâti une station spatiale, on m'aurait réduite à ma robe à froufrous.

C'est moi qui romps le silence :

– Tu l'as envoyé bouler ?

– Qui ?

– Le vendeur.

Elle regarde le plafond, puis ses mains.

– C'était une femme, Greer.

Dans un murmure à peine audible, elle ajoute, penaude :

– Tout ce que j'ai répondu, c'est : « Dis merci à la dame, ma puce. »

On se tait de nouveau pendant un certain temps.

– C'est à partir de ce moment-là que j'ai arrêté de m'intéresser aux vêtements ?

– Du jour au lendemain.

Je rumine l'anecdote et le choix qu'on m'a imposé. Culotte de bain à flamants roses ou voiture de course en LEGO ? Compliments ou respect ? Princesse ou présidente ? Si telles sont vraiment mes options, il n'y a pas photo.

– Ça vaut mieux que si j'avais renoncé à construire des bateaux-fusées !

Maman rit et me coince une mèche de cheveux derrière l'oreille. Elle n'essaie même pas de tirer la couverture à elle ou de me faire avaler que c'est d'elle que je tiens mon penchant pour l'ingénierie.

– Je regrette que tu aies l'impression de devoir choisir, Greer. Je voudrais que tu te sentes libre de faire les deux.

Chapitre 53

Maman me conduit au lycée quatre-vingt-dix-huit pour cent du temps. J'arrive donc en cours à l'heure quatre-vingt-dix-huit pour cent du temps. Aujourd'hui, c'est la rentrée et, par un fâcheux coup du sort, papa n'a pas de réunion matinale à laquelle arriver en retard.

Le trajet compte parmi les deux pour cent qu'assure Eric Walsh. Autrement dit, je suis à la bourre.

Il me tarde de découvrir si Jackson va m'attendre dans le couloir comme avant les vacances ou si l'air des montagnes lui a fait reprendre ses esprits. J'ai eu de ses nouvelles deux ou trois fois au début de son séjour dans les Rocheuses, puis Quin a laissé tomber son portable du haut d'un télésiège. Je le sais parce qu'elle m'a envoyé un SMS de son iPad pour s'excuser. Suivi d'un millier de selfies agrémentés de filtres « bois de renne » ou « bonnet de père Noël ».

Derrière le volant, papa jacasse tranquillement, sans manifester la moindre hâte, alors qu'on a quitté la maison un quart d'heure plus tard que d'habitude et qu'il prend l'itinéraire *bis*, celui avec les feux rouges en pagaille et le passage pour piétons constamment envahi d'écoliers. Il faut croire que quand on est le patron, on n'est jamais en retard. Les réunions débutent quand on arrive et pas avant !

Hélas ! Je ne suis pas la patronne du lycée Kennedy et les cours commenceront à l'heure, avec ou sans moi. La première sonnerie retentit à la seconde où je descends de voiture, ce qui me laisse le temps d'arriver presque à l'heure en maths, à condition que je sprinte jusqu'à ma salle sans passer par mon casier, et que je retarde toutes les horloges de quatre minutes environ. Ce qui est impossible, sinon, je le ferais de dix et j'irais saluer Jackson.

– Merci, dis-je à papa sans le penser.

– T'as des contrôles, aujourd'hui ?

Il persiste à me faire la conversation !

– Un contrôle après dix jours de vacances ? Non, papa. Ça ne marche pas comme ça.

Je claque la portière derrière moi.

Je m'élance et j'entends papa baisser la vitre.

– Passe une bonne journée, Greer ! Je t'aime, ma puce !

Je lui adresse un petit signe sans me retourner. Il est sympa, mon père, mais côté gestion du temps, il a des progrès à faire.

Le couloir de maths/allemand/autre est désert. Je m'y attendais, mais j'espérais malgré moi. Je me glisse à ma place devant Omar et Kurtis sous le regard sévère de Mme Tanner. Je lui décoche un sourire contrit, elle fronce les sourcils mais, ouf, elle ne m'envoie pas chez la CPE.

On commence à corriger les devoirs quand mon téléphone sonne. La prof soupire et, sous son regard excédé, je m'empresse de couper le son. J'ai juste le temps de remarquer que le SMS vient de Jackson.

Tanner charge Asher de nous faire part de sa démonstration. Elle lit par-dessus son épaule. J'en profite.

T'es où ? T'es malade ?

Non, juste en retard.

Toi ?! En retard ?!!!

À cause de mon père.
Je croyais que
ton portable avait eu
un accident de ski ?

J'en ai un nouveau depuis hier.
Et Quin a le sien maintenant
[émoticône levant les yeux au ciel]

[émoticône surpris]

Tu m'attends après les cours ?

Après ? On ne se parle jamais *après* les cours. Peut-être qu'il m'a rapporté un souvenir du Canada.

– Passons à l'exercice Q, lance Mme Tanner.

Kyle Tuck et sa bande gloussent comme des gamins. Ce n'est pas très malin de leur part, je le concède, mais sérieux, madame Tanner, le problème Q ?

– Je vois que nous avons un volontaire. Kyle, on t'écoute pour le Q.

Ses potes s'étranglent de rire.

– Tu veux nous expliquer ce qui te met dans cet état ?

Les gloussements intempestifs de Kyle contaminent les rangs, vague par vague.

– Tu n'as pas fait le Q ? Tu avais toutes les vacances pour te pencher dessus !

Toute la classe craque, sauf Asher et Anitha, qui ne rigolent pas avec les maths, ni avec les devoirs, ni, j'imagine, avec le cul.

– Pardon, madame, lance Omar, je crois que le cul, c'est trop dur pour Kyle.

Et ça y est, tous les élèves rient à gorge déployée, Kyle y compris. Je suis si fière d'Omar.

Juste une minute ?

J'espère que Jackson me réserve un muffin canadien géant au sirop d'érable.

Je lui renvoie une émoticône pouce brandi. Et un smiley, pour faire bonne mesure.

Chapitre 54

– Tu vas le manger, ton œuf ?

– T'as pas de déjeuner ? Tu fais la manche, tu veux un dollar pour le distributeur ?

Maggie rabroue Carlisle Patone, qui louche sur mon œuf dur. Elle a toujours intimidé les gens mais jamais autant qu'en ce moment. Après la dernière représentation de *Barberousse*, elle s'est teint les cheveux en brun et, avec le vert fluo en dessous, ça a donné une sorte de motif camouflage. Elle dégage quelque chose de militaire, du genre qui ne fait pas de quartier.

– Attends !

Je tends mon œuf à Carlisle, qui s'en empare, reconnaissant, avant de détaler sans demander son reste.

Maggie lève les yeux au ciel. J'ignore si sa moue s'adresse à Carlisle ou à moi.

– Je ne vois pas où est le problème. Il te reste des semaines pour trouver un truc.

On est assises au comptoir près de la baie vitrée, celle qui donne sur la piste d'athlé. Je n'avais pas la force d'affronter Natalie et Tahlia, aujourd'hui. On n'est que toutes les deux, prises en sandwich entre quelques élèves qui pianotent sur leur ordinateur.

Et Carlisle. Mais, maintenant qu'il a raflé mon œuf, il nous fiche la paix.

Ce matin, j'ai goûté à cinq minutes de jubilation pure. Depuis, mon moral dégringole en chute libre. Je n'ai même plus le courage de mordre dans un œuf.

Voici une reconstitution des cinq minutes magiques.

– Salut !

Ça, c'est Jackson bondissant hors de sa salle d'allemand dès la sonnerie pour m'accoster à la seconde où je quitte le cours de Tanner. Il a les joues rosies par le soleil ou par le vent et ça lui donne l'air vif et réjoui. Et moi qui n'ai pas skié, j'affiche le même teint rubicond et la même mine enjouée, mais pour d'autres raisons.

Je ne l'ai pas vu depuis dix jours et mon corps se tend d'instinct vers lui pour l'étreindre, mais je me rattrape et lui présente mon poing. Et Jackson, qui me connaît bien, me gratifie d'un *fist bump*. Dans mon ventre, je jurerais que dame Papillonne a invité toutes ses copines à un cours de Zumba, alors que je l'avais expressément priée de se tenir à carreau.

– Quoi de neuf ? je demande à Jackson.

Il ne me tend pas de muffin géant ni de flacon de sirop d'érable. Il faut croire qu'il ne m'a rien rapporté du Canada, finalement.

– Tu as quoi, maintenant ? Espagnol ?

– *Sí, señor.*

– Je t'accompagne. J'ai EPS, je peux me permettre d'arriver à la bourre.

– OK, mais faudra pas venir pleurer si t'écopes de tours de piste.

Je ne m'inquiète pas pour Jackson. Il a de longues jambes ; ce doit être un très bon coureur. En revanche, il m'a l'air un peu nerveux pour quelqu'un qui revient de deux semaines au ski.

– T'as passé de bonnes vacances ? me demande-t-il.

– Bof, très famille. Et Banff, c'était comment ?

– Pareil : très famille.

– Oui, mais sur les pistes. Ça vaut toujours mieux que devant la télé.

– Ça dépend de la famille.

J'aimerais que mon cours d'espagnol ait lieu très loin d'ici pour qu'on continue à marcher et à parler des heures durant. En Espagne, par exemple. Mais j'ai aussi envie de m'enfermer à double tour dans le premier casier, parce que j'ai passé assez de temps à contempler le beau visage de Jackson pour me rendre compte que, aujourd'hui, un mélange de stress et d'excitation remplace son habituelle assurance à toute épreuve, et que ça me fait un peu flipper.

– Bon, alors, dis-moi, me lance-t-il, c'est quoi, cette histoire de gala ?

Oh…

C'était donc ça.

Les affiches ont été placardées ce matin. Dessus, tracées au feutre, l'injonction « Réserves ta place ! » et une nuée de flèches maladroites pointant vers l'URL du site de vente des billets. J'ai fait remarquer la faute à Kurtis et Omar en pestant contre l'orthographe affligeante des membres du BDE, et je me suis demandé qui pouvait bien avoir envie de consacrer ses vacances à organiser un gala. Ce n'est qu'à présent que je me rends compte qu'un nouvel élève bien décidé à tailler sa place au lycée, un élève entreprenant, plein d'avenir, parfaitement à son aise même dans les situations guindées avec cavaliè.r.e exigé.e, a pile le bon profil pour s'intéresser à ce genre d'événement.

Le burrito que papa a tenu à me faire avaler ce matin en guise de petit déjeuner s'avachit dans mon estomac. Le classeur de bons plans de maman ne fait pas mention du gala de février du lycée et je m'en étais bien gardée, moi aussi.

– C'est plus formel que la soirée d'intégration mais moins que le bal de promo, dis-je sur un ton aussi informatif que possible.

J'hésite avant d'ajouter :

– Et c'est ouvert à tout le monde à partir de la seconde.

– C'est sympa ?

– Aucune idée.

– Tu y vas ?

– Je n'y ai pas vraiment réfléchi.

Mensonge. Je m'efforce de gagner du temps, parce qu'on arrive à un tournant de la conversation. Soit Jackson s'apprête à me demander de l'aider à inviter Poil-de-Carotte au gala de façon marrante et décalée, ce qui serait un cauchemar, une catastrophe et un crève-cœur, soit…

– Ça te dirait qu'on y aille ensemble ?

… il va m'inviter moi, ce qui est génial, merveilleux, terrifiant et super galère.

– Euh, hein ?

Je déglutis péniblement (j'ai un cours de Zumba pour papillons dans la gorge et ça me coupe la respiration).

Jackson pousse un soupir exaspéré. Il se campe en face de moi et articule lentement comme s'il s'adressait à un enfant. Un enfant ne parlant pas sa langue. Et souffrant d'une commotion cérébrale.

– Tu veux aller au gala avec moi ?

« Tu plaisantes ? Bien sûr que oui. Quelle question ! La seule chose que je souhaite encore plus, c'est une femme à la tête de chaque pays du monde, une solution éthique et efficace au réchauffement climatique et aux problématiques de développement durable, et un frigo personnel pour que je n'aie plus jamais à manger de trucs que Tyler a touchés. En quatrième position sur ma liste (mais en première position par ordre de chances que ça se produise de mon vivant), il y a : aller au gala avec toi. »

– Tu peux dire non, m'assure Jackson. Je ne le prendrai pas mal. J'apporterai ma plume de poète maudit pour me tenir compagnie.

« Mais, avant que je te hurle oui, ôte-moi d'un doute : quand tu me proposes qu'on y aille ensemble, tu veux dire comme quand on est allés *ensemble* voir la pièce de Maggie et qu'on s'est assis à côté de la fille de ton cours d'allemand ? Comme quand on a dîné *ensemble* avec nos parents, ta sœur et mon frère pour faire tampon entre nous ? Ou quand on est allés *ensemble* au *Copernicus Café* et que je t'ai sorti que je devais me concentrer sur le lycée ? C'est bien de ça qu'il est question, hein ? On peut s'en tenir là ? Tu veux qu'on y aille ensemble, mais pas ensemble, *ensemble*, si ? »

– Greer ? L'hémisphère gauche de ton cerveau a disjoncté ? Ou tu réfléchis à une manière polie de décliner ?

« Tu sais quel hémisphère cérébral abrite le centre de la parole ? Je crois que je suis amoureuse de toi. »

– Non, dis-je. Enfin, oui pour qu'on y aille ensemble, non pour le cerveau qui disjoncte.

Je devrais m'arrêter là. Je devrais faire confiance au destin. Me dire que tout se passera bien. Faire confiance à Jackson et à son intuition (il me connaît sûrement assez pour comprendre). Me faire confiance à moi, aussi, et fermer mon clapet ! Mais, étant moi, je ne peux pas. C'est au-dessus de mes forces. J'espère ne pas me méprendre sur ses intentions, alors, pour lever tout malentendu, je déclare :

– Ce sera l'occasion de rédiger une critique du gala, pour le classeur de ma mère !

Je lâche un rire forcé. Ma blague tombe complètement à plat.

Le classeur de ma mère. J'ai vraiment osé évoquer le classeur de ma mère ? Il faut croire que oui. Ce classeur, c'est un terrain connu. Une zone neutre. Mon chat perché. C'est par lui que notre relation a commencé et elle ne s'aventurera pas plus loin. « Jackson, si je pouvais, je passerais chaque minute avec toi, mais il faut que tu comprennes que je ne suis pas de celles avec qui on sort. Je ne suis pas de celles qu'on touche. Je sais que tu finiras par avoir envie de plus et de passer à autre chose, tôt ou tard (de préférence tard). »

Jackson me fixe et cligne des yeux pendant un moment qui me paraît durer une heure et répond :

– Ah, euh, OK. Toute ta famille est très impliquée dans le business de la mutation, à ce qu'on dirait.

Il esquisse un sourire. Moins éclaboussé de soleil que celui de tout à l'heure devant la salle de Tanner, mais c'est mieux que rien.

Après ça, je pénètre dans ma salle d'espagnol en lévitation sur un essaim de *mariposas*. On n'a plus qu'à acheter nos billets pour le gala. Une soirée avec Jackson, qui aurait pu choisir de la passer avec n'importe qui ! Je me promets de ne pas tout gâcher.

C'est alors que Maestra Bonnie (la prof d'espagnol est à fond, bien qu'elle soit née dans le Wisconsin) nous montre des photos du mariage de sa fille et nous prie de les décrire en espagnol. Il s'agit de l'un de ses exercices préférés, ce qui explique que je possède tout le vocabulaire requis pour décrire les choses ayant trait à la vie de Bonnie (soit : les chiens, les plats de Noël, les fournitures de bureau) et pas un mot pour parler de la culture hispanique ou latino-américaine. Je sais dire « le carlin s'est roulé dans la boue », mais j'ignore si les Mexicains ont un hymne national et je ne saurais pas nommer leurs petits gâteaux traditionnels en forme de cochons.

Nella Woster décrit le *vestido hermoso* à grand renfort de détails quand, soudain, je percute : à moi aussi, il va me falloir un *vestido hermoso* pour le gala. Comment diable vais-je nous fourrer toutes les trois dans une robe de soirée, Marthe, Maïté et moi ? Faut-il que je me cherche une jupe en molleton assortie à mon sweat ?

C'est là que mon moral a piqué du nez. D'où les efforts de Maggie pour me le remonter.

– Allez, Greer. On va te trouver un truc fabuleux.

– Permets-moi d'en douter.

– Bon, on va te trouver un truc pas mal.

– Il ne s'agit pas que de la robe. Je ne suis pas sûre d'avoir envie d'y aller.

– Ben voyons.

Elle croise les bras et hausse un sourcil.

– Tu ne comprends pas, Maggie.

– Explique-moi, alors !

Elle se penche vers moi. Instinctivement, je recule. Comment lui faire comprendre ce que je ne comprends pas moi-même ? J'aurais mieux fait de tenir ma langue et de souffrir en silence jusqu'à la fin du déjeuner.

Soudain, miracle, je suis sauvée. Nat et Tahlia émergent d'une vague d'élèves en train de quitter la cantine.

– Pourquoi vous nous snobez ? demande Tahlia en dégainant sa boîte de chewing-gums.

– Ooooh ! s'exclame Natalie en tendant aussitôt la main.

Sans me quitter des yeux, Maggie soupire et improvise :

– Greer essayait de m'expliquer les logarithmes.

– La chansh, articule Natalie en mastiquant. T'as ton propre chénie des maths. Hé, mais ch'est goût raijin, ou quoi ?

Je prends congé des filles et file en cours. Si seulement la vie n'était que logarithmes !

Chapitre 55

Je ne vais pas mentir. À une certaine époque (brève, très brève), quand Marthe et Maïté n'avaient pas dépassé le bonnet C, elles ne me déplaisaient pas. Mieux : j'en étais plutôt fière.

Plus jeune, je ne me suis jamais passionnée pour les pop stars ou les célébrités, leur style ou leur actualité (sauf si on compte J. K. Rowling, le présentateur de l'émission scientifique de Disney Channel, ou Stephen Hawking – paix à son âme). Quant aux seins, pour moi, c'était un non-sujet. On n'était pas bien vieilles quand Tahlia a fourré deux peluches sous son T-shirt à une soirée pyjama et lancé une chanson de Katy Perry sur le lecteur karaoké. Tout de suite, ça a été la surenchère ; les filles ont rivalisé de nichons en peluches afin d'incarner des Katy Perry plus réalistes encore. Ensuite, elles ont pris des feutres lavables et se sont dessiné de grosses lèvres rouges. Puis quelqu'un s'est pris les pieds dans son sac de couchage et ça a dérapé en partie de vols planés sur un tas de coussins géant. C'est là que je suis entrée en piste. Les vols planés, je trouvais ça marrant.

Pourquoi cette anecdote ? Parce que certaines filles attendaient leurs seins comme le Messie. Elles en guettaient la naissance, à l'affût du moindre renflement. Elles traquaient le moindre poil, tout ce qui, selon elles, les changerait officiellement… en femmes, je suppose. Moi, au même âge, je collectionnais les images de robots d'exploration martienne. Devenir une femme, ça ne me faisait ni chaud ni froid. J'attendais de devenir une scientifique.

Puis, à mon entrée en troisième, alors que mon corps entamait la mutation qui allait lui donner sa forme actuelle, mes parents ont été invités à un gala de charité pour l'Alliance des centres d'art dramatique de Chicago. Pour l'occasion, maman s'est acheté une robe. Elle était bleue, évasée mais ajustée à la taille, et dotée d'une encolure si large que les manches remplissaient une fonction essentiellement décorative. Le tissu moiré scintillait comme un hologramme. Selon l'angle, le bleu saphir se teintait de reflets pourpres, noirs et gris acier. Sur le côté, des broderies noires ornaient la jupe et le corsage.

Maman m'a convaincue de l'essayer, juste pour rire.

Elle aimerait que je m'intéresse plus aux fringues. Ses copines la narguent avec leurs récits de virées shopping mère-fille (tout en se plaignant des goûts de luxe de leur progéniture, qui les tient pourtant d'elles). Moi, pour choisir mes vêtements, je ne retiens qu'un seul critère : mon confort. Je portais déjà ce jean hier ? Encore mieux ! Apparemment, c'est frustrant pour maman. Frustration qui remonte, si j'ai bien compris, au fiasco du magasin de LEGO. Désormais, peut-être qu'elle se félicite de mon rejet de la mode. Il n'y a pas de magasin de prêt-à-porter pour ado à poitrine plus grosse que le reste de son corps dans son fameux classeur.

Cependant, quand j'ai enfilé sa tenue de gala et fait coulisser la fermeture à glissière latérale, il y a environ un siècle, on aurait juré que la robe avait été coupée pour moi. L'encolure soulignait mon décolleté et épousait ma taille fine juste ce qu'il fallait. J'avais pile le bon ratio de courbes et pile au bon endroit. Mes yeux paraissaient trempés dans le même bleu moiré que la robe. Pour la première fois, je ne ressemblais pas à une petite fille déguisée. On m'aurait cru née pour fréquenter le gratin, une coupe de champagne à la main. J'ai rassemblé mes cheveux en un chignon approximatif pour dévoiler ma nuque et mes épaules et je me suis humecté les lèvres pour les faire briller. J'ai même enfilé les escarpins argentés de maman.

– Waouh ! Ma puce, tu es canon.

C'était vrai.

Et je buvais du petit-lait.

Attention ! N'allez pas croire que j'aie cessé pour autant d'être forte, brillante et spirituelle. Pas une seconde je ne me suis imaginée valsant au bras d'un bel inconnu au gala. Je me voyais plutôt invitée d'honneur, remerciée pour avoir financé avec l'argent de mon prix Nobel de physique une nouvelle aile du musée de l'Égalité hommes-femmes. Ou un truc dans le genre. Il n'empêche que sur l'estrade, j'aurais été à tomber.

Je me suis plantée devant le miroir en pied. Je pensais que ce serait comme ça, la vie d'adulte. Facile. Tout ce que j'enfilerais serait impeccable et sublime. Je me sentirais belle et parfaite jusqu'au bout des ongles. Et toutes les parties de moi (ma bosse des maths, mon sens de l'humour, ma plastique) s'accorderaient en un tout harmonieux.

L'illusion n'a duré qu'une journée. Je n'ai plus jamais rien ressenti de tel. Pas même sous mon sweat XXL. Pas même dans mon maillot de volley sur mesure. Pas même caparaçonnée de mon Stabilizer.

Ce soutif rend mon existence tolérable, mais pour le sublime, on repassera. Et, si j'essayais la robe bleue de maman aujourd'hui, la fermeture Éclair resterait coincée au premier cran.

Chapitre 56

Je suis invitée à une sortie shopping avec Jessa et d'autres filles de l'équipe de volley. Jess va au gala avec Kermit Walltower et toute une bande de potes. En fait, Kermit s'appelle Kobe mais, depuis le CE1, tout le monde le surnomme Kermit, à cause de sa *lunchbox* à l'effigie de Kermit la Grenouille. Jess et lui sont amis depuis qu'ils ont fait du base-ball ensemble en troisième année de maternelle. Il lui a proposé d'être sa cavalière au gala du lycée, elle a accepté puis a rameuté cinq copines et quelques garçons. D'après Jessa, toute activité digne de ce nom se pratique en équipe. Kermit ne s'est pas vexé. Il est bonne pâte.

Suzanne est un vaste entrepôt haut de plafond, vivement éclairé et plein à craquer de robes de cocktail et de mariée. Elles sont classées par longueur et par couleur le long d'une multitude de portants. L'ambiance fait plus supermarché que boutique chic. Il y a un rayon « Promos : tout à moins de 79 $ » où l'on ne trouve que des robes rose Barbie ou jaune vomi. Au rayon XS, une horde d'ados maigrichonnes piétine le seul carré de moquette du magasin. Je constate avec déception (mais sans grande surprise) que, par « tailles spéciales », le magasin veut dire « 46 et plus ». S'il proposait à la vente un format 36-en-bas-et-gros-bûcheron-en-haut, ça, ce serait spécial !

Je déambule entre les portants, brandissant un pouce enthousiaste à l'adresse des copines qui me montrent tel ou tel modèle en quête d'approbation. Les unes après les autres, mes coéquipières s'engouffrent dans les cabines d'essayage avec des brassées de taffetas et de sequins. J'aurais adoré cet endroit, enfant, avant de constater que ma tenue me valait plus d'attention que mes talents. Le message sous-jacent, chez *Suzanne*, c'est : « La beauté est un devoir. » Il faut croire que certaines nanas ne sortent jamais de cette phase. D'autres, comme Jessa, trouvent simplement marrant de troquer leur éternel jogging contre un déguisement, histoire de changer de peau une fois de temps en temps.

– Ce modèle vous irait très bien.

Je n'ai pas entendu la vendeuse approcher. Le mannequin en plastique le plus proche est affublé d'une robe fourreau dorée fendue jusqu'à mi-cuisse et d'une parure de strass. Ce modèle m'irait à ravir, en effet, si j'étais une quinquagénaire émaciée au gala d'un musée, et non une volleyeuse de quinze ans à la recherche d'un sweat à capuche de soirée.

– Je ne crois pas, dis-je.

– On cherche un modèle en particulier ? On aime quel genre de coupe ?

« On » cherche un truc ample et bouffant qui ne requiert pas de double amputation.

La vendeuse me regarde avec un sourire carnassier. Elle porte une jupe ivoire, des escarpins de la même teinte et un mètre de couturier pend à son cou comme un sautoir. Mais rien à voir avec celui de Mme K-B, que l'usure avait assoupli et où traits et chiffres s'étaient presque effacés à force de mesurer jambes et tours de taille, d'épouser les coupons et de contrôler les patrons année après année. Celui de la vendeuse est neuf, luisant et raide. Il n'a jamais rencontré de corps comme le mien et ce n'est pas aujourd'hui que ça va changer. Pas question !

– Je regarde juste, dis-je.

– Quelque chose d'un peu moins sophistiqué, peut-être ? Une robe chasuble ?

– J'accompagne simplement des copines. Je n'ai pas besoin d'aide…

– On fait quelle taille ?

– Je, euh… quoi ?

– Quand on a l'habitude du S, du M et du L, voire du taille Unique, c'est vrai que ça peut dérouter, tous ces chiffres. Mais choisir une robe de soirée, c'est un peu plus compliqué qu'acheter un sweat !

Elle désigne le mien d'un petit coup de menton. Elle me prend pour une débile, ou quoi ?

– Passons en cabine, je vais prendre quelques mesures…

Elle s'éloigne, s'attendant à ce que je la suive. Je fais alors ce que toute personne sensée ferait dans ma situation : je me laisse tomber à quatre pattes, je rampe sous un portant bardé de robes longues et me sauve ventre à terre.

Il y a une sorte de boudoir vers les cabines d'essayage. Je me vautre sur un fauteuil à fleurs et regarde mes copines défiler devant les miroirs.

Jessa et les autres s'amusent tellement que c'en est presque contagieux. Elles ne minaudent pas comme des pimbêches. Elles passent un bon moment, tout simplement. Ça me rappelle la distribution de nos maillots. Ce moment où j'ai vu toute l'équipe se changer et se métamorphoser sous mes yeux. J'ai un petit pincement au cœur.

Mena, qui est, pour citer sa propre mère, « maigre comme un spaghetti cru », essaie une robe asymétrique qui lui dénude une épaule. Le tissu plisse de partout. Jessa, comprimée dans une sorte de long tube noir, s'approche d'elle par-derrière et s'empare d'une poignée de tissu.

– Parfait ! Ça nous fera une poche pour nos téléphones. Et nos clés. Et nos manteaux !

Mena lui flanque une tape sur le bras.

– Je regrette, le XS est notre plus petite taille, se désole une vendeuse. Mais nous proposons un service de retouches…

– Et ça coûte combien ? s'enquiert Jessa.

– Eh bien, il y a plusieurs facteurs à prendre en compte…

– En gros, c'est cher, traduit notre capitaine pour Mena. T'as qu'à mettre des épingles !

– Je ne vous le recommande pas, commence la vendeuse.

Mais Mena est déjà en train de s'enfermer dans sa cabine.

– Celle-ci, je la trouve pas mal, affirme Jessa.

Elle chaloupe des hanches devant l'un des miroirs de façon suggestive (au mépris du quatuor à cordes que diffusent les haut-parleurs de chez *Suzanne*). Elle ne tire pas sur le tissu qui moule ses rondeurs. Elle n'essaie pas de rentrer le ventre. Elle ne s'inspecte pas sous toutes les coutures. Elle bouge, un point c'est tout. Elle bouge comme si les bourrelets avaient droit de cité sur le corps humain. On dirait qu'elle vient de se découvrir une seconde peau, ou bien d'enfiler le nouveau maillot de l'équipe. Jessa arbore sa robe comme tout ce qu'elle revêt : sans complexes.

– Hé, Jess ! lui lance Mena à travers la porte de sa cabine. Tu vas t'acheter des genouillères noires pour aller avec ta robe ?

– Ah, nous voilà ! gazouille Mètre Ruban en fondant droit sur mon fauteuil, les bras chargés de robes. J'ai cru qu'on s'était perdues.

Et moi, je croyais t'avoir semée.

– On va commencer avec quelques modèles très différents pour se faire une idée de ce qui nous plaît, puis on avisera à partir de là.

La voilà qui suspend ses cintres à la tringle d'une cabine.

– On va regarder les accessoires, m'informe Kate en zyeutant le fond du magasin avec Khloe.

Que j'aimerais faire partie de ce « on » plutôt que du « on » tordu de Mètre Ruban !

Jessa retire sa robe au milieu du boudoir.

– Tu veux l'essayer ? me propose-t-elle. Elle est super élastique, on dirait un legging en stretch. Si elle te plaît, on prend la même. Ça ne me dérange pas.

Un maillot d'équipe, je vous dis.

Elle me tend la robe roulée en boule mais je secoue la tête.

Je m'efforce de rester optimiste. Après tout, Jessa et Mena n'ont pas des morphotypes standards, elles non plus, et ça ne les empêche pas de faire des essayages. Il va bien falloir que je me dégote un truc à mettre. Or, ici, c'est le temple des trucs à se mettre ! La porte de la cabine se referme avec un déclic et je retire mon jean. Dans le miroir, mes jambes sont longues et musclées. Pas fuselées comme des jambes de danseuse ou de gymnaste. Mais je ne vois pas ce qu'on pourrait leur reprocher, à part les bleus plus ou moins récents que me valent mes acrobaties sur le terrain de volley. Mes jambes n'ont pas besoin d'une taille spéciale.

Ensuite, j'ôte mon T-shirt. L'hémisphère nord de mon corps n'est pas raccord avec l'hémisphère sud. En dessous de la ceinture, je suis en LEGO et au-dessus, en DUPLO. Ce n'est pas d'une taille spéciale que j'ai besoin. C'est d'une taille magique !

Je vais m'en mordre les doigts mais j'entreprends d'essayer la sélection de Mètre Ruban.

Je commence par une robe fourreau, la même que portait Mena tout à l'heure. Je tente de l'enfiler comme un pull. Elle ne descend pas plus bas que mes aisselles. J'ai beau tirer, rien n'y fait. Je tente donc de l'enfiler comme une jupe. La robe franchit mes hanches mais après, ça coince. Autant essayer de glisser une otarie dans une chaussette de ski. Et une chaussette de ski pas du tout extensible ! Je renonce et j'examine la robe en la tendant à bout de bras. Elle est de la même largeur partout. Mon optimisme bat de l'aile. Je me ressaisis. Je n'en suis qu'à mon premier essai. Je remets soigneusement le tube sur son cintre comme Kathryn Walsh me l'a appris.

J'essaie une robe turquoise de type patineuse. Je ne commets pas la même erreur deux fois : je l'enfile comme une jupe. Elle tombe bien à la taille et le tissu, de la soie sauvage avec de jolies imperfections, est vraiment magnifique. La longueur, au-dessus du genou, flatte ma silhouette et je me laisse aller à me dresser sur la pointe des pieds pour voir comment ça rendrait avec des talons.

Je passe les manches et tente d'ajuster le corsage. C'est là que les choses se gâtent. Mes seins font de la résistance. Je hisse le tout pour gagner un peu de marge. Le haut est à présent en place, mais le tissu est tendu à bloc sur ma poitrine et la jupe est de traviole, plus courte devant que derrière. Pour couronner le tout, je ne peux plus lever les bras et j'ai deux sacs de riz de cinq kilos qui pendouillent jusqu'au nombril. Je n'ai même pas essayé de fermer le zip latéral : il y a une bande de vingt centimètres de peau nue à couvrir, je n'y arriverai jamais. Il me faudrait toute la largeur de la robe de Mena pour boucher le trou.

Je me débarrasse de cette horreur aussi vite que possible.

– On trouve son bonheur ? me lance Mètre Ruban depuis le boudoir.

Arrête avec ce on !

– Pas vraiment, je réponds.

Je replace la robe sur son cintre un peu moins soigneusement que la première.

– Et si on essayait une autre taille ?

Stop, je te dis !

– Je ne crois pas que ce soit un problème de taille.

– Ah ? On n'aime pas la couleur, peut-être ?

Sérieux, soit tu me rejoins dans l'instrument de torture médiéval en polyester bonnet F qui me sert de soutif, soit tu arrêtes immédiatement de dire «on». Je t'assure que je suis extrêmement seule, là-dedans.

– Euh… tout est trop étroit au niveau du buste.

Un ange passe.

– Et si on prenait quelques mesures ?

La poignée s'agite, mais j'ai mis le verrou (pas folle !).

– Non, merci.

Je n'ai pas besoin qu'on me mesure. Je ne crois pas que cette boutique sache compter jusque-là.

Jessa s'en mêle :

– Elle a de gros seins. Je pense que c'est ça le souci.

Je la foudroie du regard à travers la porte de la cabine. Elle n'a toujours pas retenu le premier commandement : tu ne parleras point des seins de Greer. Jessa, son credo, c'est : tu parleras de tout ce qui te passe par la tête. La plupart du temps, c'est le volley. Parfois, les boissons protéinées. Et, à l'occasion, les nichons.

J'essaie les autres robes. C'est de pire en pire. En T-shirt, je glisse la tête par la porte entrouverte pour dire à Kate qu'elle est superbe quand l'infernale Mètre Ruban revient, un nouveau cintre dans chaque main.

– J'ai pensé que ce bleu mettrait en valeur vos…

Au milieu de sa phrase, son regard part à la dérive. Il quitte mon visage pour se fixer sur ma poitrine.

– … yeux, conclut-elle.

« Sauf que ce ne sont pas mes yeux que tu mates, je râle en mon for intérieur. Mes yeux, ils se trouvent plus haut. » Je la remercie et j'emporte les robes dans mon enfer personnel.

Pourquoi on se donne encore la peine d'organiser des bals et des galas au lycée ? Je croyais que notre génération n'interagissait que *via* les écrans, de toute façon. Pourquoi ne pas remplacer le gala par une simulation ? Mon avatar ferait un bonnet B. Et il aurait des épées à la place des bras. Je suis dégoûtée.

S'ensuit une nouvelle séance d'essayages désastreux assaisonnée d'un tas de nouveaux conseils foireux. Mètre Ruban ne lâche pas le morceau. Elle n'arrête pas de me rapporter des robes qu'elle empile deux par deux sur la tranche de ma porte de cabine. Elle a renoncé aux modèles près du corps et m'inonde de robes vaporeuses, mais rien n'y fait : pas une seule n'est taillée pour une fille aux nichons gonflés comme un Zodiac. Leurs fermetures à glissière ne glissent pas loin.

Pendant ce temps, les autres admirent les bijoux. J'ai dit à Jess d'aller les rejoindre. Je finis par jeter l'éponge. Je prends ce que me tend Ruban et je le suspends direct à la patère. À quoi bon s'obstiner ? Rien ne m'ira. On est beaucoup trop loin du compte. Je m'efforce de ne pas songer aux conséquences de ce constat, mais la vérité s'impose à moi : je peux dire adieu au gala. Je vais devoir inventer une excuse pour me défiler. J'aurais dû prévoir que ça se passerait comme ça et décliner l'invitation de Jackson en prétextant une bar-mitzva au Nouveau-Mexique ou quelque chose comme ça. Maintenant, il va s'imaginer que je n'ai pas envie d'y aller avec lui.

Je me recroqueville sur mon banc et je joue sur mon téléphone tandis que ma cabine se mue autour de moi en dressing de diva.

– Bon, je pense qu'on pourrait partir sur quelque chose d'un peu différent. Souvenez-vous qu'on peut retoucher les robes au besoin !

Le bout pointu des escarpins de Mètre Ruban s'insinue sous la porte de ma cabine. Une masse de tissu digne d'un chapiteau de cirque apparaît au sommet. Je décide de faire une dernière tentative avant de déclarer officiellement forfait.

La robe est longue, ample, flottante. Celles que m'a proposées Ruban jusqu'à présent étaient de couleur vive mais celle-ci est toute blanche. Bizarrement, j'arrive presque à remonter la fermeture Éclair jusqu'en haut. Avec un petit coup de main, on devrait pouvoir y arriver sans que j'aie à me raboter les seins. Mais, à la taille, je flotte de façon suspecte. Suspecte comme la longueur et la couleur du vêtement. Je me console en me rappelant que Marthe et Maïté ont enfin trouvé chaussure à leur pied quand j'aperçois mon reflet dans la glace.

Sur l'étiquette, qui me pend sous l'aisselle, je lis : *Suzanne – collection : Oui ! Pour future maman.*

Je suis déguisée en mariée enceinte.

Cette fois, je ne me fatigue pas à remettre la robe sur son cintre. Je la laisse en vrac par terre et sors en tapant des pieds. Je n'adresse pas un mot à Mètre Ruban, qui m'attend dans le boudoir et ne s'est pas départie du sourire placide qu'elle arbore à longueur de journée (ainsi que la nuit, à force, je parie).

Jessa et les autres s'amusent comme des folles au rayon des accessoires. Elles ne remarquent pas que je m'enfuis du magasin. Je m'excuserai plus tard par SMS. Là, j'ai besoin d'être seule.

Je veux dire : *on* a besoin d'être seules. Toutes les trois.

Chapitre 57

Quinlan m'ouvre avant même que je frappe à la porte, comme si elle guettait mon arrivée. Peut-être qu'elle m'a vue tergiverser devant chez elle, m'avancer, m'éloigner, revenir dans l'allée, faire demi-tour, m'asseoir sur le trottoir, tripoter mon portable et enfin gravir les marches du perron.

Si elle a effectivement remarqué mon manège, elle n'y fait pas allusion.

– Salut, Greer, me dit-elle avant de s'écarter pour me laisser entrer.

Elle porte un bas de pyjama à baleines armées de crosses.

Quinlan suit mon regard et déclare :

– J'en voulais avec des ballons de volley, mais y avait que ces raquettes bizarres.

Il manque dix bons centimètres à son legging, qui découvre deux chevilles décharnées et si pâles que sa peau paraît violette. Je me demande si cette gamine possède un seul pantalon à sa taille.

– Ce sont des crosses, dis-je. Le lacrosse, c'est le sport préféré de Tyler.

– Mais toi, ton sport, c'est le volley.

– Oui. Enfin, je débute. Le lacrosse aussi, c'est sympa. Tyler, il adore parce que les joueurs peuvent en profiter pour se taper dessus avec leurs crosses.

Quin pouffe.

– Merci pour les livres que tu m'as donnés, dit-elle.

« Prêtés », je pense.

– Tu en as lu quelques-uns ?

– Presque tous ! En ce moment, je lis *Artemis Fowl.*

Artemis Fowl ! Mais bien sûr ! C'était celui-là qui manquait aussi.

– Tu as toute la série ? m'interroge Quinlan.

– Oui.

– Et tu as tout lu ?

– Bien sûr !

– Jackson, il a lu que les trois premiers.

Voilà qui ne me surprend guère.

– Les premiers, c'est les mieux.

– Oui, c'est souvent comme ça. Mais quand je commence une série, après, je me sens obligée de la lire en entier. Et ça m'énerve parce que l'auteur m'empêche de lire autre chose pendant ce temps.

J'éclate de rire, parce que je fonctionne pareil.

– Tiens ! Bonjour, Greer, me salue Melinda en pénétrant dans le vestibule. Ta mère est avec toi ?

Elle scrute l'entrée comme si je planquais maman derrière mes seins.

– Non, j'aimerais juste parler à Jackson cinq minutes.

– D'accord. Je crois qu'il sort de la douche. Ne bouge pas.

Elle s'élance dans l'escalier, me laissant seule avec Quinlan et une vision fantasmée de Jackson nu, ses abdos en béton armé ruisselants d'eau et de shampooing. Papillonne mime un strip-tease mais je la rappelle à l'ordre d'un coup d'index dans les côtes. « Arrête ça tout de suite. Il faut que tu lâches l'affaire. »

– C’est un vrai ?

Quinlan lorgne le pendentif en diamant dont j’ai hérité à la mort de mamie. Ce n’est pas un bijou de famille à proprement parler ; maman a revendu ceux de ma grand-mère chez un antiquaire pour m’acheter celui-ci chez *Tiffany* mais, à nos yeux, ça reste le collier de mamie (bien qu’il soit nettement plus chic que les gros machins clinquants que ma grand-mère affectionnait).

– Non, dis-je en fourrant précipitamment la chaîne sous mon col, c’est du toc.

Mensonge inutile. Je sais désormais que Quin ne vole pas les objets en fonction de leur prix mais de la valeur sentimentale que leur accordent leurs propriétaires.

Melinda réapparaît au rez-de-chaussée.

– Tu peux monter, Greer.

Elle empêche physiquement sa fille de m’emboîter le pas.

J’étais déjà stressée mais, là, mon cerveau menace d’éclater. Jackson m’attend peut-être torse nu, une serviette de bain en guise de pagne, et quand j’y pense, je suis tiraillée entre l’espoir et la terreur. Qu’est-ce que je fais si c’est le cas ? Je lui serre poliment la main et je lui recommande la rubrique « vêtements pour hommes » du classeur de maman ? Je lui bave de désir sur les pieds ?

Jean et T-shirt délavé. Cheveux mouillés, pieds nus et délicieuse odeur de propre.

– Hey ! me lance-t-il, radieux.

Il n’est pas rasé. Le soleil qui inonde sa chambre fait ressortir une très légère ombre de barbe sur ses joues. Il n’a rien à faire là, ce soleil. Il est beaucoup trop lumineux et éclatant. Il ferait mieux de se planquer derrière un cumulonimbus.

– Qu’est-ce que tu fais là ?

– Oh, euh… je venais contrôler la pression de l’eau de ta douche.

Jackson rit et, du menton, m'indique la salle de bains.

– Ah, ouais ? On y va, alors. Je te suis.

Je rougis jusqu'aux oreilles. Bon sang, il est fort en flirt !

– Monsieur, je représente la Société de conservation de l'eau du Grand Chicago. Nous ne nous douchons jamais. Ce serait gâcher. Saviez-vous que l'eau d'une seule douche permettrait de préparer des centaines de cappuccinos ?

Et voilà, fin du flirt. Sauvée. Bravo, Greer.

De nouveau, il rit et, comme le soleil, il rayonne trop pour la scène qui va suivre. Tôt ou tard, je vais devoir lui apprendre la raison de ma présence, mais je n'en ai pas envie. J'ai pourtant répété la scène. Je vais le regarder droit dans les yeux et lui dire que j'ai changé d'avis, pour le gala, que je préfère qu'on reste amis et qu'il vaut mieux qu'il invite quelqu'un d'autre. Tel est mon plan. Je me montrerai franche et factuelle et il ne posera pas de questions (il sera probablement soulagé), et chacun s'en ira de son côté, ce qui coupera court à mes fantasmes de chute de serviette de bain. Quant à Jackson, il pourra enfin mener une vie d'ado normale et aller aux grands événements avec son Angela Merkel pour cavalière.

– Je me disais bien que je vous avais déjà vue quelque part, plaisante Jackson. Vous bossez chez *Starbucks* ! Je vous ai démasquée !

Je m'empourpre de plus belle. Je me rappelle notre rencontre et l'obsession qui en est née. Je me fustige intérieurement. Quand tout se jouait dans ma tête, c'était facile ! Mais il a fallu que j'en veuille davantage, et voilà où ça nous a menés.

– *Ja,* dis-je, *und* tu es *ein* businessman allemand.

Mon ton est triste et solennel, cependant. Ce qui ne lui échappe pas.

Il incline la tête et me regarde en silence.

Je me hasarde à demander :

– *Willst du Kartoffelsalat ?*

C'est une phrase qu'il m'a envoyée par SMS un jour que j'étais au volley et que je mourais de faim. Ça veut dire : « Veux-tu de la salade de pommes de terre ? » et il s'agit de l'une des premières choses qu'il ait apprises à dire. J'ai trouvé ça marrant, alors on s'est envoyé des photos de recettes de *Kartoffelsalat* pendant quelques minutes jusqu'à ce que l'assistante de Reinhold m'ordonne d'aller ranger mon téléphone dans mon casier. Pourquoi ai-je envie de pleurer quand j'y repense ?

– Qu'est-ce qui ne va pas, Greer ?

Le soleil indécent illumine la cicatrice rose qui luit sur son arcade sourcilière ; elle se prend dans un pli de son front soucieux. Jackson attend ma réponse.

C'est maintenant ou jamais. Or, jamais n'est pas au menu. C'est donc maintenant.

– Je voulais te parler de…

Je n'arrive pas à le regarder en face, parce qu'il est malin, empathique et curieux et que je doute d'arriver à lui cacher ma détresse. Je fixe donc un point au-dessus de sa tête, et c'est là que je remarque que sa collection s'est agrandie. Au sommet de son étagère, je reconnais Batman dans son petit bateau en LEGO, le mini-iguane en peluche, le mug de l'aquarium de Monterey, la coupe de tennis et d'autres bibelots. Mais tout au bout, à droite, un nouvel objet a fait son apparition. Une grosse tasse ornée d'un chien, d'une voiture et d'un attaché-case en orbite autour d'un café. Une tasse estampillée *Copernicus Café. Qu'est-ce qu'elle fait là ?*

– Tu voulais me parler… de quoi ? me souffle Jackson.

J'hésite à l'interroger au sujet de la tasse, mais me voici lancée (malgré moi). De toute façon, je préfère ne pas savoir.

– Désolée. Je voulais te parler du gala.

– OK.

Comme je n'ajoute rien, il reprend :

– Je me disais que je pourrais passer te prendre en Uber.

– Ouais, je bredouille, toujours perturbée par la tasse.

« Ce type vit dans la sobriété la plus totale. Pourquoi cette tasse ? Il a flashé dessus ou quoi ? »

– Ce n'est pas ce que je voulais dire. En fait, euh… je crois que je ne vais pas y aller.

– Tu ne vas pas y aller ?

– Non. Désolée. Je croyais que je pouvais, mais en fait non.

« Pourquoi elle n'est pas dans la cuisine ? Pourquoi elle trône à côté d'un iguane et d'une figurine Batman ? »

– Tu as autre chose de prévu ce soir-là ?

– Non. Enfin, pas exactement.

« Quel est le point commun entre ces objets ? Qu'est-ce qui les relie ? »

– OK. Je vois.

Je croyais la chose impossible, mais Jackson a l'air mal à l'aise. Voire gêné. Il fait la même tête que moi quand on croise des amis de mes parents qui ne m'ont pas vue depuis longtemps (« Eh ben, Greer, tu as beaucoup, euh… changé ! »).

– Ce n'est pas que je n'en ai pas envie, je bredouille.

J'ai répété mon speech pour rien. Cette maudite tasse me fait penser au *Schnucks*, à notre rencard au café et à tout ce que j'ai éprouvé ce jour-là. Un cocktail grisant d'insouciance, d'espoir et de joie. Je pensais que, peut-être, ce serait pareil au gala. Mais je ne peux pas m'y rendre vêtue d'un vieux sweat XXL, et je me vois mal être insouciante et gaie en robe de mariée en cloque. Je ne sais plus quoi dire.

– Te fatigue pas, Greer. J'ai compris.

– Non, tu ne comprends pas.

Il ne comprend rien du tout. Il s'imagine que je n'ai pas envie d'être sa cavalière, mais il se trompe. J'irais n'importe où avec lui ! Au *Starbucks* ou au *Copernicus*, dans un hypermarché de banlieue, à Cleveland ! Si seulement mon corps n'était pas du voyage. Je contemple le chien minuscule qui gravite autour du café. Copernic était un crétin. Il croyait que l'univers tournait autour du Soleil. Alors que, de toute évidence, le monde tourne autour de mes seins.

– C'est juste que… C'est juste que je ne trouve rien à mettre, je bafouille.

Jackson relève la tête d'un coup.

– Quoi ?

Je me balance d'un pied sur l'autre.

– Je n'arrive pas à… trouver une robe qui…

– Attends. Tu annules le gala parce que tu ne trouves pas de robe à ton goût ?

Il me trouve débile, je l'entends bien. Je sens que je me braque. Il ne va pas me prendre pour une *fashion victim* superficielle, quand même ? Depuis le temps, il me connaît mieux que ça !

– Si tu veux, je porte la robe et toi, le smoking.

Est-ce qu'il plaisante ? Je ne crois pas.

– Tu ne comprends pas, je répète.

« Tu ne peux pas comprendre. Toi, tu es bien dans ta peau, quoi que tu portes, où que tu vives. »

Cette conversation est en train de déraper. J'aurais dû m'en tenir à mon histoire de bar-mitzva. Mais cela n'aurait fait que repousser l'échéance. Et moi, je n'en peux plus. Ces derniers temps, je suis en permanence au bord des larmes. Ça ne me ressemble pas. Avant, quand ma vie se limitait au lycée, à Maggie et aux émissions de cuisine, je ne pleurais jamais.

– Sinon, tu n'as qu'à porter ton sweat préféré, me balance Jackson.

C'est une vanne. Et pas une vanne sympa. Une vanne mesquine, un vrai coup bas. J'en reste sans voix.

Mon sweat préféré ?

J'examine mon pull en molleton qui peluche aux aisselles et s'effiloche aux poignets. Jackson a raison. C'est mon sweat préféré. Parce qu'il a beau être dix fois trop grand pour moi, ses manches tombent bien. Comme il est lourd, il ne me moule pas. Et l'élastique à la base n'est pas trop resserré, ce qui m'empêche de ressembler à une montgolfière. C'est mon sweat préféré parce qu'il est d'un gris neutre, passe-partout, si bien que je peux le porter tous les jours sans que personne remarque rien. C'est mon sweat préféré parce que, si j'éprouve le besoin de me faire toute petite dedans, je n'ai qu'à enfoncer les mains dans la poche ventrale. Oui, Jackson a vu juste : c'est mon sweat préféré.

Et je le hais.

J'ai envie de répliquer quelque chose de cinglant, d'aboyer, de me battre, de me défendre, d'implorer, mais les joues de Jackson sont plus roses que d'habitude et je constate qu'il cligne beaucoup des yeux, lui aussi. Un rai d'eau minuscule affleure au bord de ses paupières, menaçant de mouiller ses beaux cils. Il n'est pas fâché. Il est peiné. Le soleil continue de rayonner, mais Jackson s'est éteint. Il ressent, je crois, la même chose que moi.

– Pourquoi tu ne m'as pas dit non tout de suite ? marmonne-t-il en me tournant le dos.

– Pardon, je murmure.

« Parce que j'avais envie d'aller à ce gala avec toi, j'ajoute dans ma tête. J'en crève encore d'envie. »

Et je m'en vais.

Cette fois, lorsque je regagne ma chambre, je ne retire pas mon soutien-gorge. Je ne m'allonge pas sur le dos. Je me roule en boule et je pleure.

Chapitre 58

Bonne nouvelle ! Tyler s'est pris un coup de crosse dans la tronche, son appareil dentaire lui a entaillé la bouche et il a chopé une méga-infection.

Je m'explique.

Je ne me réjouis pas de la souffrance de mon frère. Je ne suis pas un monstre ! Et son infection est flippante et dégueu. En théorie, la bouche, ça ne s'infecte pas à moins d'une intervention chirurgicale, mais il semblerait que celle de Tyler soit un vrai bouillon de culture. Les bactéries s'en sont donné à cœur joie. Elles sont parties de sa lèvre et ont colonisé son front, lui filant une fièvre de cheval. Le médecin l'a envoyé direct aux urgences, où il a passé quelques heures sous perfusion. Depuis, Ty est rentré. Il se repose, blindé d'antibiotiques qui lui ravagent la flore intestinale. Du coup, il a la diarrhée et maman le gave de yaourts.

Je sais. Présenté comme ça, ça n'a rien d'une bonne nouvelle. Mais à quelque chose, malheur est bon : ma mère a été tellement absorbée par la crise maxillo-faciale et gastro-intestinale de mon frère qu'elle me fiche la paix. Quand je lui avais dit que j'allais au gala avec Jackson, soi-disant pour l'aider à s'intégrer, elle m'avait rétorqué : « Waouh, Greer, quel sens de l'abnégation. » Je n'avais pas relevé sa remarque. Ce week-end, j'ai pu lui faire part de mon soulagement : Jackson s'était trouvé une autre cavalière et j'étais dispensée de gala.

Je n'ai probablement jamais menti de façon si peu convaincante de toute ma vie (et je compte la fois où j'ai soutenu à maman que bébé Ty s'était enfermé tout seul avec ses affaires dans sa grande valise à roulettes, une tétine dans le bec pour l'empêcher de moufter). Kathryn Walsh m'aurait harcelée de questions jusqu'à ce que je crache le morceau si mon frère n'avait pas débarqué à ce moment-là, la bouche rouge et bouffie, en disant : « Hu heux hegarder ma houche, h'il he plaît ? »

Le lundi matin, dans le couloir de maths, je gribouille dans mon cahier, faussement désinvolte. Ma mine est censée signifier que je suis disposée à papoter si Jackson le souhaite mais que je ne poireaute pas là exprès pour ça. Je me fatigue pour rien. La sonnerie retentit et je ne l'ai pas aperçu.

Le mardi, j'attends presque aussi longtemps, puis je me rapproche à pas de loup de sa salle d'allemand. Jackson se trouve à l'intérieur et bavarde *mit ein Gruppe* de *Studenten*, dont Celle-Dont-On-Ne-Doit-Pas-Prononcer-Le-Nom.

Le mercredi, j'entre directement en cours de maths arbitrer la querelle de Kurtis et Omar, comme autrefois.

La vérité me saute aux yeux. C'est officiel. Jackson et moi, on s'évite.

En ce moment, Maggie est en campagne contre les « tendances antiféministes, dégradantes et socialement discriminatoires que perpétue la tradition rétrograde des bals de promo ». Elle s'en plaint à qui veut l'entendre (c'est-à-dire moi et Rafa). Pour autant, elle n'a pas prévu de boycotter l'événement. Quand Maggie s'oppose à un truc, elle tient à ce que ça se sache. Elle ira donc au gala avec Rafa, mais vêtue d'une robe médiévale « digne d'un événement aussi dépassé ». Et elle passe la pause-déjeuner à chercher son bonheur sur Internet.

Je lui ai raconté que Jackson s'était senti obligé de m'inviter, et que, de mon côté, j'avais accepté par politesse, mais qu'une fois qu'on s'en était rendu compte, on avait rétropédalé. Comme ça, je pouvais rester tranquille chez moi et lui était libre d'aller au gala avec qui il voulait. Maggie a paru sceptique.

– Vous vous êtes dit tout ça texto ?

– Pas au mot près…

– Mais il t'a dit clairement que ça le gonflait d'y aller ? Ou qu'il avait des vues sur quelqu'un d'autre ?

– Ben non, pas explicitement, mais c'était évident.

– C'était évident ? Donc, tout ça n'a rien à voir avec l'affaire de la rob…

J'ai quitté FaceTime sans lui laisser le temps de finir sa phrase, puis je lui ai dit par SMS que le WiFi avait planté. C'était il y a trois jours et, depuis, Maggie n'a pas remis le sujet sur le tapis.

Je me penche par-dessus son épaule. La page du site qu'elle étudie regorge de grandes robes fluides pourpre et vert émeraude à longues manches flottantes et à broderies dorées. Pour compléter la panoplie, la plupart des mannequins portent des couronnes de fleurs ou des coiffes médiévales et l'une arbore même des ailes (détail, je tiens à le souligner, complètement anachronique). Les prix se situent entre huit cent cinquante et mille dollars.

– En gros, tu vas te déguiser en figurante de *Game of Thrones*, dis-je.

Maggie se mordille le petit doigt.

– Ouais, je vois ce que tu veux dire.

– Remarque, venant d'une grande actrice comme toi, ça ne m'étonne pas.

– Ha, ha.

– Et Rafa, il va porter quoi ? Une armure ? Une cotte de mailles ?

– C'est bon, Greer. J'ai pigé.

– En plus, ça coûte mille dollars ! Pardon : mille écus, gente damoiselle.

– OK, OK ! Je vais trouver autre chose ! Une autre période de l'histoire, par exemple. L'ère victorienne, tu en dis quoi ? Les femmes étaient bien opprimées sous Victoria, pas vrai ?

– Euh, oui.

Maggie tape « robe victorienne » dans son moteur de recherche et tombe sur toute une collection de robes à crinoline et à col montant dégoulinantes de froufrous et de falbalas.

– Dans le genre daté, c'est réussi, je commente.

– Pas faux, grommelle-t-elle en faisant défiler les pages.

Elle grimace comme si elle venait de mordre dans une Dragée surprise de Bertie Crochue goût crotte de nez.

Elle clique sur un modèle violet à manches longues boutonné jusque sous le menton avec trente-six couches d'étoffe superposées. Pas un centimètre carré de peau apparente, exception faite du visage et des finitions en dentelle noire qui donnent à l'ensemble un petit côté fiancée de Frankenstein (ou lingerie cheap de supermarché).

– C'est, euh…

– À gerber, dit Maggie.

Voilà qui met ses convictions à l'épreuve. Se montrera-t-elle en public vêtue de cette horreur ?

– Il n'y a pas une autre période de l'histoire où l'on considérait les femmes inférieures aux hommes ? me demande-t-elle.

– Si : toutes. Hier, par exemple. Ou jeudi prochain.

Elle éclate de rire. Elle tape « robe biblique » dans la barre de recherche et l'écran se remplit d'images de pseudo-Vierge Marie. Je m'incline et tape « robe de cocktail années 1950 » sur le clavier de Maggie. Mes parents regardent *La Fabuleuse Mme Maisel*, en ce moment, et ma mère bave sur les tenues de l'héroïne.

– Oooh… Y en a des mignonnes, commente Maggie.

– Grave.

Je clique sur une photo de femme en robe vert pomme à manches courtes avec jupe évasée et encolure bateau. La suivante porte une robe portefeuille à bretelles spaghetti et à ceinture contrastée. J'ai un pincement au cœur. Je voudrais que ce soit pour moi qu'on écume les sites Internet.

– Je me demande quel genre de chaussures irait avec ce style, marmonne Maggie à part soi.

On passe en revue plein de jolies robes *fifties* et *sixties*. L'ennui, c'est qu'elles sont hors sujet. Le but de Maggie est de tourner le gala en dérision en s'accoutrant de façon grotesque, or ces modèles sont ravissants. Je vois Maggie préparer son virage à cent quatre-vingts degrés.

– Tu sais, si je réclame une robe médiévale à mes parents, ils vont devoir se saigner aux quatre veines pour me la payer, ce qui est justement l'un des trucs que je reproche à ce type d'événement. On ne devrait pas avoir à se ruiner pour des fringues qu'on ne portera qu'une fois. Le consumérisme, c'est aussi grave que le sexisme.

Tout en parlant, elle tape « friperie + Kennedy » dans la barre de recherche.

– C'est vrai.

– Une robe vintage, ça serait plus écolo. Et ça reste en accord avec mon message antigala, non ?

Je tire gentiment sur sa queue-de-cheval vert délavé.

– Ce serait drôlement audacieux, dis donc.

Elle se mordille la lèvre, soucieuse : en s'emballant pour une tenue, trahit-elle ses principes ? Personnellement, je ne le crois pas. Si Maggie veut afficher ses convictions et porter une belle robe en même temps, elle n'en est pas moins féministe à mes yeux.

Tout ce que je veux, moi, c'est une robe dans laquelle je ne me tape pas l'affiche, justement. Une robe qui me permette de me fondre dans la masse. Je me demande ce que ça dit de moi.

Chapitre 59

Le jeudi matin, en maths, on a une remplaçante. Mme Tanner est directrice de la section maths niveau confirmé pour toute l'académie, alors elle passe pas mal de temps en réunion, et nous, en son absence, on écope de remplaçants. En général, ils n'ont pas les compétences pour donner des cours d'un niveau si avancé, alors ils nous distribuent une feuille d'exos au début de l'heure, puis ils nous laissent nous débrouiller et tuent le temps en jouant sur leur portable. Certains de mes camarades noircissent leur copie de démonstrations (Asher, Anitha et compagnie) mais, pour Kyle Tuck et ses abrutis de copains, c'est une heure de perm. (Je rappelle que tous les élèves du cours sont sélectionnés sur la base de leurs notes, donc, quand je dis « abrutis », je ne veux pas dire qu'ils sont intellectuellement défaillants, mais plutôt qu'ils n'ont pas leur place dans une société civilisée.) La bande d'Orques ricane, penchée au-dessus d'un truc.

Ils sont peut-être en train de faire des *memes* avec une photo de la prof. Celle-ci n'en a rien à cirer. Il faut avoir le cuir épais pour être remplaçante, et la nôtre a carrément des callosités à force de jouer à *Candy Crush* tout en snobant les intellos d'un bout à l'autre du comté.

Les uns après les autres, les garçons m'épient à la dérobée.

Lorsqu'ils croisent mon regard, ils se retournent aussi sec. Je me voûte encore plus que d'habitude. Les bras croisés sur mon bureau, je me tasse sur moi-même. Je sais pourtant que c'est idiot, que la bave du crapaud n'atteint pas la blanche colombe, que l'avis de Kyle et comparses est plus insignifiant que les miettes de tartines dont Tyler parsème la table chaque matin et que je balaie sans y penser d'un revers de la main. J'essaie de me concentrer sur mes devoirs (je m'avance pour être tranquille ce soir après l'entraînement). Mais les Orques n'arrêtent pas de ricaner.

La sonnerie n'a pas fini de retentir que j'ai déjà fait deux pas dans le couloir. Leurs gamineries n'amusent qu'eux, et je n'ai plus envie de jouer. Pas aujourd'hui. Pas cette semaine. Mais Kyle et ses compères sont trop rapides pour moi.

– Hé, Greer !

Je devrais baisser la tête et me sauver sans demander mon reste, mais je fais volte-face. Kyle se tient sur le seuil, une page de cahier à la main.

– On t'a fait une grille de mots croisés.

– C'est des mots mêlés, idiot ! le reprend l'un de ses potes.

Jackson est dans le couloir. Nos yeux se croisent par accident. Il pile et son regard oblique vers ses pieds. Ce doit être sa stratégie : arriver en cours super tôt et sortir le premier pour ne pas risquer de me croiser. J'ai tout fait capoter en me ruant la première hors de ma salle de maths.

– On t'a fait une grille de mots mêlés, répète Kyle.

Une joie mauvaise étincelle dans son regard de merdeux. On dirait un chien qui a trouvé un lapin mort à tourmenter. Il agite sa feuille en réprimant un rire. C'est une grande grille pleine de mots que je devine d'ici. Je distingue plein de doubles *O*, pas mal de *B*, et toute une tripotée de *E* et de *I* accolés.

Mon rôle, c'est de répliquer un truc cinglant et spirituel qui prouve que je suis au-dessus de tout ça, mais vous savez quoi ? Je ne suis au-dessus de rien du tout. C'est nul, leur truc. Et cruel. J'en ai ras le bol de courber l'échine. Au lieu de feindre la supériorité, comme d'habitude, j'envoie valser la feuille.

– Va te faire foutre, Kyle.

Tout le couloir m'a entendue. La page de mots mêlés atterrit aux pieds de Jackson.

Je surprends son air étonné avant de m'éloigner, mais qu'il aille se faire foutre, lui aussi.

Chapitre 60

Après le volley, une partie des filles attendent leurs parents dehors assises en rang sur le muret. On est en janvier mais on s'est défoncées pendant deux heures dans le gymnase ; l'air frais nous fait du bien. Celles qui ont leur permis ou qui habitent dans le quartier sont déjà parties. Sylvie plaque une poche de glace sur son genou avec le coude ; de la main, elle en applique une seconde contre son majeur tout en confiant à Nasrah ses projets d'avenir. Elle prévoit de faire une année de césure comme saisonnière dans une oliveraie de Californie pour booster son dossier d'entrée dans les universités de la côte Ouest. Mena essaie de me montrer comment réaliser une tresse en épi de blé, mais les cheveux de Khloe Vang-Ellis, notre cobaye, ne sont pas assez longs. C'est en tout cas ce que prétend Mena pour me remonter le moral. La vérité c'est que je ne suis pas douée de mes dix doigts. Et que je n'écoute ses instructions que d'une oreille. De l'autre, j'écoute Jessa remotiver Kaia Beaumont :

– Tu vas progresser. T'es super réactive. T'étais au top, ce soir !

Elle en rajoute un peu. Kaia est notre plus grosse déception de la saison. Ses services sont corrects, et heureusement, parce qu'il s'agit du seul moment du match où elle n'a pas peur du ballon. Dès qu'elle le voit venir, elle panique. Elle se débrouillait bien pendant les épreuves de sélection mais, depuis… Disons que, quand on s'est mangé quelques balles, il y a deux options. Soit on accepte que ça fait partie du jeu, comme Sylvie, qui serre à présent sa poche de glace entre son doigt et son genou pour boire de sa main libre le soda énergétique de Mena. Soit on perd ses moyens. Pour Jessa, qui ne reculerait pas devant le ballon même s'il s'agissait d'un nid de guêpes propulsé par un canon, le blocage que nous fait Kaia doit être exaspérant. Pourtant, ses encouragements semblent sincères. Kaia fait partie de l'équipe. Tant qu'elle se présente à l'entraînement, qu'elle se met en tenue et qu'elle transpire avec les autres, Jess la soutient.

Khloe se dirige vers la voiture de sa mère, qui vient d'arriver, en défaisant ma tresse ratée.

– J'espère que tu ne comptais pas devenir esthéticienne !

– Ingrate !

Les autres s'en vont à leur tour. Il ne reste plus que moi et Jessa. C'est papa qui vient me chercher ce soir, ce qui veut dire que j'en ai encore pour douze heures à faire le pied de grue. Heureusement, les parents de Jessa sont en retard, eux aussi.

– Si je veux que mon père arrive à l'heure, il faut que je lui donne rendez-vous une demi-heure avant la fin de la séance, dis-je.

– Tu lui mens ?

– Non. Maman et moi, on le menace de le faire, mais on a trop peur qu'il choisisse ce jour-là pour être ponctuel.

– Il se mettrait en colère ?

– Même pas. Mais il poireauterait…

J'entends ce que je viens de dire. La prochaine fois, je vais peut-être bien lui annoncer que l'entraînement se termine à dix-sept heures et pas une demi-heure plus tard.

– Dommage que tu ne puisses pas lui faire faire des tours de piste pour lui apprendre. Ça motive, en général.

– Je me demande ce qui motive l'équipe de demi-fond à arriver à l'heure à l'entraînement. Puisqu'ils sont là pour faire des tours de piste de toute façon !

– Ha, ha !

Jessa rit à toutes mes blagues, même les plus nulles. Au début, j'ai cru qu'elle venait d'une famille morose et que, par comparaison, tout le monde lui paraissait tordant. Mais non. J'ai rencontré les Timms : ils sont bon public, voilà tout.

Jessa saute du muret et dribble. Elle lance le ballon, délicatement, se positionne en dessous et le fait rebondir au-dessus de sa tête, deux fois, dix fois. Quand il lui échappe, Jessa le saisit au vol et reprend à zéro.

– Ils sont tous sportifs, dans ta famille ?

– Oui. Même si Maddie se croit la meilleure.

Elle essaie de faire tournoyer le ballon au bout de son index. Il ne fait même pas un tour complet, mais elle ne se décourage pas.

– Maddie, c'est celle qui est à la fac ?

La grande sœur de Jessa joue au foot pour l'université du nord de l'Ohio.

– Ouais. Elle aurait sans doute été douée pour n'importe quel sport, mais le foot, c'est sa passion depuis toujours.

Jessa essaie de faire sauter la balle sur ses genoux à la manière des footballeurs mais elle la fait tomber après seulement deux rebonds.

– Moi, le foot, ça n'a jamais été mon truc, poursuit-elle. Je ne cours pas assez vite. Maddie, elle est foutue comme ma mère. Moi, je ressemble plus à mon père.

Elle recommence à se faire des passes en l'air.

– Comment ça ? je demande.

– Maddie est maigre et rapide, m'explique-t-elle sans quitter le ballon des yeux. Enfin, pas maigre, mais mince. Pas comme moi.

J'observe attentivement Jessa tandis qu'elle prononce ces mots. Son ton ne trahit pas la moindre jalousie. Son expression n'exprime aucun regret. Elle énonce des faits.

– Maddie et ma mère, elles sont fortes en sprint et en endurance, mais elles n'ont aucune puissance.

Toute l'attention de Jessa est concentrée sur la balle. Elle évalue, ajuste et met dans le mille, encore et encore. Elle a l'air épanouie. À sa place. En harmonie avec sa vie.

– Mon père, ma petite sœur et moi, c'est le contraire. On est puissants !

Je me rends compte qu'elle se définit en ces termes. Elle ne se voit pas ronde, mais forte. Puissante. Et elle a bien raison.

– Et on s'entraîne comme des brutes ! ajoute-t-elle.

Le ballon décrit un arc et atterrit à deux mètres cinquante de Jessa. Sans hésiter, elle plonge, poings tendus. Elle se fracasse les genoux sur le trottoir, mais la balle est sauvée.

Quand papa arrive enfin, avec vingt minutes de retard, je propose à Jess de la raccompagner puisque ses parents n'ont toujours pas donné signe de vie.

– Non, merci. Mon père est là.

Elle agite la main vers un véhicule stationné dans un coin du parking. M. Timms passe la tête par la vitre et lui rend son salut, radieux. Je ne l'ai pas vu se garer ; il a dû arriver avant qu'on sorte du gymnase.

– À demain ! me lance Jessa en s'éloignant en petite foulée, son ballon sous le bras.

Et elle s'installe à la place du mort.

Elle n'attendait pas ses parents. Elle veillait sur nous.

Chapitre 61

Mon père, c'est avec moi qu'il préfère peindre.

Tyler cochonne trop. On a beau tapisser les sols de bâches fixées avec de l'adhésif, il se débrouille toujours pour marcher dans de la peinture et semer des empreintes couleur pêche de vigne ou cappuccino ou Dieu sait quelle nuance de beige a choisie ma mère partout dans la maison.

Maman est une peintre irréprochable. Elle recouvre les parquets et les lambris de façon méticuleuse, son rouleau ne fait jamais de coulures et ses angles sont droits comme la justice. Mais elle est trop autoritaire. Elle nous traite comme ses apprentis.

C'est pourquoi papa préfère faire appel à moi. Je ne manie pas le pinceau comme une crosse et je ne lui conseille pas de peindre le tour de la fenêtre dans le sens contraire des aiguilles d'une montre pour mieux diffuser la lumière. Je suis appliquée sans être maniaque. Et j'approuve ses choix musicaux.

Maman est à son cours de Pilates et Ty, encore alité, regarde de vieux épisodes de *The Office* sur l'iPad. Il prétend qu'il a encore trop mal pour se brosser les dents. Papa et moi, on s'apprête à ouvrir le premier pot de peinture quand quelqu'un sonne à la porte. Ce doit être un militant écolo qui veut nous faire signer une pétition ou un scout qui vend des gâteaux.

Raté. C'est Maggie, armée d'une bouteille d'eau aromatisée.

– Il faut qu'on parle.

Elle me toise en mode je-ne-suis-pas-là-pour-rigoler. Peut-être qu'elle vient de découvrir que le lycée gaspille des tonnes d'eau pour entretenir le terrain de foot ou que les riches paient moins d'impôts que leurs chauffeurs, mais j'en doute. Je crois que cette fois, il est question de moi.

– Ce serait dommage que ton FaceTime plante comme la dernière fois, persifle-t-elle.

Qu'est-ce que je vous disais ?

– OK, mais on allait repeindre le bureau, alors…

Mon père, toujours là pour rendre service (et/ou me fourrer dans le pétrin), intervient :

– Tu sais quoi ? J'avais justement envie d'aller me chercher un café avant qu'on attaque.

– Super, dis-je avec un enthousiasme forcé.

J'adore Maggie plus que tout au monde (ou presque) mais ça fait quatre mois que j'esquive toute conversation sérieuse avec elle et j'espérais poursuivre sur ma lancée pendant encore quelques années.

Papa s'en va et Maggie et moi nous retirons dans le salon. Elle n'a vu notre pouf géant qu'en photo.

– Mais nooooon ! s'exclame-t-elle. Toute ta famille tiendrait dessus !

Elle se vautre en plein milieu et insiste pour que je l'y rejoigne. On passe un moment à démêler nos coudes et nos genoux avant de nous retrouver enfin face à face sur ce siège aussi gros qu'une planète naine.

Elle me tend son eau aromatisée et me scrute attentivement ; je crois qu'elle se demande par où commencer. Je me rends compte que je suis stressée. À cause de Maggie. Ma meilleure amie. On aura tout vu ! Je tente une diversion :

– Je t'ai dit que le prochain client de ma mère venait de Hong Kong et avait des triplés ?

– Jackson Oates, attaque Maggie.

Je me fige, le goulot à trois centimètres de ma bouche. Je remue et la mousse à mémoire de forme bouge sous mes fesses.

– Quoi, Jackson Oates ?

Elle se penche vers moi, les mains en pyramide, comme les détectives qui ont fait option psycho dans les séries télé.

– D'abord, j'ai cru que tu lui plaisais et que tu étais trop aveugle pour t'en rendre compte.

– Hein ? Non. Il est sympa avec moi à cause de nos mères…

– Laisse-moi finir. C'est ce que j'ai cru, au début. Mais ça ne tenait pas la route. Après, j'ai cru qu'il avait flashé sur toi et que tu faisais l'autruche parce que ce n'était pas réciproque. Soi-disant par politesse, mais surtout parce que tu fuis le conflit.

– Mais non, Maggie, c'est juste que j'ai été la première personne qu'il a…

– Patience, mon amie ! Je n'en suis qu'au milieu de ma démonstration.

Elle m'arrache la bouteille des mains et la vide d'un trait. Elle est en grande forme.

– Après, j'ai pensé : c'est le contraire. Il lui plaît, mais elle ne se rend pas compte qu'elle a ses chances.

Je lève les yeux au ciel.

– Mais là aussi, je me plantais, poursuit Maggie. Ma théorie est la suivante : il te plaît, tu lui plais, tu le sais mais tu joues les idiotes pour mieux tout faire foirer.

Mystère élucidé ! Pourtant, Maggie ne triomphe pas. Elle a l'air triste. Du bout des doigts, je triture la fourrure artificielle qui recouvre le pouf géant. Une minute s'écoule, puis elle reprend, radoucie :

– Ce que je ne comprends pas, c'est pourquoi.

J'envisage une bonne centaine de répliques saignantes mais aucune ne franchit mes lèvres. Longtemps, j'attends qu'elle reprenne la parole. Silence. Quand je relève les yeux, elle m'ouvre ses bras. Je devais ressembler exactement à ça le jour où le véto a diagnostiqué la leucémie de son chien. Enfin, je lâche :

– J'ai vraiment tout fait foirer.

Et à la seconde où les larmes se mettent à dévaler mes joues, elles inondent les siennes.

Pour la mille et unième fois de ma vie, je remercie le ciel d'avoir mis Maggie Cleave sur ma route.

Pas facile de se faire un câlin sur un pouf géant. Maïté se prend un coude dans le téton et mon front percute le menton de Maggie. La fausse fourrure manque nous avaler tout entières. Nos larmes se changent en rires, en gloussements et de nouveau en larmes. Chaque fois que j'essaie de rompre notre étreinte, on s'enfonce un peu plus profondément dans le pouf ou on manque chavirer par-dessus bord. Mais on persévère et, à la force de nos poings et de nos ongles, on réussit à s'extirper, et nous voici allongées à la surface, bras, jambes et bustes entremêlés, Maggie lovée contre moi. Je reprends mon souffle avant de me lancer :

– Tu as consacré beaucoup de réflexion à l'énigme Jackson.

– Tu l'as dit ! Franchement, c'était épuisant.

– Tu n'avais qu'à me poser la question.

– J'ai essayé ! Au moins quarante fois.

Je sais que c'est vrai. Elle a tenté, dès le début.

– Bah, dis-je, de toute façon, je ne sais pas ce que je t'aurais répondu.

Je fixe le plafond et j'essaie de résoudre l'équation dans ma tête : ce que je veux, ce que je ne veux pas, ce dont je rêve, ce dont j'ai peur.

– En fait, ce qu'il me faudrait, ce serait un mec qui soit fou de moi mais n'aurait pas envie de me toucher.

Maggie éclate de rire.

– N'importe quoi !

Je lui tire les poils des jambes.

– Ne te moque pas de moi ! J'essaie d'être sincère.

– Ben c'est raté !

Je la fusille du regard.

– C'est raté, je te dis. Arrête de mentir, Greer. Tu ne penses jamais à l'embrasser ? À glisser ta main sous son T-shirt ? À lui bécoter le torse ? Tu fantasmes jamais qu'il te retire le moule-boule qui te sert de tenue de volley ? Franchement, Greer, regarde-moi dans les yeux et ose me dire que t'as pas envie que Jackson Oates te touche.

– Et merde.

J'enfouis mon visage dans mes mains. Je vous ai dit que Maggie lisait dans les pensées ?

– Non. T'as raison, je ne peux pas dire ça. Argh ! Il me plaît, Maggie. Genre beaucoup. Enfin, il me plaisait. Non, c'est toujours le cas. Je suis à fond. Je ne sais pas ce que je fais.

Je repousse ses jambes qu'elle a jetées en travers de mes cuisses et me redresse un instant. Maggie me tripote les cheveux. Je l'attends au tournant. Elle va me dire que ce n'est pas compliqué. J'imagine que, pour elle, ça ne l'est pas. Je me figure que c'est simple pour tout le monde à part moi.

Elle se lance :

– Je crois… Je crois que t'essaies de vivre ta vie dans ta tête. T'as toujours été une intello mais, depuis quelques années, ça s'est accentué. Tu vois les têtes de stars dans *Futurama* ? Celles qui vivent dans des bocaux ? Je te vois un peu comme ça. Alors, quand tu m'as dit que t'allais te présenter aux qualifs de volley, je t'avoue que je n'y ai pas trop cru. Mais quand j'ai compris que t'étais motivée, j'étais trop contente ! Surtout quand je te voyais après tes répètes. Tu sortais enfin de ton bocal. Bon, t'étais toute collante et crevée et tu puais des dessous de bras (sans vouloir te vexer) mais t'étais aussi… je ne sais pas… détendue. Naturelle. Heureuse, peut-être ? Ça va te sembler dingue, mais la première fois que je t'ai vue sortir du gymnase, tu m'as paru grandie. Physiquement. Ne te fais pas de films, t'as toujours une posture de merde (désolée), mais je crois qu'après le volley, tu te tiens un peu plus droite…

On parle comme ça pendant des heures, Maggie en me faisant soi-disant une tresse plaquée (en réalité, elle m'emmêle les cheveux). Non seulement papa ne vient pas réclamer mon aide, mais il nous apporte un plateau avec nos boissons préférées : un chocolat chaud pour moi et un mocha au lait de soja pour Maggie. J'ai un père en or qui sait reconnaître quand sa fille a besoin d'une copine en or.

Contre toute attente, Maggie ne prétend pas que c'est simple. Elle admet que c'est compliqué. C'est compliqué, parce qu'elle me connaît. Mais elle m'assure aussi que ça va s'arranger.

– Oublie Jackson. Imagine un bel inconnu. Imagine que tout se passe à merveille et que, pour une raison mystérieuse, tu ne stresses pas à cause de tes seins. Il se trouve que le bel inconnu a un grain de beauté…

Je lui décoche un regard noir.

– Attention ! précise-t-elle. Pas n'importe quel grain de beauté !

Le sien, il est en forme de croix gammée. Et il sait que t'es à moitié juive, alors il est terrorisé à l'idée de te le montrer. Il a peur de ta réaction. Tu fais quoi ?

– Je l'envoie chez le dermato. Parce que ce grain de beauté a l'air particulièrement inquiétant.

– Non, mais sans rire, Greer. Tu l'aimes assez pour l'accepter malgré son grain de beauté ?

– Tu compares mes boobs à un grain de beauté nazi ?

– Jamais de la vie ! Mais toi, je crois que tu les vois comme ça. Au fait, au cas où l'info t'aurait échappé, les mecs hétéros, en général, ils kiffent les gros seins.

– Ça se voit qu'ils n'ont pas à jouer au volley avec, je grommelle.

– Meuf, ils adoreraient jouer au volley avec tes seins !

Je la pince sans méchanceté.

– Bon, où tu veux en venir ? Est-ce que j'accepterais de sortir avec un mec qui aurait un grain de beauté bizarre ? Oui. Mais ce n'est pas la même chose…

– Je le sais bien. Ce n'est jamais la même chose d'une personne à l'autre. Mais tout le monde a des complexes…

– Je doute que Nella Woster ait des complexes.

– J'étais sûre que t'allais dire ça ! T'es presque amoureuse d'elle.

– Le problème est le suivant : admettons que le grain de beauté ne me gêne pas. Admettons qu'il m'excite. Mais si le mec refusait que je le touche ou même que je le regarde ? S'il avait trop peur de me faire flipper pour me laisser approcher ? Ça nous pourrirait la vie…

– Bon, alors disons qu'il a la bite de traviole…

– MAGGIE !

– Dans une situation pareille, tu ne toucherais pas son grain de beauté. Pas avant qu'il s'y sente prêt.

– Et si je n'avais pas la patience ?

– Alors, vous vous rendriez compte que tu n'es pas la femme qu'il lui faut.

Elle glisse sa main dans la mienne et me la serre tendrement.

– Mais, meuf, crois-moi, tu vas kiffer qu'il te tripote les grains de beauté. Et par grains de beauté, je veux dire…

– MAGGIE !

Avant que Maggie s'en aille, je lui tire les vers du nez à propos de Rafa. En fait, il est loin d'être timide. Maggie et lui espèrent monter sa comédie musicale au lycée l'an prochain. Elle me fait promettre que la prochaine fois que je flasherai sur un Jackson, je lui en parlerai. Je lui fais jurer de ne pas me mettre la pression, et elle fait mine de s'offusquer comme si ce n'était pas son genre (alors que c'est carrément son genre). C'est sans importance. Je ne veux pas d'un autre Jackson. Je veux mon Jackson à moi.

Chapitre 62

– On a du lait, si tu veux.

J'entends la voix de Tyler dès que je franchis le seuil de chez moi après l'école. On est mercredi, jour du cours de yoga de maman. Il a dû inviter un copain.

Je pénètre dans la cuisine et découvre Quinlan attablée devant un bol de céréales Cap'n Crunch (bio, sans gluten et goût sirop d'érable).

– Du lait d'amande ou du lait de soja ?

– Euh… juste du lait, lui répond Ty.

– Du lait de vache ?

– Ben, j'imagine, oui.

Est-il possible que mon petit frère ignore d'où provient le lait ?

– Bon, dit Quin, exceptionnellement, d'accord.

Tyler lui apporte la bouteille. Il me lance un regard en biais. Les doigts de Quinlan sont si pâles et décharnés qu'on dirait qu'ils vont se briser sous le poids de la bouteille de lait. Elle s'en verse un filet et les céréales affleurent au ras de son bol.

– Salut, Quin, dis-je.

Quand elle remarque ma présence, elle s'illumine.

– T'es là ! Je t'attendais.

Je tends l'oreille, guettant les voix de maman et de Melinda, mais rien ne bruit dans la maison à part les céréales qui clapotent dans le bol de Quinlan.

– Ta mère est avec toi ? Ton frère ?

Des semaines se sont écoulées. Jackson et moi, on se dit « salut » du bout des lèvres quand on est contraints et forcés de se croiser au lycée. S'il se trouve dans la maison, il doit se planquer.

– Non, réplique Quin.

Elle remplit sa cuiller et lape une goutte de lait sur le point de tomber.

– Ils t'ont déposée ici ?

Tyler fait du baby-sitting, maintenant ? Lui qui est fichu de s'électrocuter avec la télécommande ?

– J'ai pris le bus.

Quin sélectionne soigneusement l'une de ses céréales croustillantes et entreprend de la grignoter en trois ou quatre bouchées, comme si elle risquait de s'étouffer avec. Je louche vers la bibliothèque du salon ; Grincheux est en sécurité aux côtés de ses frangins.

– Tu parles de ton car de ramassage scolaire ? Il t'a déposée ici, aujourd'hui ?

Ty me met au parfum :

– Quin a pris notre ancienne ligne. Elle a consulté le registre des élèves sur son portable, vérifié les adresses sur Google Maps pour voir qui habitait le plus près de chez nous, puis elle a suivi Pia Katz jusqu'à son arrêt de bus.

Il écarquille les yeux pour me signifier discrètement que la gosse est tarée (il ne lui a pas pardonné le coup des écouteurs). J'ai envie de lui dire qu'une gamine assez futée pour nous géolocaliser à un arrêt de bus près l'aurait déjà buté si telle était son intention. Ty n'a pas encore pigé. La petite n'est pas folle. Elle souffre.

– Donc, t'es venue toute seule ? je demande. T'as prévenu ta mère ?

– Je t'ai rapporté ton livre.

Elle saute de son tabouret, ouvre son sac à dos et me tend mon exemplaire de *Frisby et le secret de Nimh.* Il y a un bout de papier plié sous la couverture ; un marque-page de fortune, sans doute.

– Merci, Quinlan. Tu n'étais pas obligée de me le rendre, tu sais.

En le disant, je me rends compte que je le pense.

– Il m'a beaucoup plu.

Soudain, inexplicablement, elle se met à pleurer. Son visage se chiffonne et les larmes jaillissent. La jeune championne de l'évasion s'est changée en petite fugueuse perdue en une seconde chrono. Tyler et moi échangeons un regard désemparé.

– Vas-y, Greer, dis-lui qu'elle peut le garder, ton livre ! me gronde-t-il.

Sauf que j'ignore ce qui met Quin dans cet état, mais ce n'est pas mon bouquin.

– Qu'est-ce qui ne va pas ? Il s'est passé un truc à l'école ? Tyler, va chercher des mouchoirs.

« Et appelle maman ! » j'ajoute sans un bruit.

Ty file sans demander son reste, soulagé d'échapper à la mission Stop Larmes. Je m'accroupis devant Quinlan.

Elle me saute au cou. J'en tombe à la renverse. Quand Tyler revient avec les Kleenex, je suis assise sur le carrelage, Quinlan en pleurs sur mes genoux, le visage enfoui au creux de mon épaule. Elle est grande et dégingandée mais elle se recroqueville pour mieux se lover contre moi.

– Ça va aller, ma grande.

Je ne peux pas le lui garantir, puisque j'ignore ce qui l'afflige, mais ça ne peut pas être si grave, si ? Elle est en CM1. Quelqu'un a dû lui balancer une vacherie à la cantine. Le cochon d'Inde de la classe l'a snobée à la récré. Un truc dans ce goût-là.

– Je ne veux pas m'en aller ! Je ne veux pas m'en aller ! hoquette-t-elle.

Blottie contre moi, elle renifle et sanglote, son buste maigrichon tout secoué de spasmes. Elle se cramponne à moi à m'en faire mal, mais je ne bronche pas.

– Tu peux rester, lui dis-je. On va téléphoner à ta maman et on va lui demander de passer te chercher plus tard.

Les pleurs de Quinlan redoublant d'intensité, j'enchaîne :

– Je vais te trouver de nouveaux livres à lire. J'en ai plein. Tu as lu *Le Sanctuaire secret ?* J'étais fan de la série *Fablehaven* quand j'avais ton âge.

Elle est si frêle sur mes genoux, si légère et surtout tellement triste. Je suis prête à lui offrir toute ma collection de livres, Grincheux et l'un des reins de Tyler si ça peut lui redonner le sourire. Mais mes propos n'ont aucun effet sur elle. Elle ne m'entend pas.

– Je ne veux pas repartir ! Je suis bien ici !

– Je sais, ma puce. On va appeler ta...

– Je vous aime bien !

– Nous aussi, on t'aime bien...

– Je ne veux pas aller à Hamster d'Âne, gémit-elle.

– Tu ne veux pas quoi ?

– Je ne veux pas qu'on déménage à Hamster d'Âne. Je veux qu'on reste dans la maison de maintenant !

Une chaleur malsaine se répand de mon ventre jusqu'à mon front.

– De quoi tu parles, Quin ? C'est quoi, cette histoire d'Amsterdam ?

Elle se redresse et je constate les dégâts occasionnés par la crise. Elle a le nez rouge, les yeux injectés de sang et des traînées humides le long de ses joues de porcelaine ; sa queue-de-cheval hirsute lui fait une auréole blonde vaporeuse. Elle se mouche du revers de la main.

– En plus, y a une fille très gentille dans ma classe qui s'appelle Avery et elle a dit qu'elle m'inviterait à son anniversaire, mais c'est en juillet alors je ne pourrai pas y aller. Je ne suis pas allée à un seul goûter d'anniversaire de toute l'année !

Et, soudain, je comprends. Une bétonnière déverse tout son contenu dans mon estomac. Il m'inonde, emprisonne mes organes vitaux et se met à se solidifier. Les pattes engluées, Papillonne regarde le niveau monter, terrifiée. Déjà, mon élan de panique initial se dissipe et l'hébétude s'abat sur moi. Une hébétude écrasante. Un vrai poids mort.

Papa l'avait prédit. Les Oates passent leur temps à déménager. Cette fois, ils partent pour Amsterdam. Quand ? Je ne sais pas. Avant l'anniversaire de la gentille Avery, qui est née en juillet. Avant mon entrée en première. Et bien avant que je parvienne à renouer avec Jackson et à repartir de zéro avec lui ou à faire mon deuil de toute cette histoire.

Je passe mes bras autour de la petite fugueuse et je la serre contre mon cœur, pour nous consoler toutes les deux.

Chapitre 63

La petite fugueuse est assise sur les genoux de sa mère, ma poupée Josefina sur les siens, une pile de livres à moi à ses pieds. Elle a toujours les yeux rouges, mais elle a cessé de pleurer. J'ai téléphoné à Melinda Oates et, quand maman est rentrée à la maison, elle nous a conduites ici, Quinlan et moi. La scène des retrouvailles est derrière nous. Melinda a grondé sa fille d'avoir disparu sans prévenir puis encensé les Walsh pour avoir pris soin d'elle.

Elle nous apprend que Ben s'est vu offrir un poste important aux Pays-Bas mais qu'il hésite encore à accepter. C'est, à l'en croire, « une formidable opportunité ». Traduction : il sera payé des milliards de dollars. Traduction *bis* : il va dire oui.

– Je crois que Quinlan n'a pas très envie qu'il accepte.

La petite est occupée à faire des nattes à Josefina, mais elle opine du menton.

Melinda lui tapote l'épaule.

– Oh, Quinny est seulement déçue de rater l'anniversaire de sa copine. Je lui ai promis qu'on passerait un week-end à Disneyland Paris pour compenser.

– Sauf qu'Avery, elle ne pourra pas venir à Disneyland. C'est elle qui allait m'inviter.

– Je sais bien, ma chérie. Mais je suis sûre que tu te feras une copine néerlandaise.

Quin fronce le nez à mon intention. Melinda continue sans s'interrompre :

– Les enfants se font facilement des amis.

Un silence. Elle reprend :

– En tout cas, Jackson, oui !

Mon bloc de béton s'alourdit de cinq kilos. Jackson se fait des amis facilement, c'est vrai. Ce que Melinda omet de préciser, c'est qu'il leur tourne le dos tout aussi facilement. J'ignorais la règle du jeu quand on a commencé la partie, lui et moi.

J'ai envie de lui demander comment Jackson a réagi à l'annonce du déménagement. Si ça se trouve, il a décrété qu'il préférait vivre dans la benne à ordures du *Copernicus Café* plutôt que de nous quitter, le lycée Kennedy et moi. Mais Quinlan me donne de petits coups avec la jambe de Josefina.

– Greer, tu peux venir voir un truc dans ma chambre ?

– OK, dis-je.

Finalement, je ne tiens pas à connaître la réaction de Jackson.

J'emboîte le pas à Quin. Dans mon dos, maman gazouille :

– J'ai entendu dire le plus grand bien du système scolaire européen !

La porte de Jackson est entrouverte mais pas un bruit ne s'en échappe. Il s'entraîne avec les gars de l'équipe de base-ball, à en croire Melinda. Je me demande s'il les a prévenus qu'il serait peut-être parti avant le début de la saison.

Il y a deux poupées de la même collection que Josefina, dans la chambre de Quin : Kit Kittredge, l'originale, et un modèle plus récent, une escrimeuse que je ne connaissais pas. Quin retire Kit de son cheval en peluche et y installe Josefina à la place. Pourquoi pas.

D'après le livre qui allait avec ma poupée, Josefina habite un ranch. Chez moi, elle n'avait qu'une otarie. Elle se plaira, ici.

Je me demande si on trouve des poupées American Girl, à Hamster d'Âne ?

Je ne saurai jamais ce que Quinlan voulait me montrer car ça lui est visiblement sorti de l'esprit ; elle est très occupée à piocher dans les affaires de Kit un trousseau pour Josi. Je déambule dans sa chambre, qui me paraît encore plus en bazar que la dernière fois. Elle pourrait faire l'objet d'un reportage sur les préados atteintes du syndrome d'accumulation compulsive.

Sur la coiffeuse, des boules de couleur aimantent mon regard. Je crois d'abord à de la pâte à modeler mais, au toucher, on dirait du plastique.

J'y suis. C'est de la pâte Fimo. On en trouve au magasin de loisirs créatifs. Quand on la malaxe, elle ramollit, puis elle durcit à la cuisson. Maggie et moi, on a essayé de fabriquer des perles avec, un été. Ça a été un fiasco.

Quin a façonné plein de menus objets, certains identifiables et d'autres non : un chaton rose, une grenouille (?). Des trucs qui ressemblent à de vieux chewing-gums. Je suis à deux doigts de m'en détourner quand je remarque une figurine qui m'est étrangement familière. Un petit bonhomme à bonnet affublé de ce qui est censé représenter une longue barbe blanche. C'est Grincheux. Quin s'est fabriqué un Grincheux.

Je poursuis mes fouilles et déniche les autres nains ainsi qu'une beauté svelte à robe rouge et bleu, au teint de lait et aux cheveux de jais. Quin a recréé toute ma tribu, au complet. Ce qui m'épate, ce n'est pas tant la qualité de son travail que l'application qu'elle a mise à reproduire mes miniatures.

Je m'empare de la sculpture suivante. Maintenant que j'ai

compris la démarche de Quin, je l'identifie sans difficulté. C'est une raquette de tennis fixée sur un socle: la coupe de Jackson. La suivante est un petit iguane. À côté trône un machin bigarré à moitié fondu que je n'aurais jamais reconnu si je n'avais pas cherché des yeux un bateau en LEGO et son petit Batman, mais c'est de ça qu'il s'agit, j'en mettrais ma main à couper. Quin a reconstitué toute la collection de Jackson.

Je les aligne soigneusement et trouve l'objet que je cherchais: une minuscule tasse à café. J'imagine Quin roulant la pâte entre ses longs doigts maigres et modelant la petite anse et je suis submergée par un élan d'empathie pour la jeune cleptomane parce que j'ai une furieuse envie d'empocher discrètement la tasse.

Les sculptures que je ne reconnais pas ont forcément leur modèle quelque part, elles aussi. Ainsi, Quinlan a sa propre collection. Elle collectionne les collections d'autrui. Elle s'est fabriqué une copie en modèle réduit de la vie d'autrui.

– T'as déjà fait des trucs en Fimo? me demande-t-elle, tout contre moi, son visage de lutin appuyé contre mon bras.

– Oui. Mais je ne suis pas aussi douée que toi.

– C'est vrai? Quoi, par exemple?

– Des perles, dis-je en finissant d'arranger ses créations. Enfin, j'ai essayé. Mais les trous se sont bouchés pendant la cuisson. Du coup, ça a donné des espèces de petites billes.

Quin procède à quelques ajustements (elle espace un peu le chaton et le ballon de volley).

– Tu voulais faire quoi avec les perles?

– Maggie et moi, on voulait se fabriquer des bracelets. En plus, Tyler nous a chipé des billes et il les a mangées.

Quin pousse un petit cri ravi et glousse.

– Ce n'était pas sa faute, dis-je. Il était petit et elles ressemblaient à des bonbons. Si tu ne savais pas en quoi c'est fait, tu ne croquerais pas dedans, toi ?

Je brandis un petit cœur mauve dodu, réplique d'un de ses propres coussins en fourrure fluo. Quin me le prend des mains et le repose à sa place.

– Bref, ma mère a tout jeté à la poubelle, je conclus.

Quin réfléchit quelques secondes.

– Moi, ma mère, elle n'a pas le droit de jeter mes affaires.

Je parcours du regard la chambre bourrée de coffres à jouets remplis à ras bord, d'étagères croulant sous le fatras, de masses d'habits et de peluches et de piles vertigineuses de jeux de société auxquels Quin ne peut pas jouer, faute d'amies. Effectivement, ça saute aux yeux : elle ne jette rien. Jamais. Ce doit être sa façon de gérer la vie qui lui est imposée. Le camion doit être de plus en plus gros à chaque déménagement. À force de courir le monde, on finit par l'emporter avec soi.

À moins d'être Jackson. Lui, il fait le contraire. Il abandonne tout derrière lui.

– Tu possèdes énormément de choses, dis-je.

– Merci, me répond Quin, comme si je venais de la gratifier d'un magnifique compliment.

Chapitre 64

Jackson est assis par terre, adossé à mon casier. Il n'y a littéralement personne d'autre au lycée à cette heure matinale (c'est maman qui m'a déposée). J'avais prévu de me réfugier dans ma salle de maths avant la sonnerie. Il devait s'en douter. On dirait qu'il a passé la nuit ici.

Il y a quelques semaines, j'en aurais rougi de la tête aux pieds. Mais, à sa vue, mon bloc de béton se fige et s'alourdit.

Ce qui n'empêche pas cette andouille de Papillonne de se débattre à raison de cent cinquante battements d'ailes par minute. Elle ne comprend pas que c'est sans espoir. Et ce, depuis le tout début.

Non, ce n'est pas dame Papillonne. C'est mon idiot de cœur.

Jackson m'a envoyé un SMS hier soir. Disant qu'il me l'aurait annoncé en personne, mais que Quin l'avait coiffé au poteau. Que rien n'était encore fait et qu'il préférait donc que ça ne s'ébruite pas. Parce qu'une fois qu'on annonce aux autres qu'on ne reviendra pas à la rentrée suivante, ils font comme si on n'existait plus à leurs yeux.

Voici ce que j'ai répondu à ces différentes affirmations :

Pas de problème
Je comprends
[émoticône faussement triste]

(En fait, il s'agissait seulement de l'émoticône triste classique. Il n'y a en pas pour la tristesse feinte. Moi seule connaissais sa duplicité.)

Jackson a écrit d'autres choses, mais pas « ça craint », ni « je déteste mes parents », ni « fuyons ensemble à Stockholm pour assister en amoureux à la remise du prix Nobel de physique », ni aucune des phrases que j'espérais lire.

Je serais moins déçue si je le sentais un peu plus dégoûté de partir. Pour de vrai, voici ce que j'avais envie de répliquer :

Pas la peine de t'éterniser, va-t'en ! Tu as été un mirage de dix secondes dans mes longues années lycée, et la vie était plus facile avant toi. Je vais me remettre aux trois ou quatre activités que je maîtrise à peu près et dont tu ne fais pas partie.

Bien sûr, il était hors de question que je lui envoie ce message, alors, d'un GIF de vache haussant les épaules, j'ai mis un terme à notre échange et je suis allée me coucher.

Et le voici, au pied de mon casier. Ça va être compliqué de m'en débarrasser à coups de GIF vache. Il est tout recroquevillé, tel un grand *M* émacié. Si je m'asseyais dans cette position, Marthe et Maïté envahiraient tout l'espace entre mon buste et mes genoux. Je ressemblerais à un zéro pointé.

Je ne peux pas ouvrir mon casier, alors je reste là à le surplomber en silence.

– Ma mère m'a chargé de t'apporter ça, m'informe-t-il en me

tendant un sachet en papier. Pour te remercier de t'être occupée de Quin hier soir. C'était sa première fugue.

Le sachet est tiède. Il renferme des scones aux myrtilles tout chauds.

Ils sentent la montagne au printemps après une nuit de bivouac. Mieux, la montagne au printemps après une nuit dans un chalet de luxe à l'abri des ours affamés chapardeurs de scones aux myrtilles. Au moins, je sais comment Mme Oates me perçoit : la nana sympa qui a un bon coup de fourchette.

– Tu lui diras merci de ma part.

J'attends patiemment qu'il se lève, j'ouvre la porte de mon casier et y range mes cahiers en cherchant quelque chose à ajouter. « Bonne chance à Amsterdam » ? « J'espère que votre assistante de mutation aura un super *klaasseur de goede plaans* » ?

– On n'était plus censés déménager avant le bac de Quin. Nos parents nous l'avaient promis quand on a dû quitter Cleveland. J'y ai cru.

Je fais mine de ranger mon casier. J'attends toujours qu'il m'annonce qu'il ne va pas se laisser faire.

– Mais mon père prétend qu'une occasion comme ça ne se représentera pas, conclut Jackson.

Je commente malgré moi : « Ça va. C'est pas comme si ton père était ambassadeur. »

On se reparle enfin, sauf que c'est encore pire que quand on se faisait la gueule. Il faut que j'allège l'atmosphère. Pour lui prouver que tout ça me laisse de marbre. Pour m'en persuader moi. Le béton dans mon bide me coupe l'appétit, mais je refuse que ça se voie, alors je mords dans un scone.

– Amsterdam, ça a l'air cool. Et ça te permettra d'ajouter un nouveau souvenir à ta collection.

– Je n'ai pas de collection.

– Mais si. Sur ton étagère. Tu t'achèteras un sabot ou un porte-clés Van Gogh. Je ne sais pas ce qu'on trouve d'autre aux Pays-Bas. Des aimants de La Haye avec des portraits de criminels de guerre, peut-être ?

J'essaie de sauver les meubles. D'injecter un peu de gaieté. Après tout, la pression est enfin retombée entre nous. Je déglutis et ma bouchée me reste en travers de la gorge. Sans doute parce que j'ai du béton armé jusqu'au milieu de l'œsophage.

– De quoi tu parles ?

– Des Pays-Bas.

Je me suis trompée, la pression n'est pas retombée. Je n'arrive pas à blaguer avec Jackson sans éprouver colère, gêne et dépit. J'ai laissé l'idée d'un nous-deux tisser son cocon dans mon cœur et quand Papillonne a brisé sa chrysalide et déployé ses ailes, je l'ai dégommée.

Je m'éloigne en direction de ma salle de maths. Jackson me suit.

– T'es prêt pour le gala de ce week-end ? Il paraît que les meilleurs danseurs seront récompensés. Il va falloir tout donner, Jackson. Ton titre de détenteur du plus grand nombre de coupes est en jeu !

Ma plaisanterie ne lui arrache pas l'ombre d'un sourire.

– Tu y vas avec Elliana ? *Sie ist* sûrement *ein sehr gut* danseuse.

Prononcer ce prénom me fait horreur.

– Non, je rejoins des potes sur place, me détrompe Jackson, surpris, comme s'il se demandait d'où pouvait me venir cette idée saugrenue.

De mon imagination malade, voilà d'où !

– Ah, super… Bonne idée, dis-je.

Je parie qu'une horde de filles pomponnées fera la queue pour lui sur la piste de danse comme dans *Le Bachelor.*

– Sinon, il te reste le Club des poètes torturés.

– Ouais.

Ça ne prend pas. Jackson loupe toutes ses répliques. Les couloirs commencent à se remplir. Des élèves le saluent tandis que nous nous dirigeons vers nos salles de classe respectives. On croise Mena et Khloe, qui me gratifient de haussements de sourcils suggestifs. Si elles savaient !

Soudain, à la faveur d'un reflux de la foule, Jackson me prend le bras.

– Arrête-toi une seconde, Greer.

Il se plante en face de moi et prend une profonde inspiration.

– Je n'arrive jamais à savoir ce que tu…

Griffin Townsend passe et je vois son regard dériver de mon visage jusqu'à mes seins. C'est fugace, mais je baisse les yeux et découvre un morceau de scone sur mon sweat. Ou, plus exactement, sur Maïté.

En voulant chasser la miette, je me tartine de myrtille. J'ai une traînée violette pile à hauteur de téton. Je tamponne la tache et l'étale au lieu de l'estomper. Je contemple ma main : la pulpe de mes doigts est maculée de jus violet jusque dans les sillons de ma peau.

J'ai un sein déguisé en cible de tir. Ou de moqueries. On dirait que je me suis fait tripoter par le chat d'*Alice au pays des merveilles*. Je frotte, mais ça ne fait qu'empirer les choses.

Je commence à paniquer. Je pourrais foncer aux toilettes et essayer de laver la tache au savon, mais la myrtille, ça ne part pas. Après, j'aurais le nichon violet *et* trempé. Kyle Tuck et ses compères penseraient que j'ai une montée de lait goût raisin.

Est-ce que je peux téléphoner à maman pour qu'elle vienne me chercher ? « Tache au boob », c'est une excuse valable pour être dispensée de cours ? Vaut-il mieux que je passe la journée à me plaquer un cahier sur le sein ? Ce ne serait pas la première fois...

J'y suis ! Mon manteau ! Je vais crever de chaud et les gens me prendront pour une folle si je le garde en cours toute la journée, mais je leur dirai que j'ai pris froid.

Je rebrousse chemin au pas de course en me faufilant entre les élèves, j'ouvre le cadenas de mon casier et enfile précipitamment mon manteau. Sauvée ! Quand je referme la porte, à mon grand étonnement, Jackson se tient derrière. Il m'a suivie et reste planté là, muet.

– Désolée, je bredouille. Tu disais ?

Autour de nous, les portes de casier s'ouvrent et claquent, les élèves se dispersent, mais Jackson ne dit toujours rien. Pendant quelques minutes, ça n'a pas d'importance parce qu'il règne un tel chaos alentour que notre silence passe complètement inaperçu. La première sonnerie retentit, les retardataires se dépêchent, le brouhaha s'atténue. Nous, on ne bouge pas. Moi, parce que je l'attends. Lui... Je ne sais pas ce qu'il attend. J'oscille d'un pied sur l'autre, faisant crisser la toile de ma parka.

Cela fait désormais si longtemps que nous sommes plantés là que le couloir est de nouveau désert.

– Oublie, lâche enfin Jackson. Je vais y aller.

En cours d'allemand ou bien à Amsterdam ? Au fond, ça revient au même. Quand il me tourne le dos, je prends un bulldozer en plein dans mon mur de béton. La poussière, les gravats et les restes de feue Papillonne m'empêchent de respirer.

Qu'est-ce que je croyais ? Qu'il allait se jeter sur moi et me déclarer sa flamme ? Puis qu'on se ferait des mamours virtuels *via* FaceTime avec l'Atlantique entre nous et mes seins subtilement positionnés hors champ ? Et que, ainsi, j'obtiendrais tout ce que je prétends vouloir et donnerais tort à Maggie, par-dessus le marché ?

Soyons clairs : je n'y croyais pas.

– Tu sais quoi ? je lance d'une voix forte et chevrotante à la fois.

Il se retourne.

– On ne peut pas passer sa vie à fuir et tout plaquer jusqu'à trouver son bonheur.

Un spasme agite sa pomme d'Adam comme s'il avalait un peu de ma poussière de ciment. Ses pupilles s'étrécissent. L'espace d'une seconde, je tremble. Qu'ai-je fait ? Mais, alors, ses mâchoires se contractent comme quand il engueule Quinlan.

– Et on ne peut pas se planquer éternellement sous un gros pull parce qu'on a peur de vivre.

Je le regarde disparaître au détour du couloir à grandes enjambées. Il a beau être de dos, je vois bien qu'il s'essuie les yeux. Je ne comprends pas ce qui vient de se passer, mais je sais que je suis en vrac, et en colère, et que Jackson aussi, et j'ignore comment y remédier, et ça me met encore plus en rogne.

L'année dernière, papa a dû se rendre à Boston pour le boulot et on l'a tous accompagné. Maman nous a payé une excursion en mer pour observer les baleines. Parfois, pas de chance, on n'en voit pas mais, ce jour-là, c'était Coachella chez les cétacés. Les baleines bondissaient par dizaines à quelques mètres du bateau, agitaient leur queue, crachaient de l'eau, bref, faisaient tout ce que les touristes comme nous attendaient d'elles. Les moins de seize ans devaient porter un gilet de sauvetage. Sauf qu'il n'y en avait pas à ma taille. J'aurais pu m'en passer. J'avais presque seize ans et j'aurais été capable de faire du sur-place le temps que les secours arrivent si jamais je tombais à l'eau. Hélas ! Les organisateurs ne l'entendaient pas de cette oreille. Le second m'a déniché un vieux gilet de sauvetage moisi qui aurait convenu aux baleines elles-mêmes. Il était tellement gigantesque qu'en cas de collision avec un iceberg, j'en aurais été éjectée et j'aurais fini étranglée par les sangles. Mais le capitaine a refusé de démarrer tant que je ne l'aurais pas enfilé.

En l'occurrence, mes seins n'étaient pas seulement encombrants et embarrassants. Ils auraient pu me coûter la vie. Au lieu de m'extasier à la vue des baleines, j'ai donc boudé, accoudée au bastingage, jusqu'à ce qu'on rentre au port. Quand tout le monde s'est fait asperger, je n'ai pas ri avec les autres. Quand le guide nous a parlé des conséquences désastreuses du réchauffement climatique sur ces majestueux mammifères qui peuplaient déjà la Terre en des temps immémoriaux, je n'ai pas ressenti une once de culpabilité. De toute l'excursion, je n'ai pas décoléré. J'en voulais aux gardes-côtes d'avoir inventé ces règles débiles. J'en voulais au capitaine de les appliquer. J'en voulais aux gilets de sauvetage. J'en voulais à Tyler qui en avait un à sa taille. J'en voulais à ces connasses de baleines qui se la pétaient dans les vagues, décomplexées malgré leur masse énorme et leur dégaine grotesque, et barbotaient, insouciantes et gaies, comme si de rien n'était.

Mais, surtout, je m'en voulais à moi.

Et à elles deux.

Je ne souris même pas sur la photo souvenir où on pose devant un dessin de baleine qui fait du Hula Hoop, Tyler et moi.

Et, en ce moment, je bous de la même rage.

Je tiens toujours à la main le sachet de scones goût montagne au printemps de Melinda Oates. Je le balance violemment contre le casier situé en face du mien. Son contenu explose en un million de miettes et barbouille la porte d'une coulée violette. Quant à moi, je me dirige seule vers ma salle de cours, morte de chaud sous ma parka.

Chapitre 65

On joue contre l'équipe d'Ironwood, des tueuses. En plus, il nous manque deux de nos meilleurs éléments. C'est le dernier match de la saison et Reinhold a demandé à Jessa de rejoindre l'équipe supérieure. C'est cool pour elle, mais moins pour nous. Quant à Sylvie, elle a la mononucléose et nous encourage depuis les gradins. Tout repose sur nos épaules, à Nasrah, à Kate Wood et à moi. L'issue du match dépend de nous. Il y a deux semaines, on a remporté une victoire que Misty May-Treanor elle-même aurait applaudie. Aujourd'hui, on s'estimera heureuses si on ne se fait pas trop éclater.

Le gymnase est noir de monde. C'est le match de la dernière chance ; tous les proches des joueuses qui ont zappé les précédents sont là. En plus, la saison de basket s'est clôturée hier et les mordus de sport n'ont plus que le volley à se mettre sous la dent. Rafael et Maggie sont assis deux rangs devant papa, maman et Tyler. J'aperçois Max avec quelques copains, mais pas Jackson, bien sûr. En face, les gradins grouillent de supporters d'Ironwood tout de violet vêtus.

Pendant l'échauffement, je me promets de rester concentrée, mais c'est plus fort que moi, je rejoue ma conversation de ce matin avec Jackson en boucle dans ma tête. Surtout le passage où il m'a accusée de vivre planquée sous mon pull. Il n'a aucune idée de ce que je vis. Ça doit être facile d'être lui.

Je tire sur mon maillot, rate la rotation et me prends une balle sur le crâne. Concentrée, mon œil ! Jessa, dans les gradins avec sa nouvelle équipe, m'adresse une grimace que je ne lui ai pas vue depuis longtemps, celle qui veut dire : « Tu fais quoi, là ? »

Je suis contente de ne pas me trouver de l'autre côté du filet. Le coach d'Ironwood n'arrête pas d'engueuler ses joueuses. À un moment, il arrache sa gourde à l'une d'elles et lui arrose le visage.

– Qui t'a dit de faire une pause ?

On prend position sur le terrain. Je m'exhorte pour la énième fois à rester concentrée, même si je n'ai pas l'habitude de jouer devant une telle foule. Je scrute les gradins. Je remarque plein d'élèves qui n'ont jamais mis les pieds à un match. Des élèves du club de théâtre, des basketteurs. Des footballeurs, les joues barbouillées aux couleurs du lycée, façon peintures de guerre. Des ados que j'ai connus en maternelle, d'autres qui me disent vaguement quelque chose. Griffin Townsend. Elliana la Reloue de la classe d'allemand. Tous les Vang et tous les Ellis de la famille de Khloe. M. Feiler. Natalie et Tahlia avec une grande bande de copines. Kurtis et Omar. Nella. En gros, tout le lycée est présent. J'envie presque à Sylvie sa mononucléose. Mais je fais partie de cette équipe et je suis déterminée à appliquer le premier commandement du volley selon Jessa : tout donner. Une fois de plus, je tire sur mon maillot.

Le match aurait déjà dû commencer, mais les conciliabules des coachs et de l'arbitre s'éternisent. Sur le terrain, la tension monte à mesure que l'attente se prolonge. On dirait que les deux coachs sont en désaccord à propos d'un truc.

L'arbitre s'avance et déclare :

– Kennedy est accusé de tenue non réglementaire. Le match commencera avec un retard de cinq minutes.

Reinhold s'avance vers nous, visiblement furieuse. Je m'attends à ce qu'elle somme Nasrah de retirer ses lacets rose fluo, qui ont déjà posé problème par le passé. Mais c'est moi que la coach attrape par le coude. Elle m'entraîne à l'écart. La scène pique aussitôt l'intérêt de tous les spectateurs.

Reinhold tient un classeur que le coach d'Ironwood a apporté : les neuf millions de pages du règlement officiel tel qu'édicté par la Fédération internationale de volley-ball.

– Walsh, je suis navrée mais il prétend que ton maillot constitue une infraction aux règles.

Elle a parlé bas pour que personne ne surprenne son propos mais même son chuchotement vibre de colère contenue.

Elle me montre la page du règlement qui concerne l'équipement. Dimension minimale des numéros, contraste et emplacement des couleurs, longueur des maillots... Il y a des tas de critères extrêmement pointus que je soupçonne d'avoir été pondus par un comité d'individus aussi sympathiques que le coach d'Ironwood. La plupart du temps, mon maillot trafiqué ne fait tiquer personne mais lui, à l'évidence, ça le chiffonne.

Ce qu'il lui reproche, c'est la partie dorée à l'arrière. Le reste du costume de Glinda qui double la résille bordeaux. Notre libéro (pour ceux qui ne connaissent pas le volley, disons en résumé qu'il y a une joueuse par équipe qui porte un maillot d'une couleur différente, un peu comme le gardien de but au foot) porte un maillot doré et, en gros, les règles disent que les autres joueuses n'ont droit qu'à un tout petit peu de doré sur le leur pour ne pas semer la confusion dans l'esprit de l'équipe adverse.

Si l'arbitre n'est pas fichu de distinguer le maillot de Kate Wood, qui étincelle comme un trésor de pirate, de mon machin rapiécé, on est dans la mouise, et pas seulement à cause de cette histoire d'uniformes. Mais M. Qui-t'a-permis-d'avoir-soif va nous faire un scandale si je garde mon maillot.

Je lève les yeux. Mes coéquipières se demandent ce qui coince. Dans les gradins, mon père s'est levé à moitié. Lui non plus ne sait pas ce qu'on me reproche mais ça se voit qu'il hésite entre intervenir (au motif qu'il est mon papa) et rester en retrait (parce que je suis une grande fille). Je me détourne. S'il se figure que je n'arrive pas à régler le souci toute seule, il va me rejoindre sur le terrain, ce qui n'arrangera pas mes affaires. On me dévisage déjà bien assez comme ça à mon goût.

– Tu vas devoir emprunter le maillot de Timms, me dit Reinhold.

Je secoue la tête. La coach insiste :

– Tu lui rendras quand son match commencera. Elle s'en fiche…

– Je ne peux pas, j'articule. Je ne rentre pas dedans.

– Mais si, ça va le faire. Elle est baraquée, Timms.

Je ferme les yeux de toutes mes forces et fais non de la tête. Ça ne le fera pas, je le sais. Et pour cause : mon maillot, c'était le même que celui de Jessa avant les retouches de Mme K-B. Quand bien même j'arriverais à y fourrer mes seins, il m'empêcherait de bouger. Je regrette de ne pas avoir choisi option langue des signes au lieu d'espagnol, parce que je suis soudain frappée de mutisme.

– Allez, ma grande. Je sais que le coach d'Ironwood coupe les cheveux en quatre, mais il ne va pas lâcher l'affaire. C'est un emmerdeur de première. On a besoin de toi, Greer. S'il te plaît.

C'est la première fois qu'elle m'appelle par mon prénom et je vois bien qu'elle comprend qu'elle m'en demande beaucoup, alors j'accepte de tenter le coup. Je me dirige vers le vestiaire. La coach m'envoie Jessa. Je ne me risque pas à regarder les tribunes, où des centaines de personnes ont les yeux rivés sur moi. Pourquoi fallait-il qu'elles se mobilisent en masse précisément aujourd'hui ?

Si je ne peux pas jouer, Reinhold devra me remplacer par Kaia Beaumont, ce qui revient à envoyer sur le terrain un chaton malvoyant monté sur des rollers. Non seulement on se fera rétamer, mais Kaia risque de mourir.

Jessa m'escorte jusqu'au vestiaire en jurant comme un charretier. Toutefois, elle sait que ce genre de pinaillage mesquin fait partie du jeu et retire son maillot avant même que nous ayons refermé la porte. En brassière, ses poignées d'amour débordant par-dessus l'élastique de son short, elle me tend son maillot déjà mouillé alors que son équipe ne s'est même pas encore échauffée.

Je ravale ma timidité naturelle et ôte mon T-shirt devant Jessa. Elle m'a déjà vue sanglée dans mon Stabilizer (et elle est bien la seule). Peut-être que son maillot s'est élargi. Après tout, ça fait une saison qu'elle le porte pour servir, sauter, courir et frapper. Peut-être qu'il va me témoigner un peu de miséricorde. Je l'espère parce que, dans le gymnase, on ne me fera pas de cadeau.

J'enfile le col et les manches, mais le reste cale à mi-poitrine. Tendu à craquer, le tissu plisse et s'enroule sur lui-même et la maille bordeaux paraît rose. Je vide mes poumons. Peut-être que je peux jouer en ne prenant que de petites inspirations. Centimètre par centimètre, je déroule le maillot pour m'en couvrir le ventre. Jessa en fait autant dans mon dos. Elle tire si fort que je manque tomber à la renverse. À nous deux, on parvient à franchir l'obstacle principal (ou plutôt les obstacles principaux), mais j'ai l'ourlet au ras du nombril.

Je m'observe dans la glace. On dirait que j'ai piqué un T-shirt à l'une des poupées de Quinlan. Je me sens déjà humiliée avec Jessa pour seul témoin. Là-haut, dans le gymnase, toutes mes connaissances (j'exagère à peine) et un tas d'inconnus m'attendent de pied ferme. Je me mets à cligner des yeux. Non. Hors de question.

Jessa se mord la lèvre.

– Euh, t'arrives à bouger ?

Je lève un bras, puis deux, et tous nos efforts sont aussitôt réduits à néant. Le maillot me remonte sous les aisselles. J'entends la clameur de la foule dans les gradins.

– Qu'est-ce que vous faites ?

Maggie a surgi derrière moi dans le miroir. Le T-shirt de Jessa me cisaille les seins : en haut, ils sont tout aplatis ; en bas, ils bombent sur mon abdomen comme si je portais un push-up, mais à l'envers. Maggie a soudain les yeux exorbités comme un personnage de dessin animé.

Il se passe alors un truc bizarre. Au lieu d'être mortifiée qu'elle me voie dans cet état, je me mets à glousser. Je vois mal ce que je pourrais faire d'autre ! Et, en gloussant, je donne mon feu vert à Jess et à Maggie. On pique un fou rire, toutes les trois. On est déchaînées. Je ris si fort que je suis obligée de m'asseoir sur le banc ; Maggie a les joues baignées de larmes. Quant à Jessa, elle peine à reprendre son souffle entre deux crises d'hilarité.

– Putain, Greer, enlève ce truc, tu vas choper un œdème ! me lance Maggie en pouffant.

Elle empoigne un pan de tissu, Jessa en saisit un autre et, à elles deux, elles me libèrent. Retour à la case soutif. Deux d'entre nous sont à moitié nues et, pour une fois, je n'esquisse pas un geste pour me couvrir.

– C'est une brassière de sport, ça ? m'interroge Maggie.

(Max Cleave a raflé tout l'ADN sportif de ses parents ; il n'en restait pas une miette pour elle.)

– La plus chère du marché, même.

– Bon…, lâche Jessa. Et maintenant, on fait quoi ?

– Je ne peux pas porter ton maillot. Donc, je vais être exclue.

– Tu rigoles, j'espère ? s'emporte Maggie. Ils n'ont pas le droit de faire ça ! Tu répètes depuis des mois !

Jessa s'apprête à lui signaler que ça s'appelle s'entraîner, mais je la devance :

– Elle sait. Elle le fait exprès.

Je raconte à Maggie l'histoire de l'emmerdeur et des règles de l'uniforme.

– Jessa, monte me chercher ce classeur, ordonne ma meilleure amie.

Ma coéquipière a déjà franchi la porte quand Maggie la hèle :

– Hé ! Mets d'abord un T-shirt !

Quelques instants s'écoulent puis Jessa revient, le classeur à la main. Apparemment, Reinhold a négocié avec l'emmerdeur : tous nos temps morts contre cinq minutes supplémentaires.

Je soupire.

– Ce n'est pas en cinq minutes qu'on va trouver une solution.

Maggie parcourt de l'index la page critique du règlement. Toutes les deux lignes, elle ramasse mon maillot et l'examine.

– Le problème, c'est le machin doré, déclare-t-elle en conclusion. Tout le reste est conforme.

– Dommage que Mme K-B n'ait pas mis une doublure bordeaux, déplore Jessa.

– La faute à Glinda et à ses goûts de luxe, dis-je.

Mais Maggie ne se démonte pas.

– On n'a qu'à enlever le bout qui gêne.

– Impossible. La résille est transparente. C'est pour ça qu'on a dû la doubler, j'explique.

– Il n'y a rien dans le règlement qui interdise le tissu transparent, me rétorque Maggie en me présentant la page en question.

– C'est forcément interdit !

Mais force est de constater qu'elle a raison. Les règles parlent de couleurs, pas de nudité apparente.

– Si on découpe le bout doré, ton maillot sera aux normes, insiste-t-elle. Tout bordeaux.

– Bordeaux option peau apparente !

Je les fusille du regard, toutes les deux. Elles ne voient pas le problème.

– Ce n'est que le dos, dit Maggie.

– Mais tout le monde verrait…

– Verrait quoi ?

– Mon Stabilizer.

– Ton quoi ?

– Mon soutif.

– Le prends pas mal, Greer, mais je crois que les gens se doutent que t'en portes un, tu sais.

– Oui, mais je ne veux pas qu'ils le voient !

Sauf qu'au lieu de dire « le », ma langue fourche, et je dis « me ». Je dis : « Je ne veux pas qu'ils me voient. »

Jessa et Maggie échangent un regard. Cette fois, c'est Jessa qui reprend la parole :

– Désolée, Walsh, mais le volley, ça se passe dans la vraie vie. Pas dans ta tête.

La mâchoire de Maggie manque se décrocher. Elle pointe Jessa du doigt et, dans son dos, articule à mon intention : « JE KIFFE CETTE MEUF ! », puis, à voix haute, elle ajoute :

– C'est ce que je me tue à lui répéter.

Jess poursuit :

– C'est quoi, ton plan, Greer ? Tu vas te planquer dans le vestiaire jusqu'à la fin du match ? L'équipe a besoin de toi.

Elle ne peut pas ignorer qu'elle me soumet à la pire épreuve possible pour moi, une sorte de mission suicide, et pourtant elle insiste. Mais ce n'est pas ça qui me fait réagir. C'est ce verbe qu'elle a choisi. Pourquoi est-ce que tout le monde m'accuse de me planquer ?

Me planquer, moi ? N'importe quoi ! À moins que... Ce serait donc ça ? Mon gros sweat, ma posture, mes bras croisés lors du moindre exposé ? Le fait que je ne parle pas aux garçons, ou alors uniquement de maths ? Ma façon de faire croire à Jackson que je me contrefiche qu'il trébuche avec ses sabots et meure noyé dans un canal ?

Merde... C'est vrai, je me planque.

Comment j'en suis arrivée là ? Qu'est devenue la gamine qui aurait exhibé fièrement sa culotte imprimée du jour de la semaine pour prouver à la terre entière qu'elle savait déjà lire ?

J'aimerais encore éprouver ce genre de fierté aujourd'hui et chaque jour de ma vie. Ce genre d'assurance. De confiance. De sérénité. D'intégrité.

– Tu ne peux pas contrôler ce que les gens pensent, Greer, me signale Maggie en resserrant ma queue-de-cheval. C'est pour ça que, moi, je m'arrange pour leur faire peur. Je préfère !

Elle plaisante, mais à moitié seulement. C'est ainsi que Maggie affronte le monde. Avec du caractère.

– Ouais, on s'en bat les boobs ! renchérit Jess. La vie, c'est comme un match de volley. Faut faire comme la balle : savoir rebondir.

« On s'en bat les boobs. »

Ce sont peut-être bien les mots les plus doux qu'on m'ait jamais dits.

C'est ainsi que Jessa affronte le monde. En cas de coup dur, elle s'en moque et elle rebondit.

Je prends mes amies dans mes bras et les serre toutes les deux contre moi, bien que je sois en soutif et morte de rire. Elles se remettent à pouffer, elles aussi (c'est dur de garder son sérieux quand une copine hilare vous écrase avec des nichons géants).

Je sais ce que je veux qu'on grave sur ma tombe. « J'étais forte, j'étais fière, je m'en suis battu les boobs et j'ai su rebondir. » Bon, peut-être pas sur ma tombe. Mettons sur mon livre de promo à la fin du lycée. Ou alors simplement sur un T-shirt.

Oui, voilà, un T-shirt. Taille L, sans *X* devant.

Je trouve une paire de ciseaux dans le casier de Kate avec son matos de strapping, je prends une profonde inspiration, et je coupe. Ensuite, je tends la doublure dorée à Maggie. L'arrière de mon maillot est à présent tellement transparent qu'on pourrait lire un livre au travers.

Mais les règles de la FIVB n'interdisent pas le port du maillot sexy. Tant qu'il est de la bonne couleur. Le mien, tout bricolé soit-il, est désormais aux normes.

Je l'enfile. Je ne sens pas de différence, à part un petit courant d'air dans le dos.

Je suis plus à mon aise vêtue d'un sweat ou d'une parka achetée au rayon homme (voire d'une tente de cirque). Je me suis pourtant habituée à porter ce maillot parce qu'il le fallait bien et, à la longue, je m'étais persuadée que je me fondais dans la foule. Aujourd'hui, un homme a sabordé tous mes efforts. Il s'est assuré qu'à mon retour (hypothétique) sur le terrain, tous les spectateurs auraient les yeux rivés sur le numéro 18. Autant braquer un projecteur sur moi.

Je me tortille devant la glace pour apercevoir mon dos. On voit tout de mon cou à mon short, y compris une bande de dix centimètres de Lycra de compète. Je frémis mais après tout, aucune autre athlète ne se soucie d'avoir les bretelles de soutif qui dépassent.

Je viens de me qualifier mentalement d'athlète. Accrochez-vous, Ironwood, ça va chauffer !

– Prête ? me lance Jess.

Elle pousse la porte du vestiaire à la seconde où la coach appelle Kaia sur le terrain. Celle-ci me pointe du doigt en émettant un glapissement. Dans la salle, c'est elle qui a l'air la plus heureuse de me voir.

Maggie me glisse :

– N'empêche, ton soutif, on dirait un truc de l'armée ! Il fait gilet pare-balles ?

Tout le monde dans le gymnase suit ma progression vers mon coin du terrain. Mes parents, mes amis, mes profs, les élèves de mon cours de maths, les gens qui m'aiment et ceux qui ne m'aiment pas – tout le monde. Les gens que je croiserai tous les jours jusqu'à mon bac et ceux du lycée d'Ironwood que je ne recroiserai jamais. Des minces, des petits. Des chevelus, des boutonneux. Des costauds et des squelettiques et des sexy et des zarbis. Des complexés et des narcissiques. Des sympas, des tarés, des paumés. Pas un seul d'entre eux n'est parfait. Pas un seul n'a un corps « qui entre dans la norme », si tant est qu'une telle chose existe.

Ou alors, la norme, c'est nous, tous autant que nous sommes. Et, au beau milieu, bien en vue, il y a moi. Je ne me planque plus, Jackson.

– Ouais ! Bravo ! Tombe le maillot, comme Brandi Chastain ! me braille Reinhold, survoltée.

Nella se lève sur son banc et, comme elle donne l'exemple, tous ses voisins l'imitent.

– WOUUUUUU-HOUUUUUUUU ! C'EST MA JUMELLE DE COIFFURE !

Ils se mettent à taper des pieds façon roulement de tambour. Le toit est à deux doigts de nous tomber sur la tête.

Le coach d'Ironwood fulmine ; on dirait qu'il va exploser. Je n'ose imaginer ce que pensent ses joueuses. Ou mes coéquipières, ou mes parents, ou les autres. Mais j'ai une révélation : ça n'a aucune importance.

Je suis ici pour jouer.

« Oui, Maggie, mon soutif fait gilet pare-balles. »

Dans ma tête, je fais taire le vacarme et le chahut de la foule et, à la place, j'absorbe son énergie. Je la sens qui déferle dans mon corps. Dans la moelle de mes os. Je la sens dans cet infime frétillement d'ailes au creux de mon ventre où dame Papillonne émerge des gravats. La dernière chose que je perçois avant le coup de sifflet, c'est sa petite voix cristalline qui lance à Ironwood : « À nous deux ! »

Chapitre 66

Miss Candy Crush nous attend de nouveau à la place de Mme Tanner. Sur le tableau noir dans son dos, elle a écrit à la craie : VENDREDI : RÉVISIONS EN VUE DU DST DE FIN DE TRIMESTRE. TRAVAIL DE GROUPE AUTORISÉ DANS LE CALME.

Kurtis et Omar ont déjà retourné mon pupitre face au leur. Le premier bourre son manuel de marque-pages tandis que le second rédige une liste de formules à apprendre par cœur.

– Au fait, Greer, tu vas au gala ce week-end ? me demande Kurtis en ouvrant son manuel à la page du récapitulatif de fin de leçon.

– Ben ouais, elle y va avec le nouveau, lui répond Omar. Hein, Greer ?

– Euh, c'est tombé à l'eau.

Ils me regardent tous les deux comme si je venais de leur annoncer que j'allais devoir faire piquer mon chien. Omar va jusqu'à pousser un soupir de compassion.

– Je suis désolé. Je t'accompagnerais bien, mais je suis invité à la *quinceañera* de ma cousine. C'était prévu de longue date.

– Merci, Omar. T'en fais pas pour moi.

Il plisse le front comme quand il essaie de résoudre une

équation trigonométrique. Je me demande s'il cherche le moyen de se libérer de ses engagements.

– C'est quand même ses quinze ans, ajoute-t-il comme à part soi. En plus, je suis son chambellan…

Il surprend notre regard.

– Son cavalier, quoi ! C'est un honneur pour moi. Je ne peux vraiment pas me décommander.

– T'inquiète, Omar. C'est chouette que tu fasses ça pour ta cousine.

Il continue de me fixer d'un air navré alors je m'empresse de changer de sujet avant qu'il ne décide de planter sa cousine au risque de jeter l'opprobre sur toute sa famille.

– Et toi, Kurtis ?

Kurtis est mortifié.

– Oh, Greer, désolé mais j'ai déjà une cavalière…

– Non ! Je te demandais par curiosité, pas pour que tu m'accompagnes… Attends. T'y vas avec quelqu'un ?

– Ben, ouais. Ma copine.

– T'as une copine ?

– Oui. Paige Polasky. Tu la connais ? Elle est en seconde.

– Oui, je vois qui c'est. Elle est mignonne. Je ne savais pas que vous sortiez ensemble.

J'essaie sans grand succès de masquer ma surprise.

– Normal, me rétorque Kurtis, tu ne parles que de maths !

La sonnerie de début de cours retentit et la remplaçante nous lance un « Au boulot ! » laconique. Omar et Kurtis entament un débat sur les sujets les plus susceptibles de tomber au DST. Toute l'année, j'ai pris ces deux mecs pour des matheux coincés qui ne connaissaient rien aux filles tandis qu'ils me prenaient pour une matheuse coincée qui ne connaissait rien aux mecs (et, manifestement, ils avaient raison).

Il ne faut pas longtemps à Kyle Tuck et à sa bande de crétins pour se mettre à pouffer et à ricaner. Ce matin, j'ai trouvé un haut rayé en nid-d'abeilles que j'avais mis au rebut. Sans être moulant, il est beaucoup moins ample que tout ce que j'ai pu porter ces derniers temps (mention spéciale à la parka que j'ai gardée en cours toute la journée hier). Autrement dit : il me va. Autrement dit *bis* : mes boobs font leur coming-out. J'ai même envisagé de porter mon ensemble de lingerie écossais de chez PerkUp! en dessous, aujourd'hui mais, si mignon soit-il, il est encore moins efficace qu'un bout de Scotch, alors j'ai juste mis la culotte avec mon soutif habituel.

Kyle fait semblant de tousser et crache le mot « einsss ». Ses sbires éclatent de rire.

La remplaçante relève la tête, regarde vaguement dans leur direction et dit :

– Silence, au fond.

Mon instinct naturel m'invite à courber les épaules et à me tasser sur ma chaise ou à demander à aller aux toilettes et à foncer chercher mon manteau dans mon casier. Au lieu de quoi, je serre les poings. Aïe. J'avais oublié que je m'étais tordu le petit doigt au match d'hier soir.

On a joué comme jamais. Toute l'équipe a donné le meilleur d'elle-même. Et l'emmerdeur qui n'aimait pas mon maillot a fini par se faire dégager (j'espère que ses propres joueuses l'ont taillé en pièces dans le bus du retour). Voilà ce qu'il s'est passé. Quand Reinhold a fini par faire entrer Kaia, c'était comme si Ironwood avait soudain flairé l'odeur du sang. L'équipe adverse s'est acharnée sur elle et la pauvre ratait balle sur balle. Elle ne demandait qu'une chose : retourner sur son banc, mais la coach lui a dit : « Tu peux le faire, Beaumont. Persévère. » Et voilà qu'une géante de l'équipe adverse lui balance un tir surpuissant, un vrai boulet de canon (un « exterminateur », comme on les appelle dans l'équipe).

Et, qui sait comment, Kaia l'a bloqué. Elle a décollé dans les airs, mains et bras tendus en un miroir parfait de la géante d'Ironwood et *bim !* elle a renvoyé la balle à l'expéditeur ! Dans l'équipe, on était comme des dingues. Sauf Kaia, qui se tenait là, médusée, comme si elle venait de roter une nuée de lucioles à paillettes. Bon, Ironwood a renvoyé la balle par-dessus le filet et on était tellement occupées à fêter Kaia qu'on l'a ratée. Même Jessa a déboulé sur le terrain pour soulever notre coéquipière de terre.

Allez savoir pourquoi, à ce moment-là, l'Ironcoach a pété les plombs. Campé derrière la ligne, il nous a hurlé :

– Pourquoi vous vous excitez, là ? Vous ne comprenez rien ou quoi ? Vous venez de vous prendre un point ! Essayez de suivre un peu, pauvres nulles !

Nasrah, d'ordinaire très polie, s'est avancée jusqu'à lui. Son regard arrivait juste à hauteur de sa calvitie naissante. Et là, elle lui a répliqué du tac au tac :

– C'est vous qui ne comprenez rien.

Tous ceux qui ont entendu sa riposte ont laissé éclater leur allégresse, et même ceux qui ne l'ont pas entendue se doutaient qu'elle venait de sortir un truc qui claque, alors ils se sont lâchés, eux aussi. Le coach, lui, a craqué. Il nous a débité un chapelet de « propos orduriers », comme dirait ma grand-mère, et l'arbitre lui a laissé le choix : aller s'asseoir dans les gradins et la fermer jusqu'à la fin de la rencontre, ou perdre par forfait. L'Ironcoach a choisi l'option n° 3 : sortir du gymnase comme un ouragan.

Après le match, une nana d'Ironwood m'a abordée pour me parler du Stabilizer. Elle m'a appris que la gamme venait d'être élargie et elle a même écarté le col de son maillot pour me dévoiler une grosse bretelle en Lycra violet. Elle envisage l'opération mais elle hésite encore. Sa mère préfère qu'elle attende d'être à la fac, au cas où elle changerait d'avis – ce qui veut dire deux ans de plus à tirer, alors qu'elle a atteint sa taille de soutif actuelle en cinquième ! Je lui ai donné mon numéro ; elle me préviendra si elle se décide à sauter le pas, pour me raconter.

Avant le match, j'étais saucissonnée tel Houdini dans le maillot de Jessa. Après, je causais réduction mammaire et brassière de sport « maintien extrême » avec une adversaire. Le jour et la nuit ! Je ne me suis même pas emmitouflée dans mon sweat avant d'être rentrée chez moi et d'avoir pris ma douche.

Mais aujourd'hui est un autre jour. Nous sommes en cours de maths, pas sur le terrain de volley. Hier, j'avais mon équipe. Aujourd'hui, je suis seule. Je pince mon petit doigt meurtri. Fort. Se tordre le petit doigt, c'est classique au volley. Tant que l'os ne transperce pas la peau, la règle, c'est de serrer les dents. N'empêche que je douille. Si je me pince, c'est pour me rappeler ce que mes coéquipières m'ont appris. Blessée ou pas, on poursuit la partie. Il faut bien. Sans quoi, on ne jouerait jamais.

Le poing serré, donc, je déglutis et gagne la table de Kyle. Même Asher et Anitha s'arrachent un instant à leurs révisions. Autour de Kyle, les mecs se décomposent comme si Hulk venait de les surprendre en train de se moquer de lui.

– Il te faut quelque chose ? me demande la remplaçante sans se lever.

– Oui : Kyle. Je lui donne des cours de soutien tous les vendredis. Mme Tanner nous laisse travailler dans le couloir pour ne pas être dérangés.

Mes camarades sont bien trop intrigués pour me contredire.

La remplaçante hausse les épaules. Les potes de Kyle rient bêtement.

– Viens, j'ordonne.

Il ne bouge pas.

– Allez, viens, je répète d'un ton ferme.

Kyle me regarde comme si son nom venait d'être tiré au sort dans *Hunger Games* et qu'il allait se faire défoncer. « Et tu sais quoi, connard ? Bingo ! »

Il obtempère et je referme la porte de notre salle de cours.

– Qu'est-ce que tu me veux ? grogne-t-il.

Je marche droit sur lui et l'accule contre un casier. Mon buste (le sujet de cette entrevue) n'est plus qu'à quelques centimètres du sien. On se tient si proches que je sens l'odeur du Biactol sur son front. Sans ses copains, il se révèle étonnamment lâche. Moi (et c'est encore plus étonnant), je me révèle drôlement courageuse.

Il bredouille :

– Hé, mais, qu'est-ce que… Tu fais quoi ?

– Tes petits commentaires d'obsédé sur ma poitrine, c'est fini. Terminé.

Il devient écarlate. Pas moi.

– Vas-y, de quoi tu parles ?

– Des équations, de la calculatrice, des mots mêlés, des petits dessins… Maintenant, tu arrêtes. Ça te donne l'air encore plus débile que tu ne l'es, et c'est cruel. Genre vraiment cruel.

Il semble à deux doigts de nier, mais il sait qu'il n'a aucune chance d'avoir le dernier mot avec moi.

– N'importe quoi, c'est toi l'obsédée !

– Obsédée par ma propre poitrine ? Tu as peut-être raison. Mais c'est la mienne. .

– C'est bon, on rigole…

– Ah, vous rigolez ? C'était pour rire, c'est ça ?

Il se tortille.

– Ben, ouais…

– Et moi, je suis censée trouver ça marrant ? Vous m'avez déjà vue rire, moi ?

Il avale sa salive.

– Ça va, c'est pas méchant. Je pensais que tu t'en foutais. D'habitude, tu joues le jeu…

– Parce que j'ai le choix, peut-être ? Écoute, Kyle, j'aimerais n'en avoir rien à foutre de tes gamineries, mais ce n'est pas le cas. J'en souffre.

Et sur ce, la mine de Kyle se modifie du tout au tout. Sa moue de méchant sur la défensive se mue en expression de stupeur. Comme il me torture depuis des siècles, je me permets de préciser qu'il reste très moche, mais disons que ça le rend un peu plus humain.

– Je, euh… ah. Désolé ?

– Pardon ? C'est une question ?

– Euh, non. Désolé. Je veux dire : je suis désolé. Je ne savais pas que ça t'embêtait.

Dans ma grandeur d'âme, je ne relève pas la stupidité consternante de cette dernière remarque, mais franchement, c'est comme crever un œil à quelqu'un et prétendre qu'on ne savait pas que ça le piquerait. « Je ne savais pas que ça t'embêtait » constituerait une excuse valable si Kyle venait de jeter son pot de yaourt dans la mauvaise poubelle ! Mais pour qui vient de passer des mois à se moquer du physique d'autrui, c'est pathétique. Je me contente de répliquer :

– Eh bien maintenant, tu sais.

J'ignore si ça changera quoi que ce soit, et quand bien même ce serait le cas, le monde regorge de Kyle. Certains ne se laisseront pas intimider si facilement. Certains m'intimideront, moi. Certains tenteront de me faire bien pire que de me présenter le nombre 58008 sur leur calculatrice. Mais j'en ai fini avec ce bourreau-ci. J'ai mis les choses au clair. Kyle ne pourra plus me faire croire qu'il ne savait pas, et je ne pourrai plus feindre l'indifférence.

– Tu arrêtes, maintenant. C'est fini.

Je me dirige vers la porte.

– Hé, Greer ? me lance-t-il plein d'espoir. Puisque la prof croit que tu me donnes des cours de soutien, tu ne veux pas me filer un coup de main ? Je bloque sur le binôme de Newton…

Il me décoche un sourire penaud.

Je me fends d'un rictus.

– Non, Kyle. Même pas en rêve.

Chapitre 67

– NOM D'UNE PIPE ! lâche Theresa Kershaw-Bend en renversant la moitié de son latte. J'ignorais que tu étais là.

– Désolée ! Le pion m'a dit que je pouvais vous attendre ici…

Elle pose ses affaires et avale une longue gorgée de café. Sur son gobelet gravitent une voiture, un attaché-case et un petit chien. J'y vois un signe.

– Mademoiselle Greer, la volleyeuse !

– C'est moi.

– Greer, comme Greer Garson, l'ancienne vedette hollywoodienne. Tes parents sont fans ?

– J'ai été baptisée en hommage à la tante de mon père. Ils ont trouvé que Greer, ça valait mieux que Gertrude…

– Je confirme !

Elle rit.

– Mais tu connais Greer Garson ?

– J'en ai entendu parler.

– C'était une vraie star dans les années 1940. Elle a joué Marie Curie.

– Ah ?

– Tu sais qui c'est ?

– Marie Curie ? Bien sûr ! Elle a découvert le radium. Elle est morte parce qu'elle trimballait des éléments radioactifs dans ses poches.

De nouveau, Mme Kershaw-Bend éclate de rire.

– Parfois, les gens les plus brillants sont aussi les plus bêtes !

« Sans blague. » Elle finit son café et jette le gobelet dans sa corbeille à papiers.

– J'ai appris que tu avais dû apporter de nouvelles modifications à ton maillot.

– Vous êtes au courant ?

– J'ai déjeuné avec Kristine, enfin, avec Mme Reinhold ce midi. Je suis navrée, je ne connaissais pas le code couleur. Je trouvais la doublure dorée si jolie !

– Moi aussi ! Et jusqu'à hier soir, elle n'avait jamais posé de problème. C'est ce coach… *Pff.*

Je me suis retenue juste à temps de jurer devant la prof. Précaution inutile.

– Quel connard, lâche-t-elle.

– Mais oui ! Personne n'a jamais rien trouvé à redire à mon maillot à part lui. Mais ce n'est pas grave. Sans la doublure, il me tient moins chaud. En fait, c'est même mieux. Merci encore…

– Mais de rien. Je suis ravie que tu aies pu jouer à ton aise.

– C'était pas gagné. Dans les magasins, je ne trouve jamais rien qui me va.

– Ne m'en parle pas ! Pourquoi ai-je appris à coudre, à ton avis ? Tu as vu mes jambes ?

Mme K-B mesure plus d'un mètre quatre-vingts. Une femme de taille moyenne doit lui arriver au nombril.

– Quand j'avais ton âge, la mode était aux fuseaux. Tu sais, les caleçons avec une bande élastiquée sous le pied ? Non ? Eh bien, crois-moi, un fuseau à ma taille, ça n'existait pas. Les pantalons feu-de-plancher, j'avais l'habitude. Mais avec les fuseaux, c'était en haut que ça coinçait : pas moyen de les monter jusqu'à ma taille. J'avais la raie des fesses à l'air à longueur de journée !

Je me demande si la jeune Theresa Kershaw a envisagé le sweat XXL. Certains modèles sont très couvrants.

– J'en ai eu ma claque, m'apprend-elle, et je me suis mise à la couture. Quand les modèles qui me plaisaient ne m'allaient pas, je me les confectionnais moi-même.

– Vous êtes douée.

– J'ai des années de métier.

– Non, mais genre vraiment super douée.

– Je te remercie.

– Vous pourriez être styliste professionnelle. Bosser sur les défilés.

Elle incline la tête, un sourire aux lèvres.

– Dis-moi tout, Miss Curie. Qu'est-ce que je peux faire pour toi, cette fois ?

Au début, elle se décompose tel un des bâtisseurs de la tour Eiffel qu'on aurait chargé de tout démonter pour la reconstruire la tête en bas. Quand je lui explique ce que je veux, cependant, elle s'illumine telle une étudiante des beaux-arts qu'on aurait priée d'apporter quelques retouches au plafond de la chapelle Sixtine.

Elle réalise une esquisse au dos du contrôle d'arts ménagers d'un élève.

– Je sais que je vous en demande beaucoup. Je peux vous payer, si vous voulez. Faire du baby-sitting…

– Tu es bien sûre que c'est ce que tu veux ? me demande-t-elle en me présentant son dessin.

– Oui, je crois.

En réalité, je n'en suis pas sûre du tout, mais il me semble entendre Marthe chuchoter à Maïté : « T'as entendu comme moi ? On a la permission de sortie ? »

– Je te fais ça pour demain.

Je me dirige vers la sortie et elle ouvre le sac en plastique que je lui ai remis. Elle s'écrie :

– Tu exagères, Greer ! Tu aurais pu le laver d'abord.

Chapitre 68

– Tu es sûre que tu ne préfères pas un truc plus simple ? Une queue-de-cheval et un bandeau ? me suggère maman.

Pour toute réponse, je lui tends une nouvelle épingle à chignon.

Elle n'est pas ravie. Quand elle a vu ma robe sur son cintre, tout à l'heure, elle a hurlé comme quand Tyler lui a montré sa lèvre infectée.

– Tu vas porter ça ? C'est Maggie qui t'en a persuadée ?

Raté. Maman s'en rendra compte d'elle-même quand Maggie et Rafa passeront me chercher. La robe « contestataire » de Maggie est adorable. Rétro, oui, mais adorable. Le message qu'elle envoie n'est d'ailleurs ni « à bas les stéréotypes de genre », ni « sus aux inégalités économiques », ni « mort aux rituels datés ». Le message, c'est : « Je suis adorable. » (Mais chut, ne lui dites pas ! Maggie serait tellement déçue…)

Maman entortille une nouvelle mèche, la glisse dans mon chignon et plante l'épingle, me perforant le crâne jusqu'au cerveau.

– Aïe !

Elle est plus brusque que de raison.

– J'espère au moins que tu t'es rasée sous les bras.

C'est le cas, mais je vais laisser planer le doute un moment. (Et je ne me suis rien épilé à la cire.)

Sa fille dûment coiffée et maquillée, maman se retire au rez-de-chaussée. Je me prépare dans sa chambre parce que je n'ai pas de miroir en pied dans la mienne. Ni de miroir tout court. J'ôte mon bas de jogging et mon T-shirt en faisant bien attention à ne pas froisser mon chignon et je me plante devant la glace en sous-vêtements. En bas, je porte une culotte toute mimi avec un motif hirondelles bleues et un liseré jaune. Et, en haut, mon bazar habituel, dans sa version blanc uni. Ses bretelles extralarges me scient déjà les épaules et ça n'a strictement rien de mimi. Des paquets de chair débordent au niveau des aisselles et sous mes bonnets mal taillés.

Je sais qu'en cherchant bien, je dois pouvoir me trouver un soutien-gorge mieux ajusté.

Je me tords les bras dans le dos et je le dégrafe. Mon soutif s'affaisse, soulagé, fourbu d'avoir contenu cette avalanche de nichons toute la journée. Il tombe par terre et je m'oblige à contempler mon reflet.

C'est quelque chose que je ne fais jamais. Me regarder.

Marthe et Maïté dégoulinent vers mon ventre. Tout le poids de mon corps se réajuste ; je me fais l'effet d'une chaussette qu'on remplit de sable. Mes aréoles roses pointent pratiquement vers le sol. En l'espace de quelques secondes, j'ai le dessous des seins humide de sueur.

Pourtant, je ne détourne pas les yeux. Je frotte vigoureusement les sillons que mes bretelles ont creusés dans mes épaules et la chair commence à reprendre ses droits. Je me dégourdis la nuque et sens mes muscles endoloris se détendre peu à peu.

Je prends un sein dans chaque main et je les remonte à la place qu'ils sont censés occuper. Celle où les maintient mon Stabilizer. Je les presse l'un contre l'autre, les écarte.

Si quelqu'un me surprenait en cet instant, j'en resterais traumatisée à vie. Si ce quelqu'un était Tyler, sa tête exploserait.

J'écoute à la porte pour m'assurer qu'il n'y a personne dans le couloir puis je regagne le miroir. Je me tiens immobile devant pendant une minute. Je ne ressemble pas aux filles des pubs sur Internet. Je ne ressemble pas à Nella Woster toute nue.

Mais Jessa non plus. Et Mena non plus. Ni Nasrah. Ni Maggie. Peut-être même que Nella ne ressemble pas à la Nella que j'imagine.

Je me ressemble, simplement. Ce n'est pas ce que j'aurais choisi, mais c'est moi.

Je bouge les hanches d'avant en arrière et Marthe et Maïté se dandinent maladroitement, tels deux aliens gélatineux dans un clip d'Ariana Grande. Je m'arrête de bouger et elles s'entrechoquent. Je lève les bras au-dessus de ma tête et elles suivent le mouvement, comme si elles avaient envie de participer à cette drôle d'activité. Comme si elles n'avaient jamais souhaité m'attirer vers le bas, m'enfoncer, qu'elles le faisaient bien malgré elles. J'ai presque envie de leur murmurer : « Tout est pardonné, les filles. »

Je sais que c'est fou. Je suppose que ça tient au fait que je n'ai dormi que quatre heures hier. Mais plus je les contemple, et plus… je sais : vous brûlez de lire que, soudain, je les trouve magnifiques, mais ce serait un mensonge. Mes seins m'apparaissent seulement un peu bêtes et désemparés, comme deux blobfishs. Toutefois, j'ai beau ne pas les aimer, je ne les déteste pas non plus. Ils font partie de moi, comme mes yeux bleus, mon amour des livres et ma phobie des mille-pattes.

– Greer ? me hèle maman du rez-de-chaussée. Maggie et Rafael sont là.

On avait prévu d'aller au gala ensemble, tous les trois, et de rejoindre Jessa et les autres sur place mais, ce matin, Maggie m'a convaincue de faire un petit détour. Ça me stresse encore plus que tout le reste, mais ça passe ou ça casse et, au moins, si ça casse, elle m'attendra dans la voiture pour m'aider à ramasser les morceaux.

Je viens d'enfiler ma robe et m'apprête à me glisser dans les chaussures de maman quand elle débarque dans sa chambre.

– Ma chérie, je...

À ma vue, elle reste bouche bée. L'espace d'une seconde, j'ai peur qu'elle se change en vilaine marâtre et m'ordonne d'aller immédiatement mettre quelque chose de plus décent.

Je ne suis pas au bout de mes surprises. Voilà qu'elle se met à pleurer. Pour de vrai. Elle enfouit son visage entre ses mains. Je suis tellement ridicule que ma propre mère sanglote à ma vue... Comment ai-je pu penser que cette robe était une bonne idée ?

Sauf qu'alors, elle me dit :

– Oh, Greer, ma puce, elle est parfaite. Elle est absolument parfaite.

Elle m'attire contre elle et me serre très fort dans ses bras comme quand j'étais petite. Chose qu'elle ne fait plus depuis des siècles, et pour cause : je l'aurais repoussée.

– Elle est absolument parfaite, parce qu'elle te ressemble vraiment.

Maman ne pleure pas parce qu'elle déteste ma tenue, elle pleure parce qu'elle l'adore.

Commençons par les pieds.

Elle m'a prêté ses babies noires. Elles ont un talon haut (cinq centimètres, c'est haut selon mes critères) mais carré, ce qui m'évitera de me vautrer. Maman m'a promis qu'elles seraient confortables, et je n'en reviens pas mais c'est vrai.

Mes jambes nues sont musclées grâce aux entraînements, aux

squats, aux sauts de grenouille et aux douze pyramides de l'enfer que je leur ai infligés.

La jupe, c'est le bas de la fameuse robe de cocktail bleue moirée à reflets pétrole de maman, l'avant-dernier truc dans lequel je me sois sentie à l'aise. Elle m'arrive à mi-cuisse – courte, mais pas trop et elle a le genre de « tournabilité » que j'appréciais tant autrefois, avant que le monde ne m'informe qu'entre tournoyer et bâtir, il faut choisir.

Le corsage, c'est le dernier truc dans lequel je me sois sentie à l'aise, et même que ça faisait un bail : mon maillot de volley trafiqué. Enfin, une version modifiée de mon maillot trafiqué, mais ça reste un maillot de volley (entre-temps lavé et cousu à la jupe de maman par Theresa Kershaw-Bend). Il est ajusté pile comme il faut : près du corps mais pas moulant. Mme K-B a supprimé les manches et approfondi un peu le décolleté, qu'elle a agrémenté de minuscules perles dorées. Sur les côtés, elle a même prolongé à la main les broderies noires de la jupe. Le dos est toujours ajouré, mais mon nouveau Stabilizer bordeaux est presque de la même teinte que la résille. Maman va faire une crise quand elle constatera que je lui ai piqué sa carte bleue pour me l'offrir (avec frais supplémentaires pour livraison en vingt-quatre heures), mais après tout, je ne lui ai pas coûté grand-chose en fringues, ces dernières années.

Ma robe est un curieux mélange, comme moi. Malgré tout, elle tient la route. Comme moi. Elle n'irait à personne d'autre que moi, parce que moi seule possède ce patchwork précis de jambes, de seins et de bras. Non seulement elle sied à mon corps hors normes, mais elle me sied, à moi, d'une bonne centaine de façons. Maman a raison. Je me sens (presque) parfaite.

Elle me passe au cou mon collier « de mamie ». Elle sourit et secoue la tête en même temps.

– Tu veux que je te prête les boucles d'oreilles que papa m'a offertes pour notre anniversaire de mariage ? Elles iraient bien avec l'ensemble.

– Non, merci. J'aime bien les miennes.

J'ai opté pour mes petits clous en or en forme de *sigma*. Maggie me les a offerts pour mon dernier anniversaire. Elles les a dénichés sur un site grec qui vend des bijoux initiales ; *sigma* est aussi un symbole mathématique, alors elle a pensé à moi.

– Je regrette d'avoir douté de toi, me glisse maman.

– Moi aussi, je regrette d'avoir douté de moi.

Ma mère fait allusion à la robe. Ma réponse englobe un tas d'autres choses.

Papa toque à la porte et j'endure ses compliments ainsi que les crépitements du flash de son téléphone. Il me mitraille jusqu'à l'arrivée de Maggie.

– Waouh ! C'est ça que j'aurais dû porter. Elle est trop bien, ta robe ! Non conformiste à souhait et renversante !

Maggie aussi est renversante dans sa robe vintage, un modèle à fleurs d'un bleu pétant ajusté à la taille et agrémenté d'un jupon qui lui donne des masses de volume. Elle porte des escarpins du même bleu mais, pour ne pas faire trop conventionnel, elle s'est teint les cheveux en rose (un beau rose foncé, pas le rose moche d'Effie Trinket dans *Hunger Games*).

Mes parents la couvrent d'éloges, puis complimentent bêtement Rafa pour le courage dont il fait preuve en sortant avec nous. On se met en route et maman me lance un regard lourd de sens : selon elle, ma robe-maillot de volley, c'est une chose, mais Maggie en fait trop avec ses cheveux fuchsia. Je ne partage pas son avis. Pour moi, Maggie fait pile ce qu'il faut.

Chapitre 69

Après avoir confié les éléments de ma robe à Mme K-B, je me suis préparée psychologiquement à revoir Jackson au gala. Traduction : je me suis tellement pris la tête que j'en ai fait une insomnie.

Voici comment l'échange était censé se dérouler :

– Greer ?

– Tiens ! Salut, Jackson. Je ne t'avais pas vu. (Dans mon fantasme, je lui dis ça d'un ton désinvolte puis, dans ma grandeur d'âme, je m'abstiens de lui faire remarquer que son costume est mal taillé.)

– Waouh, ta tenue est sublime ! Quand je vois les autres et leurs robes conventionnelles, je comprends que tu aies voulu faire un pied de nez aux canons de la mode. D'ailleurs, je les rejette, moi aussi ! Je me rends compte maintenant que tu n'es pas une lâche planquée sous un gros pull. Et je m'aperçois qu'en plus d'être un génie des maths doublé d'une volleyeuse grossièrement sous-estimée, tu es dotée d'une beauté canonesque. Même si le physique n'est pas ce qui compte le plus pour moi.

– Je te demande pardon ? Je ne t'entends pas bien.

(Dans mon fantasme, je suis entourée de mon équipe de volley, des élèves de mon cours de maths, du club de théâtre au grand complet ainsi que des fans de Nella Woster.)

– Tu veux danser ?

– J'ai promis à Max Cleave de lui réserver cette danse, dis-je alors, moue faussement triste à l'appui.

– Ah ? Mais il danse avec la rouquine de mon cours d'allemand…

– Pas pour longtemps.

Là, je m'avance vers Max et Rouquine. Max la laisse tomber comme une vieille chaussette et je me révèle subitement une danseuse hors pair. Jackson bat en retraite, dépité, dans son costume moche, monte dans un avion pour Amsterdam et pleure sans discontinuer jusqu'à l'atterrissage.

Ouais, voilà le scénario auquel a abouti ma séance de « préparation psychologique ».

Mais ça, c'était avant ma grande découverte. Assise seule sur la banquette arrière, je plie et déplie la feuille sur mes genoux.

Je l'ai trouvée pliée en forme de marque-page lorsque j'ai rangé mon exemplaire de *Frisby*. Il s'agit de la grille de mots mêlés de Kyle. Jackson a dû la récupérer le jour où je l'ai envoyée valser. Une fois qu'elle a été en sa possession, ce n'était qu'une question de temps avant que Quin ne s'en empare.

Quelqu'un l'a complétée en encerclant à l'encre rouge les lettres griffonnées au crayon à papier et les a annotées en marge. C'est l'écriture de Jackson ; je l'ai reconnue à la petite barbichette qu'il ajoute à la barre de ses *G* majuscules. Mon cœur s'est brisé en mille morceaux qui m'ont déchiquetée de l'intérieur comme des éclats d'obus.

Jackson a vu la grille ? Il l'a remplie et l'a gardée ? J'ai failli déchirer la feuille.

Mais quelque chose ne collait pas. Les mots encerclés n'étaient pas ceux qu'il était censé trouver. Ceux de Jackson zigzaguaient sur la grille, piochant une lettre ici, une lettre là, à grand renfort de flèches et au mépris des règles. Ces mots-là, nul autre que Jackson ne les aurait repérés. Il a pris le *B* de BOOBS et l'a relié en diagonale à un *RI* puis il a passé trois colonnes pour finir par *ANTE*. Au lieu des noms qui sautent aux yeux (NICHONS, BONNE, SEINS), il a fait apparaître tout un lexique caché dont Kyle et compagnie ignoraient la présence :

BRIANTE (manque de double *L* dans le coin)
BELLE
MALIGNE
VLYEUS ETOILE
DROLE
GENIE
COOL (là, Jackson a triché en transformant un *C* en *O*)
DIFFERENTE
VIVE
MAGNIFIGUE
GREER

Je replie la feuille et caresse du bout des ongles les arêtes du papier. À l'avant, Maggie et Rafa parlent d'un film qu'ils ont vu, où toutes les chansons ont été confiées à des stars hollywoodiennes et non à des chanteurs professionnels. D'après eux, c'est une injustice et « à force de donner la priorité au fric sur le talent, l'industrie du cinéma nivelle ses productions par le bas ». C'est bien la première fois que je vois Maggie prendre plaisir à être d'accord avec quelqu'un.

Je n'ai aucune idée de ce que je vais dire. Je n'ai aucune idée de ce qu'il va me répondre. Comme c'est moi qui m'invite chez lui en uniforme de gala, ce sera probablement à moi de mener la conversation.

Le trajet me semble à la fois interminable et trop bref. Soudain, me voici sur le perron des Oates et je n'ai toujours pas achevé ma préparation mentale. C'est Jackson qui m'ouvre et je m'aperçois tout de suite que, même préparée à bloc, je serais restée sans voix, parce que le costume de Jackson n'est pas du tout mal taillé, il lui va comme un gant. Il est sombre et sa coupe près du corps (mais pas étriquée comme c'est parfois le cas) le flatte comme du sur-mesure. Il porte une cravate constellée de mille petites fleurs sur une chemise azur. Il n'a pas du tout l'air d'un mec qui s'apprête à passer un vol transatlantique à pleurer contre son hublot. Il a l'air d'un mec que la moitié des élèves du lycée suivraient jusqu'aux Pays-Bas (s'ils étaient fichus de localiser ce pays sur une carte). Jackson respire la classe. Tellement que, s'il posait pour une pub vêtu de ce costume, il en ferait vendre des millions. Même Tyler s'en achèterait un.

– Tu as deux minutes ? je demande.

– Euh, oui. OK. Entre.

Je me faufile, éminemment consciente de la transparence de ma robe dos (presque) nu. Papillonne est excitée comme une puce. J'ai peur qu'elle ne jaillisse de mon ventre comme le monstre qui crève le mur dans *Stranger Things.*

– C'est qui, dans la voiture ?

– Maggie et Rafa. Ça ne les dérange pas de m'attendre.

Je leur jette un regard par-dessus mon épaule.

– Au contraire, ils seront ravis d'avoir un peu d'intimité. Je me suis, disons, incrustée avec eux…

Quatre secondes de gêne pure s'écoulent en silence puis Quin déboule comme une tornade et me saute au cou.

– GREER !

Elle m'enlace de ses bras osseux et me serre comme si j'étais un croisement entre une bouée de sauvetage et un golden retriever perdu. Et j'avoue que, comme accueil, on fait pire.

Elle fait un peu la tête quand Jackson et moi montons nous isoler dans sa chambre et qu'il la flanque dehors, mais il nous serait impossible d'avoir une conversation en sa présence. En son absence aussi, visiblement. Je reste plantée là comme une andouille, ma grille de mots mêlés à la main. J'étudie la rangée de souvenirs de Jackson en me creusant la cervelle. Par où commencer ?

Il suit mon regard et soupire.

– C'est de ça que tu parlais quand tu as évoqué ma collection ?

Je hoche la tête.

– Tu veux savoir pourquoi je garde ces trucs ?

– Oui, dis-je à grand-peine.

– C'est un peu bête, me prévient-il en saisissant le petit iguane en peluche. Quand j'étais en CP, on habitait à Sandy Springs, en Géorgie. J'avais deux copains : Willem et Charlie. À la récré, on jouait à un jeu qu'on appelait le saute-sable. On faisait un gros tas de sable et on sautait dessus à pieds joints. C'était un jeu hautement stratégique, comme tu vois.

Je ne peux pas m'empêcher de sourire.

– On a déménagé dans le Maryland en cours d'année scolaire mais, quand je suis entré en CE2, mon père a de nouveau été muté en Géorgie et je suis retourné à la même école. J'étais super content parce que, pour une fois, j'allais connaître des gens. J'avais hâte de recommencer à jouer à saute-sable avec Willem et Charlie. Mais le premier jour, quand tout le monde s'est présenté, je leur ai dit : « Hé, les copains, c'est moi, Jackson ! On était ensemble en CP. Le saute-sable, vous vous souvenez ? » Ils ne voyaient pas du tout qui j'étais.

– Aïe.

– Ce n'était pas leur faute. J'avais toujours été un ami temporaire à leurs yeux. C'est ainsi qu'on nous voit, ma famille et moi.

J'ai envie d'objecter mais il me coupe la parole :

– Les autres étaient toujours sympas avec moi. J'étais invité à des goûters d'anniversaire et tout ça. Mais, une fois que j'étais parti, je n'existais plus pour eux. Je me sentais insignifiant. Quand on déménage souvent, on n'oublie pas pour autant. Sauf que personne ne se souvient de vous.

Je me demande si c'est comme ça que ça va finir entre nous. Pour les dix ans de mon bac, quand on se réunira avec les anciens du lycée, quelqu'un ouvrira l'album de promo et dira : « Tiens, c'est qui, lui ? Sa tête ne me dit rien. Un correspondant ? » Et je répondrai : « Je crois qu'il s'appelait Jacob ou Justin, ou quelque chose comme ça. Il me semble qu'il a déménagé en Australie. »

Mais j'en doute.

Jackson poursuit :

– À partir de ce moment-là, je me suis efforcé de marquer au moins une personne dans chaque endroit où j'ai vécu. Et j'ai commencé à tenir les comptes.

Il brandit son iguane sale.

– Stella Goodman. Arlington, Virginie. CE2. On avait bricolé un refuge pour animaux en peluche abandonnés dans son garage. Les gens ont cru qu'on les vendait pour se faire de l'argent de poche. Personne n'a voulu adopter Iggie, à part moi. Peut-être que Stella m'a oublié mais cet iguane suffirait à lui rafraîchir la mémoire.

Il s'empare du petit Batman et de son bateau en LEGO.

– Tanner White. San Jose, Californie. CM2. On a tourné un film ensemble avec l'iPad de sa mère : *Batman contre les requins.* L'iPad est tombé dans la baignoire. On l'a séché et il marchait encore, alors on s'est dit qu'il devait être étanche et on a voulu filmer une scène sous l'eau. Lui, c'est sûr qu'il ne m'a pas oublié. Pas après la scène *Batman et les requins* vs *maman en furie.*

Jackson passe en revue toute sa collection, un souvenir à la fois.

La coupe de tennis, il l'a gagnée avec Kai Dalin. C'était le premier tournoi de Jackson et la première victoire de Kai. Dans une boîte de cachous, il conserve l'un des biscuits de Ruffles, le chien de ses voisins à Cleveland, qui attendait son retour de l'école tous les jours au pied du portail.

À mesure qu'il me dévoile son passé, je commence à y voir plus clair. Ces souvenirs n'ont rien à voir avec ceux qu'on rapporte de vacances. Ils ne servent pas à proclamer qu'on a vu du pays, ni même à évoquer un monument qu'on a aimé. Les lieux d'où ils proviennent sont anecdotiques. Ce qui compte, ce sont les gens qui leur sont rattachés. Ces objets prouvent que les amitiés qui ont marqué Jackson ont bel et bien existé. Ils attestent la réalité de ses multiples vies passées. Il y était. Et ça a compté, pas que pour lui, mais aussi pour quelqu'un d'autre. Ces bibelots, ces jouets et ce biscuit pour chien le démontrent par A + B. Jackson a commencé sa collection quand il était petit sans savoir ce qu'il faisait ni pourquoi. Je ne suis même pas certaine qu'il le réalise aujourd'hui. Mais ces babioles ne sont pas de vulgaires souvenirs, et il tient à me le faire savoir.

Enfin, Jackson saisit la tasse du *Copernicus Café*. Longtemps, il la tient dans sa main sans émettre de commentaire. Sans me regarder. Il ferme les yeux et une larme perle au ras de ses cils. Mon cœur se noue.

– Tu t'es fait gauler en train de la piquer, mais la serveuse t'a fait une fleur et t'a permis de la garder ?

Jackson ignore ma blague. Une minute supplémentaire s'écoule. Il prend une inspiration.

– Greer Walsh. Illinois. Première.

Ai-je vraiment envie d'entendre la suite ? De faire partie de sa collection ? Parce que les personnes derrière ces objets ont peut-être compté pour lui, mais ça ne l'a pas empêché de les quitter.

– La fille la plus maligne, la plus spirituelle, la plus étrange que j'ai connue dans ma vie. Des yeux magnifiques, super lumineux. Sinon, une fille un peu paumée, sauf en cours. Et en volley. En volley, elle se défend bien.

– Super bien, même, je marmonne.

– Cette tasse, j'ai failli la jeter. Je pensais que je n'en aurais pas besoin. Parce que je me croyais au début d'un truc qui allait durer.

Muette, je déglutis.

– Je me suis trompé, dit Jackson. On ne voulait pas la même chose, toi et moi. Désolé. Je ne voulais pas te mettre la pression.

Je lui prends la tasse des mains et lui demande :

– Qu'est-ce que tu as vu le jour où on s'est rencontrés ?

– Comment ça ?

– Tu sais ce que je veux dire. Qu'est-ce que tu as remarqué en premier chez moi ?

Il détourne les yeux. Il se mord la lèvre.

– Plein de choses, Greer. Tout.

Je m'efforce de garder mon calme. Il y a quelques mois, j'aurais tout fait pour fuir la conversation qui va suivre. Mais, désormais, j'ai envie de savoir. Enfin, je crois.

– Qu'est-ce que tu veux que je te dise ? reprend-il en évitant soigneusement mon regard (il fixe sa collection). Que je n'ai pas remarqué ? Que la seule chose qui me plaît, chez toi, c'est ton intelligence ? Tu veux que je te dise que je n'ai pas été… comment dire… *surpris* à ton premier match de volley, quand je t'ai enfin vue habillée autrement qu'avec les fringues de ton père ? Désolé, Greer, mais je ne peux pas te dire ça. J'ai remarqué tes seins, oui.

– Donc, tu n'es pas aveugle. C'est bon à savoir.

J'ignore ce que j'espérais mais, au moins, Jackson ne ment pas.

Il soupire.

– Écoute, je ne vais pas te faire croire que je n'y pense pas. À ton corps. Et à tes seins. J'y pense, OK ?

Il esquisse un pas vers moi et je constate qu'il me regarde enfin. Intensément, même. C'est moi qui baisse les yeux, mal à l'aise.

Enfin non, pas mal à l'aise.

Il y a un mot pour dire « mal à l'aise », mais en positif ?

Et là, Jackson m'annonce :

– Je pense à tes seins. Souvent. Et à tes jambes, aussi. Et à tes hanches. Et à ta nuque. J'y pense sans arrêt. Et à ton cou. Et à tes cuisses. Et ne me dis pas que les cuisses et les jambes, c'est pareil ! Si tu te voyais comme je te vois, tu saurais que ce n'est pas du tout pareil.

Sa voix est un murmure et elle est toute proche.

J'ai d'un coup très chaud dans ma robe malgré son dos en résille. Papillonne est bouche bée. Je commence à regretter de ne pas avoir été plus attentive quand Maggie me causait épilation.

– Je pense à tout ton corps, de la tête aux pieds.

Je lève les yeux. Il ne cille pas.

– Et à ma personnalité ?

Je ne sais pas pourquoi je demande ça. En toute honnêteté, là, maintenant, tout de suite, ma personnalité, je m'en contrefiche !

– Parfois, oui, me répond Jackson. Mais pas toujours. Et pas que.

Il a les joues rouges et les yeux qui brillent et je le trouve moins sûr de lui que le jour où je l'ai rencontré mais une chose semble claire : il est pile à l'endroit où il a envie de se trouver.

Je vois enfin les choses telles qu'elles sont. Jackson n'est qu'ouverture et, moi, je suis fermée. Par ma façon d'esquiver, de me tasser, de me recroqueviller, et, oui, peut-être bien de me planquer. Même maintenant, je suis tentée de faire de l'ironie. De croiser mes bras sur ma poitrine et de m'en tirer par une pirouette avant de battre en retraite en lui lançant « *toedeledokie* » (une sorte de « ciao » néerlandais, si j'en crois les milliards d'articles débiles que j'ai lus sur mon téléphone pendant mon insomnie).

Mais je regarde Jackson, ce garçon franc, gentil, et accessoirement le plus beau gosse qu'il m'ait jamais été donné d'admirer de près, et il me regarde en retour. Il a le cran de tout reprendre à zéro, encore et encore, pour des gens qui sont voués à l'oublier, son tas de sable et lui. Le cran de choisir la fille la plus fuyante de tout le lycée. Si son départ pour Amsterdam se confirme, il n'emportera pas de nouveau souvenir pour sa collection parce que la fille en question était trop complexée pour le croire intéressé.

Je me cramponne à sa tasse comme si ma vie en dépendait. Dame Papillonne est à genoux et m'implore les mains jointes de ne pas tout gâcher.

Je pose la tasse sur le bureau et, pour une fois, je sais quoi dire.

Rien du tout.

Je l'embrasse si soudainement et si fougueusement qu'il en tombe à la renverse sur son iguane. Il lève sur moi un regard abasourdi, puis il me rend mon baiser ; ses lèvres sont divines et il sent bon le dentifrice. La peau de ses joues est incroyablement douce, il me tient par la taille et je plonge mes mains dans ses cheveux. Quant à mes seins, ils sont plaqués contre son torse, parce qu'il faudrait qu'on respecte une distance de sécurité d'un mètre cinquante pour ne pas qu'ils l'effleurent, mais la sensation m'est furieusement naturelle. On est serrés l'un contre l'autre. Tout contre. Tous les quatre, Jackson Oates, Marthe, Maïté et moi. Et, en cet instant précis, je ne demande pas mieux.

On a encore tant de choses à se dire – à propos de la grille de mots mêlés, de l'iguane que Jackson conserve comme une relique depuis huit ans, de cet énième déménagement auquel il aurait tout de même pu s'opposer catégoriquement, du fait que je suis gonflée de lui en imputer la responsabilité, de l'incertitude qui plane sur le propriétaire actuel des livres que j'ai « prêtés » à Quin et d'un tas de trucs du même genre, mais tout est secondaire par rapport à ce qui est en train de se passer.

Cette fois, on ne peut pas m'accuser de vivre dans ma tête. Et je crois que le monde extérieur me plaît.

C'est alors que mon téléphone vibre pour la trente-neuvième fois et que ça me revient : Maggie et Rafael poireautent toujours dans la voiture.

Ça va ? La petite sœur t'a tuée ?

Suis pas morte. Tout va bien.

J'ajoute un smiley qui fait un clin d'œil.

On t'attend ou pas ?

– Euh, Jackson ? Tu veux bien être mon cavalier pour le gala ?
– Je me demandais, aussi, ce que tu faisais en robe de bal.
– Alors ?
– Juste en tant que potes ?
– Non.
– Alors, d'accord.

Il se redresse et plisse le front.

– Enfin, si tu veux. Sinon, on peut aussi zapper le gala et rester ici.

Il jette un regard suggestif en direction de son lit, si horizontal que j'en ai le vertige. Sa main sur ma jambe est tiède et je suis curieuse de découvrir s'il possède un grain de beauté bizarre quelque part. Le gala est sans doute un événement largement survendu. La preuve : il ne figure même pas dans le classeur de ma mère ! L'alternative, passer la soirée à écouter Jackson énumérer mes charmes, ne me rebute pas.

Mais Mme Kershaw-Bend s'est donné du mal pour que j'aie ma robe à temps pour la soirée. Et moi, je m'en suis donné beaucoup pour assumer de la porter. Pour assumer ce mélange d'éléments disparates. Pour assumer d'être cette fille marrante, maligne et musclée avec option tournabilité.

Pour assumer ce corps.

J'irai au gala. Je vais danser et me déhancher et m'amuser et me ridiculiser devant tout le lycée. Mes seins vont paraître énormissimes. Je vais trébucher. Et les gens comprendront que ça aussi, c'est moi. Je m'accrocherai à Jackson et il s'accrochera à moi. La seule chose qui pourrait rendre la soirée encore plus parfaite, ce serait qu'on se rende là-bas à bord d'un bateau-fusée de ma confection.

Mais je n'ai pas le permis et Jackson non plus alors il faut absolument que Rafael nous attende.

On arrive ! J vient.

Un coup retentit à la porte et Quin débarque dans la chambre.

– C'est pour toi.

Elle me colle un truc sous le nez. Une rangée de perles en terre cuite qui pendent sur un fil. La plupart sont sphériques et flashy (en ce moment, Quin est fan du duo fuchsia et vert) mais je repère quelques perles rectangulaires et, en les examinant de plus près, je m'aperçois qu'elles représentent des livres. Sur l'un d'eux, je lis les initiales *AF*, pour Artemis Fowl ; sur un autre, je reconnais le profil de la souris Despereaux. À côté, c'est Clarice Bean, puis la couverture de *Frisby et le secret de Nimh* (identifiable aux lettres *NIM*, sans *H*, que Quin y a gravées faute de place).

– C'est tes livres.

– Je vois ça.

– T'as dit que tu voulais un bracelet. T'as essayé de t'en faire un.

– Absolument. Mais je n'ai pas réussi.

– Moi, si. Je suis forte en bricolage.

– C'est vrai. Merci beaucoup pour ce cadeau. Je l'adore.

Jackson assiste à la scène sans mot dire. L'amitié qui s'est nouée entre Miss Psychopathe et le génie des maths a l'air de l'intriguer.

– Maman dit que tu n'es pas obligée de le porter ce soir. Parce qu'il n'est pas très élégant.

– Tu sais quoi, Quin ? Je ne suis pas une fille très élégante.

Je lui présente mon poignet et elle noue les fils si étroitement qu'elle me coupe la circulation. Je vais sans doute perdre ma main. Mais Quin rayonne. Je ne crois pas qu'elle ait jamais été folle. Je crois seulement que ses sentiments se voient plus que les nôtres. Peut-être que c'est nous, les fous, dans cette histoire.

– Maman ! rugit Quin. Je te l'avais dit que Greer voudrait bien le porter !

Elle dévale l'escalier, pressée d'aller détromper sa mère.

J'agite mon beau bracelet sous le nez de Jackson.

– Puisque tu ne m'as pas acheté de fleurs, comme le veut la coutume…

– Si j'avais su que tu venais, je t'aurais offert tout un jardin.

Il dépose un baiser au creux du poignet qu'orne désormais mon bracelet, puis de l'autre. Marrant, cette façon qu'ont les nerfs des poignets de vous faire frissonner jusqu'à la nuque.

– Je peux te demander un truc ? me lance Jackson.

Je m'attends à ce qu'il m'interroge sur la raison qui m'a poussée à venir le voir ce soir ou sur l'avenir qui nous attend, ou qu'il me pose une autre colle du même style.

– Quoi ?

– Ce maillot, il est conforme au règlement de la Fédération internationale de volley-ball ?

Je contemple ma robe.

– Il va falloir que je m'en rachète un pour la saison prochaine.

– Tu comptes continuer ?

– Bien sûr ! Et Jessa aimerait que j'intègre l'équipe de softball. Les qualifs sont dans quelques semaines.

– Donc, tu vas devenir softballeuse étoile, en plus ?

– On verra. D'abord, il faut que j'apprenne à manier la batte.

– Je connais un bon prof, si tu veux.

– Max Cleave ? Il ne voudra jamais me donner de leçons.

– Je parlais de moi ! Pourquoi toujours tout ramener à Max ?

– Toi ? T'as le niveau ?

Jackson plaque une main sur son cœur et gémit :

– Aïe !

J'éclate de rire et je chavire dans ses bras.

– Ne le prends pas mal ! Seulement, si je veux avoir une chance d'être sélectionnée, il va me falloir un sacré prof.

– Répète après moi.

Il saisit ma main droite, la brandit, et place ma main gauche sur mon cœur comme pour prêter serment. Tiens ! On dirait que Papillonne s'est procuré un Taser.

– Je suis, dit-il.

– Je suis.

– La plus forte.

– La plus forte.

– La plus brillante.

– La plus brillante.

– La plus belle.

Je renâcle.

– Répète ! La plus belle.

– La plus sexy, splendide, magnifico-sublime…

Il sourit.

– La meilleure volleyeuse étoile, matheuse, amie, styliste, assistante de mutation…

« Lépidoptère », me souffle dame Papillonne.

– Waouh, dis-je. Je suis une star. C'est énorme !

Il m'enlace. La chaleur de ses bras m'envahit à travers la résille de mon maillot et son torse est brûlant contre le mien.

– Énorme, susurre-t-il.

– Énormissime, je précise avant de l'embrasser de nouveau.

Dans l'allée, Maggie sort de la voiture pour nous saluer. Elle fait une grosse bise à Jackson et m'embrasse sur la joue.

– Vous avez mis le temps ! me lance-t-elle en m'étreignant tendrement. Je rêve ou tu as grandi ?

Je suis en train de m'installer quand la mère de Jackson m'interpelle depuis le perron, une étole beige à la main.

– Dis, Greer, il gèle dehors. Tu veux de quoi te couvrir ?

Maggie et Jackson pivotent aussitôt vers moi. Je crois que si je me dégonflais, ils me diraient que ce n'est pas grave. Mais je réponds :

– Non, merci. Je me sens bien.

Et c'est la stricte vérité.

Remerciements

Merci d'avoir choisi ce roman. J'espère que vous avez pris autant de plaisir à le lire que j'en ai pris à l'écrire.

Si j'étais assistante de mutation, comme Kathryn Walsh, je consacrerais une rubrique de mon classeur aux « auteurs de romans jeunesse dont l'intrigue comprend une narratrice intello-sportive et un papillon de compagnie imaginaire ». La rubrique serait accessible à tous, qu'ils déménagent ou non, et on y trouverait les coordonnées de :

– Mon éditeur, Andrew Karre, qui devrait être poseur de questions professionnel – ce qu'il est d'ailleurs peut-être. L'instinct d'Andrew pour déterminer ce qu'il faut couper ou ajouter dans une histoire et toute sa gamme de connaissances pointues (voire ésotériques) ont rendu ce livre cent fois meilleur (et quinze pour cent plus long).

– Mon agente, Tina Dubois, qui devrait être répondeuse aux questions professionnelle – ce qu'elle est peut-être d'ailleurs. Elle sait absolument tout, y compris quand se faire oublier et laisser l'auteure se dépatouiller toute seule pour parvenir aux conclusions auxquelles elle-même est déjà parvenue depuis longtemps.

– Erin Downing, sans qui j'attendrais toujours dans l'angoisse un retour des éditeurs que je démarchais, Gae Polisner, pour ses conseils aussi francs que généreux, Jeff Shotts, ce « pote éditeur » que je me débrouille souvent pour caser dans la conversation. Si vous n'avez pas encore lu les livres que ces trois-là ont réalisés, lâchez immédiatement ces remerciements et courez vite vous y plonger !

Je remercie Julie Strauss-Gabel, Melissa Faulner, Natalie Vielkind, Anna Booth, Rob Farren, Anne Heausler, Maggie Edkins, Jennifer Dee, Chloe Goodhart ainsi que leurs collègues de chez Dutton, Penguin Random House de m'avoir poussée à écrire cette histoire, de l'avoir portée à bout de bras, bref – de s'être démenés pour elle. Si mon livre se lit sans efforts, c'est grâce à tous les leurs. Merci à Anna Hard, qui m'a dessiné une si jolie tresse qu'elle m'a donné des envies de cheveux longs. Quant à Caitlin Whalen, comment lui dire ma gratitude sinon en baptisant un jour son premier-né ? (J'hésite entre Gueule-de-Loup, Carlsbad et Prunilda. Je vais réfléchir encore un peu.)

Tamara Kawar, Roxane Edouard, Savanna Wicks, Lia Chan, Randie Adler et toute l'équipe de chez ICM Partners et Curtis Brown UK : merci de nous avoir prises sous votre aile, Greer et moi, ici comme sur d'autres continents, en anglais comme dans des langues étrangères. Je vous souhaite à chacun *zwanzig Apfelkuchen und ein BMW*, si ce n'est davantage.

– Kris Causton, Mark Zukor, Jen Aspengren, Mike Smith, Tracy Kollin Smith, Heather Einsenmenger, Sharon DeMark et Lisa Von Drasek, qui ont lu mon roman avant qu'il en soit vraiment un et m'ont prodigué commentaires (et critiques !) constructifs. Leurs encouragements valent mieux qu'une caisse de barres énergétiques ! Quant à Rose Einsenmenger et à Becca Smith, championnes de maths et de volley, elles m'ont apporté leur précieuse expertise même pendant les semaines d'examens.

– Enfin, les personnes pour lesquelles j'ai le plus de reconnaissance : Lee, qui a non seulement débroussaillé la voie pour moi, mais qui s'est assurée qu'elle serait pavée, éclairée et semée de goûters, et qui m'a accompagnée jusqu'à la ligne d'arrivée. Et Eli et Davie, qui donnent du sens à tout.

L'autrice

Autrice et conteuse, **Laura Zimmermann** est aussi championne de slam – elle a remporté à plusieurs reprises les Twin Cities Moth and Word Sprout story slams –, amatrice de softball et fan de jazz.

Elle vit à Minneapolis, entourée des trois personnes qu'elle aime le plus et qui font des apparitions dans ses histoires, qu'elles le veuillent… ou non !

Déjà disponible en cinq langues, *De l'importance de savoir rebondir* est son premier roman et est sorti au Québec sous le titre *Regardez-moi dans les yeux*.

DÉVISAGÉE
Erin Stewart

Ava a tout perdu dans l'incendie qui a ravagé sa maison. Ses parents. Sa meilleure amie. Même son visage. Elle n'a pas besoin d'un miroir pour savoir à quoi elle ressemble: la violence du regard des autres suffit. De retour au lycée, Ava ne pensait pas tenir plus d'une semaine. Jusqu'à ce qu'elle rencontre la piquante Piper, qui porte comme elle des cicatrices, et Asad, technicien du groupe théâtre – qui partagent sa force de caractère et son humour à toute épreuve.

PREMIÈRE ANNÉE

Tom Ellen et Lucy Ivison

Phoebe a attendu sa rentrée à l'université tout l'été ! Et Luke, dont elle rêve depuis le collège, sera là, lui aussi. Soirées, drague, réseaux sociaux et trahisons : les deux étudiants se laissent joyeusement prendre dans le tourbillon de la première année... Autour d'eux, l'imperturbable Negin, Frankie la survoltée et le sarcastique Arthur sont là pour les aider à remettre un peu d'ordre – y compris dans les moments les plus intimes !

QUI ES-TU ALASKA?

John Green

Miles Halter est fasciné par les dernières paroles célèbres et impatient de quitter sa vie protégée dans le cocon familial. Il part en pensionnat en quête de ce que Rabelais, mourant, appelait son « Grand Peut-être ».

Beaucoup de découvertes attendent Miles à Culver Creek, notamment Alaska Young. Intelligente, drôle, écorchée et mortellement sexy, Alaska va attirer Miles dans son labyrinthe et le propulser dans le Grand Peut-être.

TOUS NOS JOURS PARFAITS
Jennifer Niven

Quand Violet et Finch se rencontrent, ils sont au bord du vide, en haut de la tour du lycée, décidés à en finir avec la vie.

Finch est la «bête curieuse» de l'école. Il oscille entre les périodes d'accablement, dominées par des idées morbides, et les phases « d'éveil », où il déborde d'énergie. De son côté, Violet avait tout pour elle. Mais, neuf mois plus tôt, sa sœur adorée est morte dans un accident de voiture. La survivante a perdu pied, s'est isolée et s'est laissé submerger par la culpabilité.

Pour Violet et Finch, c'est le début d'une histoire d'amour bouleversante : l'histoire d'une fille qui réapprend à vivre avec un garçon qui veut mourir.

ON LIT
PLUS
FORT.
COM

L'ACTUALITÉ DES ROMANS
GALLIMARD JEUNESSE

Le papier de cet ouvrage est composé de fibres naturelles, renouvelables, recyclables et fabriquées à partir de bois provenant de forêts plantées et cultivées expressément pour la fabrication de pâte à papier.

Mise en pages : Françoise Pham

Loi n° 49-956 du 16 juillet 1949
sur les publications destinées à la jeunesse
ISBN : 978-2-07-514566-4
N° d'édition : 367452
Dépôt légal : mars 2021

Imprimé en Italie par Grafica Veneta